Save the Future

拯救未来计划

宁航一 著

北京联合出版公司
Beijing United Publishing Co.,Ltd.

图书在版编目（CIP）数据

拯救未来计划 / 宁航一著 . -- 北京 : 北京联合出
版公司 , 2022.4
ISBN 978-7-5596-5533-2

Ⅰ . ①拯… Ⅱ . ①宁… Ⅲ . ①长篇小说—中国—当代
Ⅳ . ① I247.5

中国版本图书馆 CIP 数据核字 (2021) 第 263773 号

拯救未来计划

作　　者：宁航一
出 品 人：赵红仕
责任编辑：李　伟
封面设计：王　鑫

北京联合出版公司出版
（北京市西城区德外大街83号楼9层 100088）
北京新华先锋出版科技有限公司发行
涿州汇美亿浓印刷有限公司印刷　新华书店经销
字数261千字　787毫米×1092毫米　1/16　16印张
2022年4月第1版　2022年4月第1次印刷
ISBN 978-7-5596-5533-2
定价：49.00元

前　言

　　*本书内容涉及一些真实历史事件和历史人物，其中某些科学论断和理论解释也为真实资料，部分内容可能导致读者产生不安或恐惧心理，请勿过分深究。

目录

第一部——大预言师

第二部——谜杀疑云

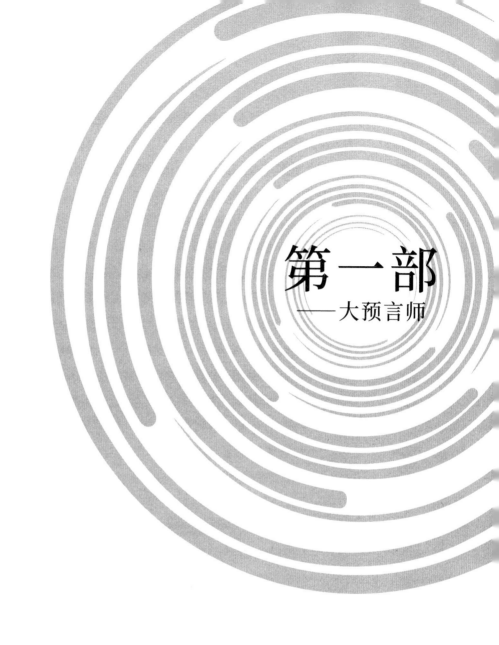

第一部

——大预言师

Save the Future

拯救未来计划

—— 楔 子 ——

1999 年 2 月，法国巴黎，博马尔谢大道。

康拉德·阿登纳结束了一天忙碌的工作，回到自己位于 18 层的电梯公寓，和拉开门迎接自己的妻子露易丝一阵拥吻。他带着甜蜜的爱意走进屋内，发现妻子已经准备好了浪漫的烛光晚餐。康拉德忍不住回过头，再次亲吻妻子，感谢她的周到和体贴。同时，妻子将康拉德的外套脱下，要他去浴室泡个热水澡，以消除一天的疲惫——这是地道法国人的老习惯。

康拉德整个身子浸入浴缸温暖的清水中，身心顿感舒畅，这使得他在心中感谢上帝赐予自己如此美好温馨的生活。他闭着眼睛想象自己目前的生活还缺乏什么——哦，想到了，现在唯一缺少的就是这个周末的度假安排。去哪里好呢？到风景如画的卢森堡公园去感受即将到来的春意也许是个不错的选择……但是，不，那里人太多了——拥有如此美丽的妻子，应该到更罗曼蒂克的贝尔西岛去，在无人打扰的湖滨旅馆享受无与伦比的二人世界……

主意已定，康拉德全身的疲惫也被驱赶殆尽了。他从浴缸中出来，披上浴袍，拉开浴室的门，迫不及待地要将度假计划告诉外面的可人儿，并给她一个满怀爱意的拥抱。

但他刚一出浴室门，就立刻停住了脚——守在门口迎接自己的不是妻子露易丝，而是两个身着黑西装的陌生男人。他们面无表情地盯着自己，其中一人的手中举着一样不讨人喜欢的东西，那东西令康拉德呼吸骤停，心胆俱裂。

面对自己的，是一支装了消声筒的无声手枪。

康拉德立刻明白自己遇到了什么状况。他顺从地举起双手，竭力使自己保持冷静。"嘿，嘿……先生们，我会配合的。保险柜的钥匙就在书房那张桌子的夹层里，你们将它打开吧，里面有现金和珠宝首饰，请你们拿去好了。希望你们明白，我只想留下性命……"

其中一个黑衣男人冷笑一声，说道："我们不要那些东西，康拉德。我们只希望你能把'那本书'交出来。"

他们知道我的名字。康拉德的脑筋迅速转动着，问道："书……什么书？"

举着手枪的男人向前逼近一步："别装傻，康拉德。我们是调查清楚才来的——你家里还有什么书会比那本更重要吗？"

康拉德的心中咯噔一声。原来他们是冲那东西来的。

"识趣的话，就赶快拿出来吧。"另一个黑衣男人说，"你肯定把这件祖传之物放在一个隐秘的地方，对吗？"

康拉德的心怦怦乱跳——现在该怎么办呢？将那东西交给这些人以求保命吗？可是，祖母曾说过，这本书是几个世纪祖传下来的，关系着人类未来命运的重要之物，绝不能丢失。但是，如果不交出来的话，自己可能性命不保……

康拉德短暂地犹豫了几秒钟，干涩的喉咙勉强挤出一句话来："你们……要那本书干什么？"

"这不是你该关心的问题！"举着枪的男人恶狠狠地说，"康拉德，我们不是来找你聊天的，你要是想活命的话就乖乖照我们说的做！"

手枪的枪筒紧贴到康拉德的额头上，康拉德全身一阵抽搐，脸色变得煞白。他做出决定了——保命要紧。"好的，好的！我告诉你们，我把那本书藏在……"

说到这里，康拉德突然浑身一紧，他才想起一个被忽略的问题。他缓缓抬起头来，凝视着面前的黑衣男人，问道："我妻子呢？我妻子露易丝呢？"

"别管这些！告诉我们，书在什么地方！"举着枪的人咆哮道。

康拉德张开嘴，全身颤抖，惊惧地睁大双眼，那眼睛中布满血丝："你们杀了她，对吧……你们杀了露易丝！"

"是的。"站在一旁的另一个男人不耐烦地说道，"现在你明白了吧，我们不是跟你闹着玩的。如果你不配合的话，就跟那女人一样的下场。"

"不！"康拉德在一瞬间丧失了理智，两行眼泪从他的眼眶中奔泻而出。他忘记了自己的处境，狂怒地吼叫道："你们两个狗娘养的杂种！"

"放聪明些，康拉德！"黑衣男人把枪往前一顶，瞪着眼睛喊道，"你不想要命了吗？"

"你们这些天杀的恶徒！"康拉德完全失控了，怒骂道，"你们不由分说地杀了我妻子，还想让我把东西交给你们？你们以为我是白痴吗，我把书给了你们，你们还会让我活命？况且你们早就知道我看了那本书上的内容，还会让我留在世界上吗？！"

两个黑衣男人突然变了脸色："你明白那本书写的是什么意思？"

"我当然明白！我们祖祖辈辈相传这么多年的书，我还会不知其意吗？正因为此，我更不会交给你们这些混蛋、杂种！实话告诉你们吧，这本书根本就没在我这里，而是保管在一个你们根本想象不到的人的手中。只要我一死，他就立刻会将这本书转移到千里之外的别处，你们永远也别想找到它！"

说完这番话，康拉德面无惧色地走向客厅，竟逼得持枪的黑衣人连连后退。康拉德望了一眼饭厅，看到了倒在血泊中的妻子。他悲愤地大喝一声，然后朝客厅巨大的落地玻璃冲去。"哗啦"一声，他撞碎玻璃，坠身而下。空中的一刻，他与巴黎城的夜景融为一体。

第 一 章
神秘的诗集（一）

2009 年，中国，南方某市。

在宽阔、奢华、充满幻想风格的大房间里，两个男孩神情专注地对着一台比墙壁小不了多少的液晶电视，手里握着时尚感十足的 PS3 无线感应手柄——其中一个浓眉大眼的男孩龇牙咧嘴的面部表情和另一个高鼻梁、蓝眼睛男孩悠然自得的神态形成鲜明对比——不用看电视上的画面，旁观者也能轻易看出这场格斗比赛的赢家是谁。

半分钟后，浓眉大眼的男孩"噢！"地大叫一声，仿佛他操纵的那个游戏角色最后挨的那一脚是踢到了自己身上一样。随着电视中一声响亮的"KO"，他嘟着嘴吐出口气，沮丧地放下手柄。与此同时，早就守候在他身边的一个头发齐肩的漂亮女生一把抢过手柄，热血沸腾地说："该我了！"

"没用的，兰茜。你打不过肖恩，他太厉害了。"浓眉大眼的男孩有几分恼火地说，"他玩儿得比我们谁都多，早就熟练了。"

"住嘴，柯顿。"叫兰茜的女孩儿说，"如果你看过我在'拳皇'中玛丽的表演，就会知道我玩格斗游戏的天赋了——哪怕是一个新上手的格斗游戏，我也会用实力向对手证明女性格斗家的厉害！"

"我不用去看拳皇中的玛丽了——现实中的玛丽现在就坐在我的旁边。"柯顿笑着调侃道。

兰茜没有理会柯顿的调侃，因为对打已经开始了。她操纵的游戏角色确实比柯顿那个要灵活、熟练得多。但三局下来，她在肖恩攻势猛烈的连续技下仍避免不了败下阵来。

"真遗憾，女性格斗家。你也要交出手柄来了。"柯顿摇着头，伸手去拿。

"嘿，等等。"兰茜将手柄往另一边伸，"我已经找到诀窍了，再给我一次机会，我保证能赢他。"

"别要赖，兰茜！面对现实吧，再给你十次机会你也赢不了他！"

另一边稳坐擂台的肖恩望着争执手柄的柯顿和兰茜，洋洋得意，"咯咯咯"地笑出声来。

"我实在是看不下去了。"此时，距离他们三人几米外的、站在书柜旁边的一个斯文男生用食指推了推鼻梁上的眼镜框，皱着眉说，"你们的举止能不能稍微成熟一点儿？争着玩游戏机是小学生才干的事，你们就不能做些高中生该做的事吗？"

看得出来，这个戴眼镜男生的话有几分威慑力。两个人停止争执，一起望向他。柯顿问道："比如说呢，陆华？你觉得什么事是高中生该做的？"

斯文男生咳了两声，一本正经地说："我认为，我们正值青春年少，不应该虚度年华。应该在书籍的海洋中找寻智慧和真理，并在此过程中思考人生及……"

"噢，不！"没等陆华说完，柯顿便双手抱着头，表情夸张地说，"你要不要建议我们种植兰草，并在每天的观察和记录中领悟生命的真谛？"

没想到，陆华对这个问题居然很认真地思索了片刻，说道："那倒不会，种植兰草的最佳季节是春天，现在是盛夏，很容易枯死的——不过，这提议倒蛮不错——我会考虑将它列入我们下个寒假的兴趣活动之中。"

柯顿倒吸了一口凉气，注视着陆华，说："班长大人，请在你做出这个决定之前杀了我。"

眼睛颜色如同湖水般湛蓝的肖恩说："陆华，你这些提议也不是高中生该做的——而更适合退了休的老头儿老太太，你不这么觉得吗？"

陆华微微皱了皱眉头："我还以为外国人都对种植兰草有兴趣。"

"是吗？"肖恩说，"感谢上帝让我是个混血儿。"

陆华无奈地叹了口气，将手中的书放回书柜中，朝他们三人走过来："说真的，我们有将近两个月的暑假时光，难道你们真的不打算做点儿什么有意义的事？每天就这样窝在空调房间里玩游戏？"

兰茜双手一摊，指着窗外那近乎发白的炎炎烈日说："看看窗外的阳光吧，班长，再估算一下现在的室外温度——你相信吗，我在这种日光下活动两个小时就能在第二天加入'非洲籍'。"

"我又没说非要进行户外活动呀！"

兰茜摆着手道："不管你怎么说，我都不会觉得世界上还会有比这个度假胜地更好的地方了。"

"慢着。"柯顿问，"你把这里称作什么？"

兰茜将头扭过去望着肖恩。"请原谅，我说的是直白了点儿。可是——"她又转过头来望着柯顿和陆华，"难道事实不是这样吗？肖恩家这栋豪宅里的中央空调能使这里一年四季气候如春。而每次我们来玩儿，他家的菲佣就会立刻端来果汁、点心，以便我们能更加惬意地享受这里的高端娱乐设施。更可贵的是，肖恩的大老板爸爸和漂亮的美国领事妈妈都那么热情、好客，像是巴不得我们几个在这里长住下来一样——噢，这里真是比夏威夷还要完美，简直就是天堂。"

肖恩温和地笑着说："兰茜，很高兴你这么喜欢我家。"

柯顿对兰茜的话显得不以为然，他撇着嘴说："你用得着羡慕成这样吗？好像对比之下你自己的家就是地狱一样。"

"对不起，被你说中了，事实就是这样。"兰茜用疲惫的口吻说，"我妈总是想尽一切办法让我在家里待得更难受，或者说让我没法待下去。而且，说起来——"她突然仰天长叹，苦笑道，"这些全都是拜你们三个所赐。"

"什么？"陆华感到十分惊讶，"你说你在自己家里待不下去是因为我们——这跟我有什么关系？"

"跟你的关系最大。"兰茜直视着陆华，"既然话都说开了，我也就不妨告诉你吧。我妈可以每天不厌其烦地重复这种类型的话三十遍以上——'看看你的好朋友陆华，人家多么勤奋好学，每学期都考全年级第一名，你经常和他在一起，怎么不向人家学着点儿？'"

兰茜夸张地模仿着她妈妈那种尖锐的腔调，逗得另外三个人"扑哧"笑了出来。柯顿说："就我的感受而言，妈妈每天唠叨三十遍还是能让人接受的，不至于像你说的那样待不下去。"

"哈，哈——"兰茜苦涩地笑道，"你还没听我说完呢。她余下的六十遍唠叨是来源于你和肖恩的。"

肖恩颇有兴趣地问："我有什么值得你学的？"

兰茜的腔调一瞬间又变成了自己的母亲："你瞧人家肖恩的家里，条件多么好啊，你去他家玩儿的时候就不能激发一点儿上进心吗……"

"等等。"肖恩伸出手来打断兰茜的话，"你妈妈这么说不是讽刺我吗？我家的条件好又不是我创造出来的，这都归功于我的父母呀。"

兰茜无奈地盯着肖恩说："遗憾的是，她要我学习的就是你的父母。"

"噢，这可真有点儿让人受不了了。"肖恩皱起眉头。

柯顿眨了眨眼睛，问道："那我就真有点儿不明白了——我的学习成绩既不好，家庭条件也很一般——你妈妈又能在我身上找到什么东西来教育你？"

兰茜叹息道："大概不幸的就是——我们俩既是高中同学，又是小学同学。这让我妈早在你读小学四年级的时候就久仰你的大名了。当时学校里谁不知道呢？在那次全校一起进行的智商测试中，你得了一个惊人的分数，是全校最高的数值。那个数值高得令负责测试智商的老师惊讶地连'测试分数不得公开'这一规定都忘了，抓着你的测试卷就跳了起来，并将那个数值大声说了出来——这件事当时全校传得沸沸扬扬，你忘了吗，柯顿？"

兰茜的这番话令肖恩和陆华惊讶地张大了嘴，他们一齐侧目过来，瞪大眼睛望着柯顿："有这回事？你以前怎么从来都没跟我们说起过？"

"没什么好说的，我是瞎猫碰见死耗子，恰好全蒙对的。"柯顿挠着脑袋，轻描淡写地说。

"什么！你全做对了！"陆华显然也做过那套题，他的额头在开着20度冷气的空调房间里居然沁出一层汗，"这么说，你的智商数值是……"

"我都说了，那是运气好，蒙对的。"

"可我不认为你能把非选择题都'蒙'对。"陆华盯着柯顿。

"嗨，别说这个了！"柯顿对兰茜说，"你真是的，把这些陈年旧事翻出来做什么。"

"我只是想让你们了解我悲惨的处境——现在你们明白了吧，我在暑假里为什么每天都要想方设法逃出家来。不过说实在的，我也只有声称是来肖恩家和你们共同学习才能令我妈放我出来，否则，我看我只能天天被我妈关在家里背书和做题，直至有一天我割破手腕，从八楼的窗户上跳下来。"

陆华晃了晃脑袋："你是说，你每天都跟你妈妈说上肖恩家来是和我们一起学习——但事实上却是在这儿度假？"

"啊，这……是啊……"兰茜张开嘴，忽然有种不祥的预感。

"我不会允许这种事情发生的。"陆华板着脸说，"我不能成为合伙欺骗的一分子。"

"那你准备怎么办？"兰茜心中的恐惧愈发加深了。

陆华想了想，像抓住什么有力武器似的，说："你有两个选择。第一，跟我一起到图书馆去看书、学习；第二，由我告诉你妈妈，你每天到'度假胜地'来'学习'的真相。"

"拜托，陆华！你不是来真的吧？"兰茜呼喊道，"请看在我们这么多年……"

"我正是看在我们这么多年朋友的分上，才决定对你负责任的。"陆华严肃地说。

兰茜哀求道："你如果真想为我好，就让我度过一个愉快的暑假吧！"

陆华说："这种暂时的快乐所换来的代价就是以后整个人生的不快乐。想想看吧，在就业形势日益严峻的今天……"

"好了。"兰茜伸出手往前方一比，"我选择第一个选项。"

"那就好。"陆华微笑着说，"我们现在就到图书馆去吧。"

"什么？现在！"三个人几乎一齐叫了出来。柯顿说："不是吧，陆华？你都不给兰茜一点儿准备的时间吗？"

陆华斜眼瞟向他："去图书馆学习要做什么准备？你不会是想要悠闲地喝完下午茶后，再踏着夕阳的余晖漫步到图书馆，向管理员道声再见后，便直接回家吧？"

柯顿冲兰茜吐吐舌头，表示他为她所做的最后一丝努力也白费了。

陆华从沙发上站起来，对柯顿和肖恩说："怎么样？你们要一起去吗？"

柯顿扭头望肖恩，用眼神征求他的意见。肖恩说："一起去吧，我也正好趁这机会去查阅一下资料，把那几篇历史作业做了。"

　　柯顿耸了耸肩膀，表示少数服从多数。

　　陆华满意地说："我真为你们找到了充实而有意义的事做而高兴。"

　　兰茜沮丧地说："我真为交了你们这样的好朋友而悲哀——有时我真的不明白，我为什么和同龄的女孩没那么要好，却和你们三个男生成为死党？"

　　"一种解释是，你喜欢上了我们三个中的一个。"柯顿冲她眨眨眼睛，"做个选择吧，兰茜——学者，混血富少和普通人，你选谁？"

　　"我选普通人。"兰茜冲柯顿报以甜蜜的微笑。同时，右手一记拳头挥到柯顿的脸上，"这表白你喜欢吗，柯顿？"

第 二 章
神秘的诗集（二）

尽管四人是乘坐公交车到图书馆的，但兰茜仍然为从公交车站步行到图书馆这不到五分钟的路途准备了一把遮阳伞。这种略显矫情的行为遭到了三个男孩的讥笑。特别是当柯顿把兰茜比喻为见不得天日的蝙蝠时，兰茜又挥着拳头扑了过去。两个人就这样打打闹闹地来到图书馆门口。陆华将食指比在嘴前说了声"嘘"，示意他们该安静下来了。

柯顿刚要伸手推开玻璃大门时，厚重的玻璃门从里面被拉开了——走出来一个和他们年龄相仿的男孩。四个人和那男孩一齐愣了一下——这个男孩是他们班的同学，叫文野，中等个子，相貌也没什么明显特征。

"嗨，文野，这么巧？"陆华高兴地招呼他，像找到了同类一样，"你也是来图书馆查资料的？"

"嗯。"文野点点头，"为了完成那几篇历史和政治的小论文。"

"我也是。"肖恩脑袋朝里面仰了一下，"图书馆里还有我们班的同学吗？"

"没有了。起码我没有看到。好了，我先走了，再见。"文野冲四个同学挥挥手，朝图书馆外面走去。

兰茜望着文野离开的背影，小声地对陆华说："还好你能叫出他的名字，如果是我单独一个人碰到他，恐怕连他姓什么都喊不出来。"

"不会吧？"陆华显出惊讶的样子，"大家做了一年的同学，你还不知道他叫什么名字？"

"这不能怪我——是他在班上的存在感太弱了。长相一点儿特点都没有倒也算了，平常根本连话都听不到他说几句。喏，就像刚才，谈话不超过三句他就匆匆离开了。"兰茜撇着嘴说。

柯顿也望着文野的背影若有所思地说："他的性格是挺孤僻的，上学期他坐我后面，我整整一学期没听他说超过二十句话。平常叫他打球什么的也一概拒绝——真不知道他一天到晚在想些什么。"

"听说他的父母都在一次车祸中死了，身世挺可怜的。"陆华叹了一声，"别管人家了。我们进去吧。"

这是一座颇有些历史的图书馆，陆华不知道它在这座城市中存在了多少年，但他知道，在他还没出生时，这座图书馆就已经坐落在这里了。相对于市里新建的那座五层楼高的、极具现代化特征的新图书馆，这里显得又小又旧。但陆华不喜欢新图书馆，偏偏就喜欢这里。这里对他的吸引力不仅仅来自书籍，那些淡淡的书墨味和浓重的历史感都令陆华深深迷恋——这是在新图书馆的电子阅览室里闻不到的气息。另外还有一点，就是他跟在这里工作了十五年之久的老图书管理员已经熟络得如同亲人了。

此刻，正对图书馆大门而坐的老管理员正无精打采地半趴在桌子上，用手肘支撑木头桌面，托起耷拉的脑袋。另一只手有气无力地驱赶着蚊子。

"嗨，老罗。"陆华走上前去，熟络地跟管理员打招呼，另外三个人也跟着走了过去。

老管理员看到陆华后，稍微提起了些精神，他直起身子："嗨，小伙子们——哦，还有位漂亮的姑娘。"

"你的精神看起来可真糟糕，老罗。"陆华直言相告。

老罗摇晃着脑袋说："在这种地方工作就没法有什么好的精神。"他抱怨道："也不知道现在的人是都不上图书馆了呢，还是全去了新修的那座电子图书馆——你瞧，一天来这儿的人连三十个都不到——这里变得快比郊外的公墓还冷清了。唉，陆华，现在像你这样的人可真少呀！"

陆华耸了耸肩膀，向右侧望去，发现阅览室的门口多出来几个书架，上面堆满了各种图书。他问道："这些书怎么摆到阅览室外面来了？"

老罗说："这些是馆长清理出来准备处理掉的旧书，有的有点儿小破损、有的脱落了一两页。不过依我看，大多数都是完好无缺的，只不过旧了点儿罢了。"

"这么说，这些都是清出来要卖掉的？"陆华问，"多少钱一本？"

"厚的那些三元一本，薄的一元。"

"这么便宜！"陆华的眼睛闪出光来。柯顿、兰茜和肖恩对视一眼，他们知道陆华的收集癖（特别是书）又犯了。

"嘿……你们，听到了吗？"陆华转过身来面对他的三个同伴，"这些书才两三元钱一本，我们快过去选吧！"

柯顿提醒道："班长，我们这里为这种事情兴奋的就只有你一个人。"

陆华微微皱了下眉，没有再搭理他们，径直走到那几个书架面前选起书来。另外三个人找不到别的事做，也只有跟过去。

陆华的手接触到第一本书之后，就激动得差点儿叫了出来，他压抑住内心的狂喜，低呼道："天哪，这本1979年初版的《浮士德》，居然只要……三元钱？"

柯顿三人显然没能看出这本书的价值所在。兰茜在一边小声地提醒道："你最好翻来看看这本书有没有脱页。"

"不，你不明白，这本书的价值和意义已经远远超越了它的内容本身。"陆华红光满面地说，"它代表的是一个时代，是那个年代精神和文化的象征！"

柯顿和兰茜一起耸了耸肩膀，表示不能理解。几个人散开看不同的书去了。

"啊，1982年出版的《红与黑》！""《巴斯克维尔的猎犬》……英文原版的——感谢上帝！"陆华不断发现"新大陆"，重复着一次又一次的惊喜。他将这些选出来的书堆在书架的一端，不知不觉已经有好大一摞了。

柯顿翻到一本科幻小说集，觉得还不错，倚着墙津津有味地看起来。而兰茜百无聊赖地翻阅各种书，也找到了一本自己喜欢的书——《100种小甜点的制作方法》。她一边阅读着蜂蜜小蛋糕的制作步骤，一边庆幸陆华忘了他带自己到这里来的初衷。

几个人都沉浸在自己的世界里时，与他们隔着一个书架的肖恩说了一句："这是什么？"

靠在墙边的柯顿抬头望去，发现肖恩一脸的疑惑，他走过去问道："你发现什么了？"

肖恩将手里一本破旧、泛黄的小册子递给柯顿："喏，你看看，这是本什么书啊？"

柯顿小心翼翼地接过那本薄薄的小册子。之所以如此小心，是因为这本书的纸看起来似乎已经有几百年历史了，纸张又黄又脆，有种一碰就要碎成粉末的感觉。与此同时，一股经年累月的霉味直钻入鼻孔，令他作呕。柯顿上下翻转着这本小册子，发现了肖恩觉得奇怪的地方——

这本书没有书名，只在封面正下方印着一个叫"Mars.Barthes"的人名，看来是书的作者。除此之外封面、封底一片空白。更为怪异的是——印刷日期、版次等基本信息在书的任何地方都无法找到。将书翻开，第一页上写着两句看不懂的外文。从第二页开始，每一页都有一首简短的外文诗。

柯顿问同时精通汉语和英语的肖恩："这本书写些什么？"

肖恩摇了摇头："我也不知道，这本书上的文字不是英语。"

他们两人的对话吸引了陆华和兰茜的注意，他们从书架的对面绕过来。陆华问道："你们在说什么呀？"

柯顿把书递给他："一本奇怪的外文诗集，不知道是用哪国语言写的。"

陆华接过手来翻看了两下，说道："是本法文诗集。"

兰茜探过头来瞄了两眼那本书上天书一般的文字，扭头问陆华："你还看得懂法文啊？"

陆华说："以前凭兴趣草草地学了一下，要想通篇都看懂是不可能的——只能看懂一些简单的词句——咦，这本书怎么连名字都没有？"

柯顿耸了耸肩膀："而且出版信息什么的也没有——说起来，这样的书能发行吗？"

陆华皱起眉头："我也在想这个问题。"

肖恩感兴趣地说："看看它写些什么。"

陆华翻开书的第一页，看到两句简洁的法文：

"Interdire humanité lire

Cinq"

陆华承认，上个暑假凭兴趣所学的一些简单法文在此时运用起来真是令他十分吃力，他凭借着记忆费劲地将第一句的几个单词逐一拼读出来："不准……阅读……人类……"

几秒钟后，他将这句话的意思读了出来：

"禁止人类阅读。"

读出这句话，他心中陡然一惊，抬起头来，目光和另外三个人碰撞在一起。

四个人面面相觑，好一阵后，柯顿说："你确定你没有翻译错吧？"

陆华又低下头仔细研究。十几秒后，他抬起头来斩钉截铁地说："我确信这句话就是这个意思。"

"禁止人类阅读？"兰茜感到啼笑皆非，"那这本书是写给什么东西看的——动物？植物？"

肖恩指着这句话下方的那个单词说："这个'Cinq'又是什么意思？"

陆华含着嘴唇想了片刻："是'五'的意思。"

"就是说这本书是这套诗集的第五本？"肖恩问。

"应该是这个意思。"

柯顿感觉自己此时的好奇心已经被彻底点燃了，他急切地催促道："快看看它里面写了些什么！"

陆华犹豫了一下，接着翻到下一页，看了两分钟后，他沮丧地摇着头说："这些诗句以我那点儿法语水平就没法看懂了——不过，我回家之后对照着法语辞典，倒是能翻译出来。"

"你真要把这本'禁止人类阅读'的怪书买回家呀？"兰茜问。

陆华微微点了点头："我倒要看看，这本书究竟有什么古怪。"

一直注视着陆华的柯顿发现了新的问题，他指着书的页码说："我不能确定你是不是能看懂这本书，陆华——这本书好像缺很多页。你瞧，你现在翻着的是第二页，页码却印的是'13'。"

陆华这才发现页码的问题，他大略翻了下后面，说："这本书大概曾经被弄散过，又被人重新装订了起来，但是却把顺序装错了——哦，我找到第一页了——看来前面的几页被装到后面去了。"

"这么说这本书并没有缺页，是完整的？"柯顿兴奋地说，"太好了，陆华，你今天晚上就把它翻译出来，然后明天讲给我们听，这本书究竟写了些什么奇怪的玩意儿！"

陆华苦笑道："恐怕这是不可能的。你把我当成什么了，法语教授吗？一晚上就能翻译出一本书来！我看我能完整地翻译出几首诗来就算不错了。"

"那也可以啊，起码能让我们了解个大致意思。"柯顿说。

"那就这么说定了。"肖恩显然也来了兴致，"明天下午还是到我家来，我们听陆华讲讲这本诗集的内容。"

"好的，就这样！"柯顿的急性子脾气又上来了，"我们现在就走吧，陆华。你回家之后一分钟都别耽搁，立刻就翻译——我说，你要买的书选完了吧？"

陆华其实是想再选一会儿的，不过此时他心中最关心的问题也莫过这本神秘诗集的内容了。他朝柯顿点了点头："好的，我们走吧。"

陆华抱着厚厚的一大摞书走到管理员面前，将它们堆在老罗的桌子上，说："我买这些，你点点吧，老罗，一共多少本？"

老罗随意地挥了挥手："你自己数吧，跟我报个数就行。"

陆华点着书一本一本地数，然后说："十一本厚的，四本薄的。"

"37 块钱。"老罗迅速地报出数字。

陆华从裤子口袋里掏出一张五十元钞票递给老罗，老罗一边找着零钱，一边问道："你们几个刚才在那边讨论什么呢？"

陆华觉得跟只有小学文化水平的老罗探讨法语诗集是不明智的，便随口敷衍了一句："我们商量着选哪些书呢。"

老罗"唔"了一声，没有再多问什么，他将零钱找给陆华，然后冲四个人一起摆了摆手："常来。"

出图书馆后，陆华满载着沉重的一摞书和心中的喜悦，迫不及待地打车回家了。柯顿在他上车之前又提醒了好几遍，要他多翻译一些出来。随后，柯顿、肖恩和兰茜踏着落日的余晖共行一段路之后，也各自回家了。

第三章
惊人的发现（一）

中午吃饭的时候，餐桌上只有柯顿和妈妈两个人。柯顿的爸爸是医院的内科主任，因为工作忙不在家里吃饭是常事。而柯顿的妈妈是一所初中的语文教师，现在和儿子一样享受着轻松悠闲的暑假。

饭吃到一半时，妈妈缓缓放下筷子，望着吃得正香的儿子，说道："柯顿，妈妈问你件事。"

"嗯？"柯顿嘴里嚼着一大口食物，含混不清地说，"什么事？"

"你是不是在跟兰茜谈恋爱？"

"唔……"这句突如其来的问话让柯顿把嘴里没嚼完的食物一口咽了下去，差点儿没回过气来。他赶紧抓起汤勺，喝了几口汤下去，才舒了口气。他皱起眉毛责怪道，"妈，你干吗呀！想噎死我呀？"

"我也没想到你会紧张成这样啊。"妈妈说，"看来，我还真没猜错。"

"妈，你别开玩笑了！"柯顿红着脸嚷道，"我哪是紧张呀！我是被你那句话给吓到的……我……会跟那个男人婆谈恋爱？亏你想得出来！"

妈妈轻轻笑了一声："你嘴上是这么说，可是心里比谁都清楚——兰茜是你们班最漂亮的女生，对吧？"

"漂亮我就该喜欢呀？就她那种野蛮的性格，长成天仙我也不要。"

"是吗？那她天天下午都来叫你一起出去，你怎么不拒绝呀？"

"那个……她只是顺道来叫我一起去肖恩家的。"柯顿窘迫地辩解道，"我又不是为了和她一起玩才出去的。"

妈妈温和地笑着说："柯顿，其实你知道，妈妈并不是那种封建、保守的家长。我知道你们这个年龄段的孩子会想些什么、对什么感兴趣，所以说，我就算知道你在和某个女同学交往，也不会强行禁止你们来往的。我只是希望你们能把握好交往的尺度和注意……"

"行了，妈。这些话你留到我真的谈恋爱时再和我讲吧。"柯顿打断母亲的话，同时顿了一下，"说起……'禁止'，我想问你一个问题。"

"什么问题？"

柯顿皱着眉想了片刻，说："假如……你拿到一本书，发现上面印着'禁止人类阅读'几个字——你以为这意味着什么？"

妈妈抿着嘴笑了一下："意味着你在岔开话题——不过，这方式选得可不够自然呀。"

"不是的，妈，我没有开玩笑，我是说真的！"柯顿一脸严肃地说。

"是吗？你是说一本书上印着'禁止人类阅读'？那这本书印出来干什么？或者说，是外星球出版的？"妈妈不以为然地说，同时夹了一筷子牛肉丝送到嘴里。

柯顿看出来了，妈妈要不就以为这是他为岔开话题而找的拙劣借口，要不就以为这只是个无聊的玩笑，总之是不会认真跟自己讨论的。他伸出手做了个手势，表示话题到此结束，然后三两下扒完了饭，离开餐桌到房间去了。

柯顿在自己的床上躺了不到十分钟，手机的短信铃声响了起来，他拿到眼前一看，是兰茜发的：我在你家楼下，快下来。

柯顿一个鲤鱼打挺翻身起来，他走出房门，对正在收拾餐具的母亲说："妈，我到肖恩家去了。"

妈妈说："人家肖恩的妈妈是美国领事馆的驻华大使，你天天到人家家里去玩合不合适呀？别影响人家父母工作。"

柯顿一边换鞋一边说："我是去他家里玩，又不是去美国领事馆玩，再说肖恩的父母热情着呢，没事——我走了啊！"

柯顿连跑带跳地下楼去，兰茜正抱着手站在花台前等他。柯顿看了下表，对她说："现在才十二点五十呢，今天你怎么提前这么多就来了？"

兰茜瞪着眼睛说："难道你不想快点儿知道那本怪书写了些什么？"

"我想知道呀，我昨晚睡觉都想这个呢！"柯顿说，"可是我们俩去这么早有什么用？那也得陆华到了肖恩那里去才行呀！"

"我刚才跟他打电话了，他现在就去——我们走吧。"

柯顿一下来劲了："他跟你说什么没有？那本书里写了些什么？"

"瞧你性子急的。"兰茜一边走一边说，"陆华说等我们都到肖恩家再说。"

"那快走吧！"柯顿拍了兰茜一下，跨到她前面去了。

柯顿的家离肖恩家不远，走路也只要十多分钟就能到，再加上兰茜今天自备了一把防紫外线伞，所以两人决定步行。走到半途，柯顿突然"扑哧"一声笑了出来。

"你一个人傻笑什么呢？"兰茜问。

"我在想我妈今天中午吃饭时说的话。"柯顿望了兰茜一眼，然后捏了捏嘴巴，"算了，我还是不讲给你听了。"

"哎——这是什么意思呀？"兰茜瞪着柯顿问道，"听起来好像和我有关？"

柯顿忍不住笑，瞄了一眼兰茜，说道："嗯，是跟你有关——不过，你确定要听吗？"

"别废话了，快讲！"

柯顿说："我妈今天吃着吃着饭，突然问我一句——'柯顿，你是不是在和兰茜谈恋爱呀？'"

"啊……"兰茜脸颊一红，声音有些娇嗔地说，"真讨厌，你妈妈是怎么看出来……啊，不，我是说，她怎么会这么想呀。"

"可不是吗，把我都吓了一大跳，差点儿被噎着了！"

"那你……"兰茜微微一顿，低下头不让柯顿看见自己脸上的红晕，"你是怎么回答她的？"

"嗨，我还能怎么回答？我告诉她说我们是哥们儿，根本就不可能是她说的那种关系，她呀，误会大了——对吧，兰茜？"柯顿大大咧咧地在兰茜肩膀上拍了一下，见她低着头没说话，便俯下头去问道，"咦，你怎么了？怎么不说话呀？"

兰茜猛地抬起头来，满脸怒容地冲柯顿吼道："你去死啦！"然后快步朝前冲去。

"哎，干吗呀？怎么突然就生气了——有病呀？"柯顿纳闷地挠着脑袋，也只有快步跟上去。但兰茜一路上怎么也不理他了。

两人一前一后地来到肖恩家，菲佣莉安带着他们上二楼肖恩的房间，然后下楼拿饮料去了。房门开着，肖恩正在书桌前玩电脑游戏，他见兰茜怒气冲冲地走进来，柯顿不知所措地跟在后面，问道："你们俩怎么了？"

柯顿耸了耸肩膀，表示不明所以。肖恩望向兰茜，想从她那里找到答案，但兰茜显然是不想再谈刚才的事情了，她问道："陆华还没来吗？"

"可能快来了。"肖恩说，"你们先玩会儿 PS3 吧。"

"好嘞。"柯顿拿起茶几上的游戏手柄，问兰茜："你玩儿吗？"

"不玩儿！"兰茜烦躁地回答，脸扭到别的方向。

"不玩儿算了，嘿嘿，今天真好，没人跟我抢手柄了。"柯顿故意大声地说，同时瞟了兰茜一眼，见兰茜没理他，便自己开机玩起游戏来。

过了大概二十分钟，肖恩家的门铃再次响起。肖恩放下手里的鼠标："肯定是陆华来了。"

果然，十几秒后，陆华便拿着昨天那本诗集走进肖恩的房间。柯顿游戏都不玩儿了，赶紧凑上前去问道："怎么样，你翻译出来了吧？"

陆华点了点头，坐到沙发上，对注视着他的三个人说："你们别抱太大希望，我只是翻译了几首出来。"

"啊？整整一天时间你才翻译几首呀？效率也太低了吧。"柯顿有些失望地说。

陆华瞪大眼睛望着他："你以为容易呀？这本诗集不知道是几百年前的人写的，用的全是中世纪的法语，和现在的法语有些区别——我翻译起来别提多费劲，一首诗就得花上近一个小时呢！"

"哎，别管这些了，你就把你翻译的那几首诗的内容讲给我们听听吧。"肖恩兴致盎然地说，"我真想知道这本'禁止人类阅读'的书到底写了些什么内容。"

这时，菲佣莉安将一杯果汁递给陆华，陆华接过来，对她说了声"谢谢。"莉安便拿着空托盘又下楼去了。陆华呷了口果汁，然后叹了口气："唉，其实我觉得你们没必要这么关注——等你们知道这些诗的内容后，就该失望了——依我看，那句'禁止人类阅读'完全是作者在故弄玄虚、哗众取宠而已。"

"你就别卖关子了，快说吧。我们听了之后自己判断！"柯顿催促道。

"那好吧，我就按顺序——把第一页的诗翻译给你们听。"陆华说着将书翻到后面几页。

"等等，不是第一页吗，你翻后面干什么？"兰茜问。

陆华说："你忘了？昨天我们不就发现了吗，这本书大概以前被弄散过，后来装订的时候把最前面几页装到后面去了——我是按照它的页码顺序来看的。"

"哦，对了。"兰茜点了点头，想了起来，"那你快说吧。"

陆华翻到第一页，像煞有介事地念道："第一篇诗翻译出来是这个意思——'涅尔伽于九月第二次光临新城，带着四只恐怖的飞天怪。疯狂的白色怪兽与双塔同归于尽，撒旦在烟尘中肆意狞笑。'"

陆华读完之后，将书合拢，放了下来。三双眼睛一齐望着他，柯顿问道："这就完了？"

"完了呀。"陆华说，"本来一首诗就只有几句嘛。"

"不是……这首诗到底什么意思呀？我怎么完全听不懂？"兰茜困惑地问。

"你要问我这首诗具体表达了什么意思，那我也答不上来——反正我是把它各句的意思直译了出来，至于诗的内涵嘛，恐怕只能问作者本人了。"

柯顿挠着头说："什么'飞天怪''双塔'……哎。我说，这本书该不会是中世纪的人写的《哈利·波特》吧？"

"我觉得更像《魔戒》呢。"陆华苦笑道，"后面那些诗也差不多就是这些内容——总之，我看这本书就是本充满想象力的魔幻诗集。"

"啊？这也太没劲了吧！"兰茜抱怨道，"那不就等于是本童话故事书吗——我居然就为这个期待了整整一天！"

"你们现在知道我为什么说那句'禁止人类阅读'是作者在故弄玄虚了吧——怎么样，知道结果后失望了吧？"

柯顿和兰茜同时叹了口气，感觉懊恼不已。这时柯顿突然发现，从陆华念完这首诗后，肖恩就一直坐在旁边一言不发——他望了一眼肖恩，发现肖恩神色凝重地坐在沙发上，一动不动。他的左手紧紧捏着下巴，两条眉毛拧在一起，看起来像是想到了什么不可思议的事情。

柯顿用手肘轻轻碰了碰他，问道："肖恩，你怎么了？"

肖恩缓缓地抬起头来，望了柯顿一眼，又将目光移向陆华和兰茜。他的嘴唇微微翕动了一下，却什么声音也没发出来——整个神情真是怪异到了极点。

陆华和兰茜也注意到了肖恩的异常神色，他们几乎同时问道："你怎么了？"

肖恩迟疑了几秒，十分犹豫地说道："我突然……想起了一些事，但是……哎，这是不可能的……"

陆华晃了晃脑袋，表示没听明白："你在说什么呀？"

肖恩紧皱着的眉头一直没有松开，他突兀地问道："陆华，你刚才说的——第一句中出现的那个'涅尔伽'是什么意思？"

"涅尔伽？"陆华想了一下，"那是个人名，我是按读音译出来的，怎么了？"

"人名？谁的名字？"肖恩追问道。

"其实不是人的名字，是古巴比伦时期神话传说中一个神的名字。涅尔伽代表的是火星，是掌管一周七天的七位星神之一——这些也是我昨晚把这首诗翻译出来之后在网上查资料才知道的——你问这个干什么？"

"掌管一周七天的七位星神之一……那涅尔伽掌管的是星期几？"

肖恩的神色骤然变得紧张起来，令陆华都不由得心中一怔，他疑惑不解地回答道："……星期二。"

"星期二？真的是星期二！"肖恩大叫一声，用手捂住嘴，满脸的惊恐，"我的天……怎么会有这么凑巧的事情！"

肖恩的叫声把在场的几个人都吓了一跳，他们全都困惑地望向肖恩。

柯顿问道："肖恩，你到底想起什么事情来了？"

肖恩完全没理会柯顿的问题，他抓住陆华的手臂急切地问道："你说……

这本诗集是中世纪的人写的？你确定吗？"

陆华完全被肖恩问懵了："我不能肯定是不是中世纪的人写的，但是……肯定不会是近代的人写的——因为他在书中所使用的那种语法和句型，现在早就没人用了。再说这本书的纸张都旧得发黄发脆了……少说也得有几十上百年的历史了吧？"

肖恩缓缓松开抓着陆华的手，喃喃自语道："那就怪了……怎么会有这种怪事……"

柯顿终于忍不住站起来问道："你到底在说些什么呀！别在那里自言自语了，说出来让我们听听吧！"

肖恩抬起头凝视着他们三个人："难道你们没觉得，这首诗所描述的是几年前所发生过的一起重大事件吗？"

第 四 章
惊人的发现（二）

三个人听肖恩这样说，全都惊愕地望向他。柯顿问："几年前发生过的事？什么事？"

肖恩神情肃穆，一字一顿地吐出三个数字："911！"

"911！"三个人大叫出来，几乎全从沙发上弹了起来。陆华张大嘴巴说道："这怎么可能？"

肖恩从书桌上随手抓了张白纸和一支签字笔，把它们递给陆华，对他说："你把刚才那首诗写下来！"

陆华怔了一下，接过笔和纸，将翻译成中文的诗写在纸上：

> 涅尔伽于九月第二次光临新城，
> 带着四只恐怖的飞天怪。
> 疯狂的白色怪兽与双塔同归于尽，
> 撒旦在烟尘中肆意狞笑。

"看这两句——"肖恩指着中间的第二句和第三句说，"'四只'恐怖的'飞天怪'，你们认为这指的是什么？"

柯顿张了下嘴，身子不自觉抖了一下："你认为这指的是那四架被恐怖组织劫持的飞机？"

"对！诗的第三句也印证了这个说法——飞在空中的'白色怪兽'——

想想看，对于中世纪的人来说，飞机这种他们从没见过的庞然大物看起来不就像是'白色的飞天怪'吗！"

"啊！"陆华叫了出来，"这么说'双塔'指的是……"

"你也想到了！"肖恩大声说道，"'双塔'指的就是世贸中心那两幢被飞机撞毁的摩天大楼！而且情形不是和诗中所描述的完全一样吗——'白色怪兽'与'双塔'同归于尽！"

三个人的目光碰撞在一起，心中的震惊无以复加。

"嘿，等等，等等。"在一旁的兰茜伸出手比画着，提醒他们道，"你们怎么能肯定这首诗所描述的是 911 事件呢？我的意思是，也许这个中世纪诗人只是碰巧写了一首与'911'情景类似的诗呢？"

"我刚开始也这么想，可我在问了陆华'涅尔伽'代表什么意思后，就明白这肯定不是巧合了——因为诗的第一句准确地交代了这次事件发生的时间和地点！"

陆华惊愕地张大着嘴说："时间和地点……我想，我明白你说的意思了……"

"让我来解释。"肖恩此时的情绪激动异常，"陆华刚才说了，'涅尔伽'是代表星期二的神。他在九月第二次到来……"

"指的就是九月的第二个星期二！"柯顿喊了出来。

肖恩的声带几乎在颤抖："对！那天正好就是 9 月 11 日！"

"那'新城'指的是哪里？"兰茜问。

"新城显然指的是纽约市——因为在中世纪的时候，是没有纽约这个城市的，所以对于那时的人来说，这座庞大都市显然是个'新城'！"

"我的天哪！"兰茜捂住嘴说，"被你这么一解释——时间、地点和事件真的都和'911'一模一样！"

"是的。"肖恩说，"当然，前面三句都弄懂后，最后一句的意思也就十分明显了——据说世贸中心在遇袭后冒出的大量浓烟中出现了一张魔王撒旦的面孔，很多人都在美联社所拍的一张照片中看到了那张'狞笑的脸'！当然——那可能只是浓烟凑巧形成的形状。但'撒旦'也可以解释成为制造这起恐怖事件的幕后元凶——恐怖头子本·拉登！不管哪种解释，最后这句诗无疑都是对 911 事件的概括和总结！"

肖恩所作的解释几乎完全合理，令另外三人都震惊得说不出话来，半晌之后，陆华才问道："'911'是发生在 2001 年的事吧？那一年九月的第二个星期二真的是 11 号吗？这么久的事了，你没记错吧？"

"我不可能记错。"肖恩十分肯定地说，"因为 911 事件发生当天，我妈妈就被急召回美国去了——所以我对那一天的印象十分深刻！如果你们不相信的话，可以马上在网上查那天的日历。"

柯顿走到肖恩的笔记本电脑前，在键盘上敲打了几下，然后盯着屏幕说："没错，2001 年 9 月 11 日确实是 9 月的第二个星期二。"

接着是一阵连呼吸声都能听到的沉默，仿佛盘旋在他们头脑中的怪异想法令每个人的灵魂都出了窍。好一阵之后，兰茜才缓缓地说："我想知道你们是不是跟我一样，在想同一个问题——这是一本中世纪的法国人所写的预言诗集吗？"

陆华困惑地说："难道世界上真的有这种怪异的事情吗——一个古代人能清楚地预测出未来几百年后发生的事——这太不可思议了！"

肖恩说："据我所知，世界上确实有这种人存在。而最出名的一个大预言家恰好也是法国人，叫诺查丹玛斯，他写过一本旷世奇绝的预言诗集——《诸世纪》，其中满是对人类未来命运的神秘预测。"

"啊，我知道你说的这个人。"柯顿接过话题说，"大预言家诺查丹玛斯，他预测了希特勒引发第二次世界大战和原子弹促使日本投降等事，我在科普杂志上读过这些。"

陆华翻着书的封面说："我当然也知道诺查丹玛斯。但这本书显然不是他写的，而是一个叫……"他拼读着封面上写着的"Mars.Barthes"这个名字，"是个叫马尔斯·巴特的人写的——这个人我可没听说过，再说这本书也不是《诸世纪》呀。"

"也许是另一个不太出名的预言家？"柯顿猜测。

肖恩想了想，说："我认为我们应该在将这本书定性为预言诗集之前，再慎重地确实一下——万一刚才那首诗预测准了'911 事件'只是一个巧合呢？"

柯顿望着他："你刚才不是还十分确定这首诗预言的是'911事件'吗？怎么现在又觉得是巧合了？"

肖恩说："我只是觉得……毕竟它没有准确地表示出这件事发生在哪一年嘛——这首诗上所描述的事情就显得有些模糊了——也许他指的9月11号是几百年前的9月11号呢？"

兰茜忽然想起了什么，她大声说道："陆华不是翻译出来好几首诗吗——我们再看看别的诗说些什么呀！"

肖恩望向陆华："我也是这个意思。"

陆华一拍脑袋："对了，我还翻译了第四首和第八首呢！"说着，他翻到书的后面，顺着书右下角的页码小心地翻找着，"第四页……在这里，我找到了。"

柯顿有些不解地问："你干吗跳着页翻译呀？怎么不按顺序一首一首地来？"

陆华有些难堪地说："这本诗集中所使用的古代语法太难了……我就选着那些稍微简单、短小点儿的诗来翻译的……"

柯顿微微抖了下左边眉毛："你还真能省事儿啊！"

兰茜催促道："别管那些了。第四首就第四首吧，快看看写些什么！"

肖恩把玻璃茶几上的纸和笔推到陆华面前："你还是把它写在纸上吧。"

陆华将第四页上的诗又看了一遍，趴在茶几上写出翻译后的一首四行诗：

"波塞冬在最后几日突然震怒，
厄立特里亚海成为发泄之地。
巨大的海墙将陆地吞噬，
人类和鱼儿共同殉葬。"

陆华将诗写完后，抬起头来望着三双眼睛："我觉得……这首诗的意思好像挺明确的……"

"海啸！"不等他说完，三个人便一起喊了出来。

陆华身子向后仰了一下，像是被他们三人整齐而响亮的喊声吓了一跳，他扶了一下鼻梁上的眼镜框，重新坐直起来。

"这首诗的意思简直不用猜了。'波塞冬'是指希腊神话中的海神，他'突然震怒'，后果就是令'巨大的海墙将陆地吞噬，人类和鱼儿共同殉葬'——这分明就是指的海啸嘛！"肖恩一口气分析道。

"可是地球上发生过无数次的海啸——这首诗指的究竟是哪一次海啸呢？"兰茜不解地问。

柯顿指着诗的第二句说："这上面不是说了吗，在厄立特里亚海。可是……"他望向陆华，"厄立特里亚海在哪里呀？我怎么从来没听说过？"

陆华矫正了一下他那副高度近视眼镜的位置，说："不，它在这里并不是指的某一片海。"

"不是海？那是什么？"柯顿好奇地问。

"比海要宽广得多——厄立特里亚海其实指的是印度洋。"陆华说，"那是古代还没有出现'印度洋'这一名称时对它的称呼。"

"印度洋海啸！"肖恩大声说，"那么这首诗指的是2004年那场有史以来死伤最惨重的印度洋海啸！那是一场死亡人数达十五万人以上的恐怖灾难！"

陆华皱着眉头说："可是，印度洋在历史上发生过无数次的海啸——这首诗并没有明确表示出时间呀——我们无法判断它所指的是不是2004年那场巨大的海啸。"

兰茜说："如果它是泛指的印度洋海啸，那这首诗就一点儿'预言'的意义都没有。"

大家都沉默下来，肖恩叹了口气，将头仰在沙发靠背上："是啊，如果这本'预言诗集'上的每一首诗都不表示出明确的年份或时间，那么世界上发生过这么多事，大概每首诗都能找到一件与其相吻合的事件了——这种'预言诗'我也能写。"

兰茜听肖恩这么说，叹息道："我还以为我们在无意之中发现什么旷世奇书了呢——我刚才激动得都已经在脑海中看到我们接受记者采访时的画面了——没想到，原来还是一本普通的诗集呀。"

陆华苦笑着对她说："兰茜，我相信就算你看到那一幕，记者采访的题目也只会是'四个傻瓜'。"

"不，我不相信。"兰茜似乎还没放弃，她固执地对陆华说，"你不是还翻译了第八页那一首吗——就算第一首和第四首没明确表示时间，但我们至少也应该看看第八首——说不定这首诗把时间交代得十分清楚呢？"

"恐怕你得失望了。"陆华说，"我昨天就知道第八首诗的内容了——好像也是对某场灾难的描述。但遗憾的是，仍然没有对时间做出明确交代。依我看，这本诗集上的……"

"等一下，陆华。"柯顿突然叫住他，"你刚才翻译的那两首诗是第一首和第四首？"

"是啊，怎么了？"陆华问。

"把诗集给我看看。"柯顿把陆华手中的书拿过来，翻到后面几页，眼睛上下转动，神情变得越来越严峻。

肖恩看出了些端倪，他问道："柯顿，你发现什么了？"

"我明白了。"柯顿深深吸了一口气，抬起头来，"我知道每首诗的'时间'藏在哪里了。"

—— 第 五 章 ——
惊人的发现（三）

几个人一齐瞪大眼睛望向柯顿，脸上全是难以置信的神色。

"你说，你发现了每首诗隐藏的时间？"陆华吃惊地问，"在哪里？"

柯顿将第一页的诗翻到他们面前，说："你们仔细看，不就写在这一页上吗？"

"什么！就写在这一页上？"陆华将头一下扎到书面前，用手扶着他的近视眼镜仔细观看，"在哪里？这一页我昨晚不知看多少遍了，要是在什么地方写了时间，我怎么会看不到？"

肖恩靠拢过来望着书说："柯顿指的应该不是这一页的某个地方明确写了'时间'吧？他说的应该是发现了诗句中所'暗示'的时间，对吗，柯顿？"

"不，都不对。"柯顿冷静地说，"你们全都忽略了一个不起眼的地方。"

兰茜全神贯注地盯着柯顿。陆华和肖恩几乎同时问道："什么不起眼的地方？"

柯顿指着那一页右下角的"01"说："时间就清清楚楚地标在这里——这个让我们以为是'页码'的数字其实就是诗中所述事件发生的'年份'！"

"什么！这个页码是事件发生的年份？"陆华惊诧地大叫道，随后恍然大悟，"啊！没错！'01'代表的是2001年——正好是911事件发生的年份，而'04'……天哪，这不就正是印度洋海啸所发生的2004年吗！"

肖恩和兰茜都惊讶得合不拢嘴，这件事的诡异程度令他们的后背泛起阵阵寒意。兰茜呆了几秒后，忍不住大声叫道："这么说……这本书真的是一本神奇的预言诗集？"

"这真是……太不可思议了。"陆华难以置信地摇着头说，"如果事件发生的年份被确定下来，那么这些诗所做出的预言简直精确到了匪夷所思的地步。我现在明白第四首那句'波塞冬在最后几日突然震怒'是什么意思了——印度洋海啸发生在2004年12月26日，那不就正好是2004年的'最后几日'吗！"

"啊……"兰茜倒吸了几口凉气，"这本书的作者，真的是个具有预言能力的奇人！"

"可是。"肖恩露出难以理解的表情，"他为什么要将'年份'标在这样一个让人误解的地方？"

柯顿思忖着说："这恐怕是这本书的作者有意暗藏的玄机了——我猜想，他出于某种原因，不愿让看到这本诗集的人立刻就明白他所写的这些诗代表什么意思，所以才处处设下机关——首先诗句本身就使用了大量带暗示性和象征性的语言来使其变得晦涩难懂。而事件发生的年份他又巧妙地隐藏在'页码'之中——这些'谜题'的设置都是为了隐藏诗句所代表的真正内容。"

"嗯，你说得对。"肖恩点头表示赞同，"他确实是有意将诗句变得晦涩难懂——比如那句'涅尔伽于九月第二次光临新城'，如果作者真想让人一眼就看懂的话，完全可以直接写出'9月11号的新城'啊。"

兰茜感觉自己已经彻底懵了，她困惑不解地问道："我不明白，他又要把这些预言诗写出来，又不想让人轻易看懂——为什么要这样做啊？"

柯顿神色凝重地低着头说："其实书的开篇就已经向我们做出提示了——也许，这本诗集的作者不希望普通人洞悉到那神秘莫测的'天机'。"

"啊！"陆华茅塞顿开，"你是说我们一开始看到的那句……"

"禁止人类阅读！"几个人一起说出来。

四人互相对视了几眼后，兰茜突然打了个寒噤，哆嗦着说："我觉得这本书……怪邪的……我们无视作者说的那句'禁止人类阅读'，将书的内容读了之后，还意外地破解了他设置的谜题，等于是洞悉了'天机'……我们，不会遭到什么天谴吧？"

肖恩说："我们目前破译的那两首诗写的都是已经发生过的事。就算我们洞悉了天机，那也是过时的天机。"

柯顿突然想起了什么，他问道："陆华，你刚才说你翻译了第一页、第四页和第几页的书？"

陆华呆了一下，说："第八页。"

"这么说，这个'第八页'的诗写的就是2008年发生的事？"肖恩惊呼道，"那不就是去年吗！"

"你还叫'第八页'啊？"柯顿说，"那个'08'根本就不是第八页的意思。现在看起来，我们根本就是中了作者的圈套！"

陆华将诗集拿过来前后翻看着，感叹道："果然是这样！'01'的前一篇是'99'，然后是'98''97'……而书的第一篇'页码'是'13'，看起来指的是1913年！这样一来书的顺序根本就一点儿都没错！"

兰茜惊诧地说："这么说，他几乎把整整一个世纪、每一年发生的重大事件都作了预言！"

"可是，"肖恩对陆华说，"你刚才说'01'的前面是'99'？那'00'跑到哪里去了？2000年呢？他唯独没有预测2000年？"

陆华张了张嘴，一脸迷茫。

柯顿用手托着下巴想了片刻，忽然嘴角一歪，笑了出来："这个作者是个非常聪明而且心思缜密的人——你们想想看，一般的书会印'0'这个页码吗？如果'99'的后面一页是'00'的话，那恐怕任何人都能想到这指的是2000年了——那他所设的谜题也太简单了点儿！"

肖恩明白了："你是说，他为了不让人轻易看出'页码'是伪装的'年份'，所以特意省略了2000年那一页不写？"

"正是这样。"柯顿突然觉得热血沸腾，"我正在想象，这个几百年前的预言诗人是何等的聪明！"

肖恩望着目瞪口呆的陆华，问道："说起来，你昨天看到'页码'是'01''02'的时候，就没觉得奇怪吗？通常书的页码只会印'1'啊，怎么会印'01'？"

陆华叹了口气道："我昨天压根儿就没朝这方面想啊！我只当是古代出的书，所以页码标得有些奇怪罢了。"

陆华接着小声地说道："'第八页'的那首诗……我们还看吗？"

这句话提醒了大家，柯顿说："当然要看——反正你都已经知道内容了。再说 2008 年发生的事还不是已经发生了，有什么好怕的？"

陆华望了他们一眼，像在征求意见："那我可真写了？"

"写吧。"肖恩把纸和笔递给他。

陆华翻到诗集'08'那一页，将上面那首四行诗的中文意思写在纸上：

"克瑞斯的名字应改为厄瑞波斯，

只为她第十二天时在东方所犯下的暴行。

无辜的人们与大地共同颤抖，

在废墟中呼唤即将到来的神和圣者。"

尽管几个人早有心理准备，但当他们看完陆华所写下来的这首诗时，心中的巨大恐惧还是将他们震惊得说不出话。兰茜最先伸出手指，颤抖着指着纸上的诗句说："你们觉得……这首诗写的是什么？"

"还能是什么？"肖恩深深吸了一口气，"2008 年最大的灾难还能是什么？"

"汶川地震。"柯顿表情沉重地轻声说出来。

兰茜做着最后的心理安慰："我觉得这首诗写的是地震……这没错啦。但是，它并没有表明明确的时间和地点啊……我看，未必指的就是汶川地震吧？"

"不，兰茜。"陆华悲哀地说，"它表明了时间和大致方向的。诗的第一、二句就表示出来了。"

兰茜仔细看了一遍诗的前两句，茫然地抬起头来望向陆华。

陆华长长地叹了口气，说："'克瑞斯'是希腊神话中的大地女神和丰收女神，她在一年的十二个月份中掌管的是'五月'；而'厄瑞波斯'是希腊神话中的破坏之神，代表的是摧毁和破坏。第一句的意思其实就是：五月的大地女神展开摧毁和破坏。而她的'暴行'出现在'第十二天'——这不就正好是'5.12'这个日子吗！并且诗中说了，地点在'东方'。对于遥远的法国人来说，中国不就正好是在世界的东方吗？"

听完陆华的解释，兰茜感到遍体生寒，她倒到沙发上，嘴里念道："完了，完了！我以为这个法国人只会预测发生在西方的事呢，没想到远在中国的事情都被他预测到了！"

肖恩的身子摇晃了一下，随即吐出了一口闷气。他指着诗的第四句问："这句话中'即将到来的神和圣者'是指的什么呀？"

陆华摇了摇头，表示这句话他也不明白。柯顿埋着头思索了一阵，骤然抬起头来说："啊！'神和圣者'指的应该就是为了营救落难人民而从直升机上跳下来的空降兵们吧！想想看，对于一个中世纪的人来说，那些从空中降落下来的伞兵们不就像是上天派来的神使一样吗！"

"啊，对！肯定是这个意思！"陆华和肖恩一起说。

"这样一来，四句诗的意思就完全和'5.12'地震对应上了！"陆华说。

"天哪，这三首诗只是陆华随机选出来翻译的三首——居然每一首都和那一年所发生的重大事件完全吻合，而且时间和地点都预测得如此准确！假设这本诗集中的每一首诗都是这样百分之百准确的话，那么这本书的作者将是世界上最伟大的预言家！连诺查丹玛斯都不及他！"肖恩激动地大声说道，"可问题是，如果世界上真的有一个这样伟大的预言家，那我们以前怎么会不知道呢？而他的这本诗集怎么会现在才被我们几个十多岁的高中生发现？"

兰茜抬起头望了一眼肖恩："比起这个问题，我更想知道……"她迟疑地望了一眼柯顿和陆华，将后半句话说了出来。

"我想知道……'09'那一页的诗写的是什么？"

第 六 章

惊人的发现（四）

听到兰茜这句话，柯顿、肖恩和陆华互相对视了一眼，三个人脸上都露出了复杂的神情。

一阵沉默后，肖恩咽了口唾沫，对兰茜说："你是想知道，今年会发生什么重大的事情？"

兰茜赶紧摆着手说："我可没说一定要看啊——现在才六月份呢，要是我们提前知道了后面即将发生的灾难，那还不得提心吊胆地过日子呀？"

肖恩说："可是'09'那一页上不一定预言的就是灾难呀，也许这一页上预言的是 2009 年即将发生的什么好事呢？"

兰茜说："你看看前面那三首诗，哪首不是预言的大灾难？我看这个作者就没打算预测什么好事！"

肖恩望向柯顿和陆华："你们的意见呢？"

陆华犹豫着说："我倒不害怕提前知道什么灾难——因为就算知道了，那灾难也未必就会发生在我们这里。我只是觉得……"

"你觉得什么？"肖恩追问。

陆华摇着头说："我觉得这件事太古怪、太蹊跷了。怪异得简直让人感觉是在做梦一般。并且，这件事还有很多未知和难以解释的问题没能弄清楚，我们要是就这样冒冒失失地去探知未来的事，会不会……"

说到这里，他欲言又止。肖恩问："你不会真的是怕泄露了天机，遭到天谴吧？"

陆华没有说话，他望向柯顿，像是在问他的意见。

刚才一直托着下巴思考的柯顿此刻抬起头来，说："我们现在所遇到的这件事情确实非常诡异。现在我们冷静下来，用简单的逻辑来判断一下目前的状况——如果陆华随机挑选的三首诗均和那一年发生的重大事件相吻合的话，那我们就有理由相信这本书后面的内容——也就是说，从当前的2009年到后面的若干年发生的重大事件也会被这本书一一预测出来，并且准确率非常之高，就算不是百分之百准，但基本八九不离十。"

柯顿扫视了三个朋友一眼，神情严肃地说："这意味着，我们几个人大概真的因为机缘巧合发现了一本旷世奇绝的、神秘的预言诗集！如此一来，这本书我们就非往下看不可了。"

"怎么说？"肖恩疑惑地望着他。

"想想看，假如这本书真的能预测出未来即将发生的大灾难，那我们在知道以后，完全可以想办法避免一些灾难的发生，或者说在灾难来临之前做好准备呀！如果我们真的做到了，那将拯救多少人的生命和财产！"

陆华犹豫地看着柯顿，说："这一点我刚才也想到了，可我担心的是……"

"'天谴'什么的纯属无稽之谈！"柯顿义正词严地对陆华说，"我们可是二十一世纪的人，你怎么还相信这些不科学的东西！"

陆华提醒道："那'预言诗'这种东西符合科学观点吗？——事实上，它现在就摆在我们面前呀。"

柯顿说："那诺查丹玛斯的《诸世纪》早就被人破解出来了，还以不同文字、不同版本流传到了全世界每一个地方——也没见这些人遭什么天谴呀。"

陆华咕哝着说："这可说不准，谁知道当初那些破解《诸世纪》的人有没有遭什么报应？你倒站着说话不腰疼——翻译出来的人可是我呀！"

"你！真没想到……"

肖恩伸出手在他们两人中间一比，说道："你们俩也别争了，我提个议吧。"

柯顿和陆华一齐望向他。

肖恩说："柯顿的想法肯定是好的，但这事儿也得陆华自愿才行，我们不能强迫他往下翻译——主要是这件事实在太怪异了，超出了我们的认知范畴——我看干脆这样吧，让上天来帮我们做决定。"

　　"抛硬币？"柯顿有点儿懂了，直接说出来。

　　"怎么着都行。"肖恩问陆华，"怎么样，你同意吗？"

　　陆华思忖了片刻，点头道："好，就这么办！你们别以为我是胆小，或者是没好奇心的人。其实，要是我们这么做真能拯救很多人的性命，那我就是真遭天谴也认了——算了不说这么多了，就抛硬币决定吧。"

　　兰茜从口袋里掏出一个一元的硬币递给肖恩："我这儿正好有一个。"

　　肖恩问："咱们谁抛？"

　　陆华说："就你抛吧。如果是正面的话，我今晚就把后面几首诗都翻译出来；要是背面的话，那就说明上天也不赞成我们这么干。"

　　"好。"肖恩说着，把硬币扔到空中，硬币随即落到了他们脚下的木地板上。硬币在地板上转几圈后，滚到陆华脚边，碰到他的鞋，立在陆华那双运动鞋的一侧。

　　"啊？"陆华叫道，"这是什么意思呀？这算是正面还是背面？"

　　兰茜说："那就再抛一次吧。"

　　"不用了。"肖恩凝视着陆华说，"我看，上天的意思就是——这件事得由你自己来做决定。"

　　"这……"陆华抬起头来，发现三个人都注视着自己。他张了张嘴，然后叹了口气，悲壮地说："好吧，我刚才也说了，要是能拯救苍生，我就是遭天谴也认了——我决定了，把后面的诗都翻译出来。"

　　"太好了！"柯顿高兴地拍着陆华的肩膀，"这才对嘛！"

　　"别高兴得太早了。"陆华说，"还有一个问题呢。我们就算知道了未来即将发生的灾难——可是讲出去谁信啊？被人当成笑话也就算了，弄不好还以为我们几个造谣破坏安定团结呢！"

　　柯顿说："那我们到时候就把这本书上交给国家，让专家们都来研究一下这本书，就知道不是我们在危言耸听了。"

　　"现在先别说这么多了，等陆华今天晚上翻译出来再说吧。弄不好后面的都是些大好事呢，那不就皆大欢喜了？"肖恩说。

陆华抬手看了下表，不知不觉都快五点了。他拿上书，站起来说："我看我现在就回去做这件事吧——要把后面这么多都翻译出来可不是件容易的事。"

"那好。"肖恩对大家说，"明天下午两点，你们准时到我这儿来，一个都别迟到。"

第 七 章

恐怖的末日预言（一）

自放暑假以来，肖恩第一次在早上八点之前起床，原因倒不是他不想睡了，而是根本睡不着。事实上，从昨天下午他的三个朋友回家之后，肖恩就一直沉浸在关于那本神奇诗集的各种幻想和猜测之中——他敢肯定，柯顿也绝对如此。以柯顿的急性子，他着急的程度可能有自己的几倍之多。肖恩洗漱完毕，穿着睡衣从二楼走下来。他来到餐厅，跟正吃着早饭的父母打招呼："爸、妈，早上好。"

肖恩的爸爸穿着整齐地坐在餐桌旁，戴着一副金边眼镜读着晨报——从模样上来看，他更像是一个大学教授，而不是亿万富翁。他看见儿子起这么早，扬起一边眉毛问道："今天是什么特殊日子，肖恩？"

肖恩拉开一张椅子坐下来，耸耸肩膀说："什么特殊日子都不是，我只是睡不着了，就起来而已。"

肖恩漂亮的美国妈妈走到儿子身边，亲吻了他的额头一下："这很好，小伙子，朝气蓬勃的年轻人本来就不该睡懒觉。"

这时，菲佣尴尬地走过来说："对不起，肖恩少爷，我不知道你今天会起来这么早，还没有准备你的早餐呢。"

"啊，不用给我准备什么，莉安。"肖恩说，"现在太早了，我什么都吃不进去——你帮我倒杯牛奶就行了。"

"那可不行，早上不吃早饭会伤胃的，你起码得吃点儿沙拉。"妈妈一边对肖恩说，一边示意莉安去准备。

"那好吧。"肖恩无奈地撇了下嘴，对莉安说，"我要水果沙拉，不要蔬菜的，嗯——有草莓和葡萄吧，莉安？"

"是的，少爷。"莉安点了点头，急忙去准备了。

莉安将一盘水果沙拉和一杯牛奶端过来，肖恩用叉子叉起一个草莓送进嘴里，吞下去后，问道："爸，报纸上有什么有趣的新鲜事吗？"

爸爸笑着说："有啊，不过我看的都是经济版——东芝公司在经济危机的影响下股票下跌了8%，可是它的竞争对手索尼下跌了9%——这种事你觉得有趣吗？"

"没趣。只要索尼公司还能继续生产PS系列的游戏机，那它亏损多少都跟我没关系。"肖恩转而问妈妈，"妈，美国那边有什么大事发生吗？"

妈妈摇着头说："现在美国最大的问题还不就是经济危机，因此而产生的社会问题也日益严重了。一些犯罪团伙趁此机会又开始蠢蠢欲动了。"

肖恩沉思了一阵，问道："妈妈，我的意思是，最近在美国……有没有发生什么重大灾难？"

妈妈双手交叉撑住下巴，凝视着肖恩说："儿子，难道你觉得这还不算是一场灾难吗？"

"不，我是想问，有没有发生那种……"肖恩刚说到一半，清脆的门铃声将他的话打断。爸爸放下报纸，瞄了一眼墙上的挂钟——现在才七点五十。他望着妻子和儿子说："谁会在这么早来访？"

肖恩和妈妈同时耸了耸肩膀，表示不知道。爸爸对菲佣说："莉安，你去看看是谁。"

莉安快速走到客厅。将房门打开后，她望向餐厅，说道："少爷，是你的朋友陆华来了。"

"啊？陆华！"肖恩惊讶地丢掉手里的餐具，一边朝门口走去，一边自言自语道，"老天，他一定发现了什么不得了的事！"

果不其然，肖恩跑到门口看见陆华的第一眼，就知道自己刚才的想法肯定没错——陆华此刻大汗淋漓，像是跑着过来的。他不断喘着粗气，左手擦拭着头上的汗水，另一只手拿着那本诗集和一个本子。他眼圈发黑，很明显是熬了夜，但他此时脸上出现的不是倦容，而是一种无比惊愕、紧张的神情。

"快进来。"肖恩招呼着朋友进门，然后小声地问道，"出什么事了？"

陆华神情骇然地盯着肖恩，禁不住打了个冷战："你绝对想象不到，我发现了什么，这实在太恐怖了，我简直—— 阿……阿姨，您好。"

肖恩回过头去，才发现妈妈已经站在了自己身后，她面带微笑地对陆华说："你好，陆华。你看起来像刚刚参加完长跑比赛。"

陆华看来完全忘了肖恩的父母还在家里，他尴尬地说："不，阿姨……我……事实上……"

肖恩对妈妈说："妈，陆华来找我商量一些事情……So, please？"

"噢，当然。那你们慢慢谈吧。我也该去工作了。"

肖恩拍了一下陆华的背："到我房间里来说吧。"

两人去了肖恩的房间。肖恩将房门带拢，然后急切地问道："怎么了，陆华！是不是你在翻译完之后，知道 2009 年即将发生的灾难是什么了？"

陆华的身体再次颤抖了一下，他脸色苍白地望了一眼肖恩，说道："要不，你现在打个电话跟柯顿和兰茜吧，让他们俩马上过来，就说有重要的事！"

肖恩凝视着陆华的眼睛，在心里判断着"重要的事"是指什么。片刻之后，他点了下头："好吧，我叫他们现在过来。"

陆华转身走到窗前，面对窗外做着深呼吸。肖恩摸出手机打电话——他不时瞄一眼陆华，竟发现陆华的身体一直在微微颤抖。他无法想象是怎样的恐惧使得平常稳重、沉着的陆华惧怕成这般模样。

几分钟后，他打完电话，对站在窗前的陆华说："我跟柯顿、兰茜都说了，叫他们用最快的速度赶过来。"

背对肖恩而站的陆华用几乎看不出来的幅度轻轻点了下头，之后就一言不发地伫立在窗前。肖恩看不到他的表情，也猜不到他的想法，只能在屋中焦急地等待柯顿他们到来。

半个小时后，肖恩的房间门被柯顿猛地一下推开 —— 柯顿的着急程度显然不加形容也能想得出来。兰茜在他身后，也是一脸迫切的表情，两人进屋之后，肖恩赶紧迎了上去。莉安跟着走进屋来问道："少爷，您的朋友们是喝果汁还是可乐？"

肖恩说："你先去忙吧，一会儿我们要喝什么的时候再叫你。"

莉安退了出去，肖恩走上前去将门关上。柯顿在门关上的瞬间以完全按捺不住的声调说道："陆华，人来齐了。你快说吧，后面的诗到底写了些什么？我跟你打了那么多次电话你都不告诉我，害得我都失眠了！"

陆华从窗户边走过来，望着柯顿说："你失眠了？我从昨天下午到现在还没合过眼呢！我熬了一个通宵才把这本诗集后面的内容全部翻译完。要不是你昨天晚上打电话来骚扰我，说不定我还能快点儿完成呢！"

柯顿吐了下舌头，不敢大声嚷嚷了，他像赔不是似的低声说道："你辛苦了——那现在总可以说了吧——我知道，你一大早把我们叫过来，肯定是因为发现了什么惊人的重大事情，对吧？"

兰茜在一旁担忧地问道："该不会……你真的通过那本诗集得知了2009年即将到来的重大灾难吧？"

陆华的脸色再次变得煞白，他嘴唇颤动，双眼发直。好一阵之后，他才在恐惧中挣扎出来，将手中的笔记本翻开，递给柯顿，说："我把从'09'开始的后面几页全都翻译出来了，并写在这个笔记本上了，你们自己看吧。"

柯顿神色凝重地接过笔记本，仿佛接到的是某种神圣宣判。肖恩和兰茜赶紧围在他的两侧，三个人捧着笔记本缓缓坐下来，眼睛盯着本子上那一首四行短诗。

——— 第 八 章 ———
恐怖的末日预言（二）

陆华的笔记本第一页上以"09"作为标题，记载了这样一首奇怪的四行诗——

> "屋大维成为奥古斯都之前，
> 将南十字星五十五度彻底点亮。
> 上岸的蝎子与普罗米修斯相遇，
> 天与地光芒万丈。"

柯顿三人将这首诗反复诵读了几遍，抬起头望着陆华，期望他能做出解释。但陆华始终皱着眉头，一言不发。

兰茜忍不住问道："陆华，这首诗到底写的是什么意思？我完全看不懂呀。"

陆华叹了口气，没有说话，柯顿说："其实，这首诗的意思我能看出个大概——没猜错的话，应该预示的是某次重大火灾吧？"

"火灾……"兰茜想了想，"你是从那句'天与地光芒万丈'看出来的吗？"

"不止那一句，其实诗的后三句都暗示是火灾。"柯顿分析道，"首先——将南十字星五十五度'彻底点亮'就已经暗示出是火灾了。而第三句中的'普罗米修斯'是盗取天火之神，'上岸的蝎子'与手持天火的普罗米修斯相遇，显然意味着'着火'。当然最后一句'天与地光芒万丈'就更是对火灾场景的描述了。"

肖恩问"那么'南十字星五十五度'是什么意思？'上岸的蝎子'又是指什么？还有诗的第一句'屋大维成为奥古斯都之前'该做何解释？"

柯顿用手托着下巴说："第一句肯定又是和前面那些诗一样——用巧妙的方式暗示出事件发生的时间。现在的历史书上一般认为——罗马执政官屋大维是在'8月'的时候被加冕为罗马皇帝的，并授予他'奥古斯都'这个光荣称号。那么——'屋大维成为奥古斯都之前'显然指的就是……"

"七月底！"兰茜惊声叫了出来，"现在已经是6月20多号了！"

柯顿神情严肃地说："依我看，它把这个时间暗示得更加精确。'屋大维成为奥古斯都之前'假设指的是'前一天晚上'，那么这个准确的时间就是——'7月31日'！"

"啊……7月31日那天，会发生重大火灾？"兰茜讶异地说，"那么地点是在哪里呢？"

"这正是诗的第二句所交代的——'将南十字星五十五度'彻底点亮！"

肖恩困惑地说："'南十字星五十五度'……这地方像是在天上呀。"

"那倒不一定，也可能指的是地上的某个地方。"柯顿说，"据我了解，南十字星出现在夏季星空的时候，不是每个地方都能看得到的。地球上只有少数的一些国家和地区才能看到'南十字星座'——而'五十五度'有可能是指地球的经纬度……如此一来，将两个条件加在一起的话……"

肖恩有些明白了："也就是说，这个发生火灾的地方在经纬度相加为五十五度，并且能看到南十字星座的地方！"

柯顿若有所思地说："这只是我的猜测，到底是不是这个意思——我不敢肯定。"

"先假设就是这样吧。"肖恩说，"最后一个问题——'上岸的蝎子'是指什么？"

"这个我就完全摸不着头脑了。"柯顿抬起头来问陆华，"你知道'上岸的蝎子'是什么意思吗，陆华？"

一直站在旁边没有开口说话的陆华摇着头说："我也跟你们一样，对于这首诗的其他词句都能做出解释，唯独这个'上岸的蝎子'不知道是什么意思。"

"那你之前所想的和我们刚才分析的意思是不是一样？"柯顿问。

陆华说："我认为你百分之六十是分析对了的。但以我对这本诗集的了解来看，写这些诗的作者一定是个十分严谨的人，他非常重视精准性——从这个角度来看，你的分析起码有一个地方不对。"

"哦，是吗？讲来听听。"柯顿没有丝毫的不高兴，反而表现出极大的兴趣。

"首先我得肯定你对第一句诗的精确分析。我认为你推算的关于这起事件发生的具体时间为'7月31日'是十分正确的。不过，在对第三句的理解上，却出现了一些小小的舛误——以至于在对第二句诗的理解上也和我大相径庭。"

柯顿睁大眼睛，听得聚精会神。

陆华接着说："主要是我认为你对'普罗米修斯'的理解不对。你认为'普罗米修斯'象征的是'火'，可我不这么认为。"

"那你觉得他代表的是什么？"

"普罗米修斯在神话故事中只是盗取并传播了天火而已，他不能被看作是'火'的代表，而只能是'火的携带者'——希腊神话中真正的火神是赫淮斯托斯。我刚才说，这本诗集的诗句全都有着高度的精准性——试想一下，如果作者是想表达'着火'这个意思，那第三句诗为什么不写成'上岸的蝎子与赫淮斯托斯相遇'？"

"嗯，有道理。"柯顿点头道，"那么你认为第三句诗该怎么解释？"

陆华思忖着说："我觉得'普罗米修斯'是指某种带着火焰，并处于高速移动中的东西，它与'上岸的蝎子'碰撞在一起，产生的爆炸会将南十字星五十五度上空彻底点亮！"

"嘿，等等，等等。"肖恩惊诧地张着嘴说，"带着火焰、高速移动……并且你认为碰撞并非发生在地上，而是空中——陆华，你的意思已经这么明显了，为什么不直接说出来？你认为这首诗是指火箭失事吗？"

陆华皱着眉头说："其实我也跟柯顿一样，都是猜测而已，并不能十分肯定，不管怎么说，'上岸的蝎子'我们谁都不知道指的是什么——当然也就不敢肯定猜测是否正确了。"

在一旁几乎都听呆了的兰茜放开撑着下巴的手，问道："怎么，陆华，你对这首诗的意思也不清楚？那就是说其实你也不知道 2009 年 7 月 31 日这天究竟会发生什么事？"

陆华点了点头。

肖恩皱了下眉，不解地问道："那我就不明白了，既然你也不敢肯定这首诗是什么意思 —— 那你干吗从进我家的门开始，就一直一副紧张不安、忧心忡忡的样子？"

陆华见三个人一齐注视着自己，叹了口气道："其实我一开始根本不打算解释这首诗的。只不过听到柯顿的分析有些地方可能不对，才忍不住说了一下自己的看法。事实上 ——"

他挨个望了柯顿、肖恩和兰茜一眼，神情凝重地说："你们要是看了这本诗集的最后一首诗，就会发现前面这些诗其实一点儿意义都没有了。"

——— 第九章 ———
恐怖的末日预言（三）

柯顿、肖恩、兰茜互相对视一眼，似乎都没有听懂陆华这句话是什么意思。他们望向陆华，等待他做出解释。

陆华面色沉重地摇着头说："我昨天下午回家后，连晚饭都没吃就开始翻译这些诗。从'09'那一首开始，每翻译一首，我便试着去分析和破解这首诗的含义……"

"不知不觉我工作到半夜。终于，在凌晨四点钟的时候，我翻译完了这本诗集的最后一首诗。本来，我以为这本书是这套诗集的'第五册'，最后一页只是表示第五册完结了而已——没想到，等我将最后一首诗通看一遍之后，整个人就像遭到电击一般跳了起来。我被这首诗的内容吓得全身发冷、汗毛直立。"

说到这里，陆华的脸上几乎没了血色，他一连打了好几个冷战，像被恐惧掐住了喉咙一样说不出话来。

柯顿焦急地追问道："最后一首诗到底说什么呀！"

陆华指着放在茶几上的笔记本说："你们自己看吧——跳过中间那两页不用管，这些都无关紧要了。直接看最后'032'那一首诗。"

柯顿和兰茜、肖恩赶紧坐到沙发上，三个人的头挨在一起。柯顿快速翻到那一页。呈现在他们眼前的，是这本诗集上最长的一首诗——

"恐怖的最后一天终于到来，

阿波罗因跌倒而喜怒无常。

火山、地震不再可怕，

毁灭之时无所用场。

惊恐的人们无处藏身，

被星星之雨集体埋葬。

鉴此我的大预言全部结束，

米希尔的信徒将深知错在何方。"

　　柯顿将这首诗一字一字地念出来。虽然他们三个人无法将诗的每一句意思完全弄懂，但这首诗整体所包含的恐惧感已将其隐喻的巨大灾难表露无遗，使得柯顿三人在读完后震惊得无以复加。

　　好半天后，肖恩才从遐想中回过神来，他抬起头问道："陆华，你知道这首诗每一句具体所指的意思吗？"

　　陆华阴沉着脸说："难道你们看不出来吗？这首诗和前面那些完全不同，它预言的是人类的'最后一天'！而且这也是它之所以在最后一页的原因——这一天过后，所有的一切便全部完结了，不会再有以后了！"

　　"啊——"兰茜感觉浑身阵阵发冷，"这首诗预言的是世界末日？"

　　柯顿抬起头来望着陆华："你是怎么理解这首诗的，陆华？"

　　陆华望着柯顿说："这最后一首诗大概是所有诗中写得最直白的一首了——根本不存在什么理解上的歧义。尤其是当我意识到这首诗所指的时间是'032'那一年后，更是对它所表示的意思确信无疑。"

　　"'032'……啊！对了，'032'是指的2032年啊！"肖恩像获得什么提示般叫了出来。

　　"2032年……和古维嘉人的预言一样。"柯顿眉头紧锁。

　　"喂，等一下。"兰茜迷茫地问道，"你们在说什么呀？什么古维嘉人？2032年有什么特殊的吗？"

　　肖恩诧异地望着兰茜："你不知道？难道你不看电视、报纸，也不上网的吗？"

　　"我倒是想做这些事！但我妈认为学习功课之外的所有事情都是在浪费

时间，不，浪费生命。所以我们家这些东西几乎都不对我开放！"

"你有一个虐待狂的妈妈。"柯顿悲哀地看着兰茜，"不过如果这首诗所言当真，那你也就用不着再为这个苦恼了。"

兰茜狠狠地瞪了柯顿一眼："别废话了！快告诉我……古维嘉人的预言是怎么回事！"

柯顿下巴朝陆华的方向仰了一下："你还是让陆华告诉你吧，他能从最专业的角度来告诉你。"

兰茜赶紧望向陆华，眼神中充满期盼。陆华果然如柯顿说的那般，用作学术研究报告的口吻说道："2008 年 X 国的《宇宙报》刊登出一篇文章，此后便引起了全世界范围的广泛关注和研究。实际上，你现在在电脑搜索栏上输入'2032'几个数字，就能发现有成千上万人正在探讨着神秘的'维嘉预言'。"

兰茜眼睛都不眨一下地认真听着。

"维嘉族是一个曾经在地球上非常繁盛、但于公元十世纪左右谜一般消失的古老部族。它代表着一个神奇的古文明——关于古维嘉人那神秘的文化和他们在天文、数学上取得的极高成就，你还是以后再慢慢了解吧，兰茜——我直接讲最重要的部分。"

陆华停顿了一下，接着说："近代的考古学家们在发掘出来的维嘉遗址中发现了一部古老的文献。根据这部维嘉文献的记载，地球每隔 3740 年就会被毁灭一次，而地球上的生命在过去已经被毁灭过四次。也就是说，现在的人类已经是地球上的第五代子孙了。最恐怖的是，根据文献上维嘉历法的计算方式来看，古维嘉人早在几千年前就已经计算出了第五次毁灭的时间。"

陆华停了下来，兰茜屏住呼吸望着他，片刻之后，她小心翼翼地问道："那个时间就是 2032 年吗？"

"准确地说，是 2032 年 12 月 31 日。"陆华神情严肃地说。

兰茜张大嘴巴愣了半晌，随后看了看柯顿和肖恩，突然笑了出来："啊……我明白了，这只是古代人的一种猜测和预言，对吧？是没有科学依据的。"

"不，兰茜，事实恰好相反。"陆华悲哀地说，"科学家和天文学家们把古维嘉人的历法和现代科学结合在一起共同研究，结果在计算机上得出一个惊人的数据：太阳的磁极每隔 3740 年就会对调一次，而地球的磁场受到太阳磁场很大的牵制。当太阳磁极逆转时，地球的磁极也会跟着对调，令地球南北两极互换！"

兰茜感觉自己的大脑已经跟不上了，她机械地问道："那……那又怎么样？"

"怎么样？天哪！"陆华激动起来，"到时候，地球上的生物将无法适应突然发生的重大气候变化而集体死亡！地球的外壳会发生很多火山爆发、地震、泥石流等现象。最可怕的是，地球的重力也将发生变化，从而导致一些小行星朝地球方向飞来——世界末日便真正地到来了！知道吗？科学家们研究发现，上次发生同等现象是在恐龙灭绝时——恐龙就是因为小行星撞击地球而全部灭亡的！在现代人类的历史中，还从没有此类现象发生过的记载！"

陆华喘着粗气瘫倒在沙发上，双眼空洞地望着天花板："完了，到时候我们就全都完了！"

兰茜瞠目结舌地盯着陆华，像是已经被吓傻了。

肖恩把手放在鼻子前咳了两声，说："陆华，你别把女孩子吓哭了。还是说点儿乐观的吧——报纸上不是也说了吗——美国宇航局的科学家发表声明说，磁场颠倒只是最坏的可能而已，并不是一定会发生的呀。"

"没错，我之前也是这样乐观地认为的。"陆华双眼无神地说，"可我昨天晚上看了关于 2032 年这首预言诗后，就知道什么都完了——一个中世纪法国预言家所写的诗与维嘉预言、现代科学家的推测竟然完全一致——你们觉得这该做何解释？是巧合吗？呵——"他苦笑道，"我真想接受一次催眠，让自己学会自欺欺人。"

肖恩缓缓拿起茶几上的笔记本，将诗句仔细对照，脸上也出现绝望的神情"真的……被你这么一说，我才发现这首诗的每一句都与维嘉预言的内容完全一致，几乎都不需要猜测了——'最后一天'是双关语，既表示世界末日的到来，又暗示时间是 2032 年的最后一天（12 月 31 日）；'阿波罗'显然代表太阳，用他的'跌倒'来形容太阳磁极颠倒……这种比喻真是太恰当了；'星星之雨'一定说的就是数个小行星撞击地球——呃，唯独最后一句我不明白是什么意思……'米希尔的信徒'……陆华，你知道是什么意思吗？"

陆华疲惫地倒在沙发靠背上，有气无力地说："肖恩，我已经不想再去破译这些诗句了。你难道不觉得将自己会如何灭亡弄得过分清楚是件很残忍的事吗？"

肖恩不再说话，兰茜也神情呆滞。柯顿皱起眉头，打量了他们三个人一番，突然站起来说道："嘿，你们都怎么了！世界末日还没到来呢，你们就一个个像丢了魂似的。全都打起精神来！"

"恐怕我做不到，柯顿。"陆华摇着头说，"得知自己的人生还剩下不到24年的时间，我打起精神来做什么呢？"

柯顿走上前去按住陆华的肩膀喝道："别再说这种丧气话了！你不是天天教导我们要怎样才能过得充实、有意义吗？怎么现在就像被这本古代人写的诗集判了死刑一样！"

肖恩抬起头来说道："柯顿，那你觉得这本预言诗和维嘉预言的内容完全一致该做何解释呢？"

"而且它之前所作的预言全都准确无误呀！"兰茜补充道。

"你怎么知道它之前的预言全都准确，从没发生过错误？"柯顿反问道，"说起来，我们也只不过是印证了三首而已。从这本书的第一页 —— 也就是1913年到1999年这80多页的内容我们根本就连翻译都没有做，更别说去验证对错了。况且，从2009年到2031年这23年的事还根本没发生呢，你们就知道这后面三年发生的事一定会和书上的预言诗相对应？"

"那我们该怎么办？叫陆华把1913年到1999年这87年对应的诗全都翻译出来，然后我们挨个验证一遍？"肖恩说。

陆华把头歪过来说："这件事你们找别人去做吧 —— 想在世界末日到来之前就把我折腾死呀？"

肖恩冲他摆了摆手："我也就是这么一说，怎么可能真的去做？"他又将头转向柯顿，"不过，话说回来，柯顿 —— 如果下个月31号真的发生了和诗句上一样的事，你就相信这本诗集的预言是真的了？"

柯顿"哼"了一声："那也未必。2009年的预言应验了，就表示2032年的预言也一定会应验吗？诺查丹玛斯是多出名的预言家呀，可是他最出名的预言——1999 年世界毁灭——现在证明还是没预言准。可见预言这种事很不靠谱！"

也许是因为柯顿说的这番话很有道理，肖恩和兰茜的精神状况都有了明显的改变，就连陷在沙发里的陆华也坐直了身子，他们全都望向柯顿。兰茜问道："那我们现在怎么办？对这个'末日预言'置之不理吗？"

柯顿摇着头说："那当然也不行。我们现在得想尽一切办法来判断这个'末日预言'应验的可能性有多大。如果我们发现'末日预言'真的是有可能发生的话，就应该想办法通知政府，让大家做好防范的准备呀！"

肖恩困惑地问道："可我想不出来，除了等待 2032 年 12 月 31 日那天之外，还有什么其他方法能判断这个预言的真实性。"

柯顿望着他的三个朋友说："我觉得我们首先应该做一件事——难道你们没发现吗，我们的关注点一直都集中在这些诗句和它们所映射的事件上去了，却忽略了一个非常重要的问题——这些诗究竟是谁写的？"

—— 第 十 章 ——
探索马尔斯·巴特其人（一）

听到柯顿这样问，陆华眨了眨眼睛，说道："这本书的作者？我们不是早就知道了吗——叫马尔斯·巴特呀。"

柯顿说："我的意思是，这个马尔斯·巴特究竟是个什么样的人？想想看，假如他拥有和大预言家诺查丹玛斯一样的能力——这样一个奇人，历史上不可能没有任何关于他的记载吧？为什么诺查丹玛斯是家喻户晓的人物，而和他同一国家、甚至是拥有同样异能的人却完全默默无闻呢？"

"对了，说起这个，确实是很奇怪。"肖恩皱眉道，"这个马尔斯·巴特所写的预言诗，为什么要把年份隐藏在'页码'之中，却又在诗句中巧妙地暗示事件发生的时间、地点？这种欲盖弥彰的做法有什么特殊意义吗？而且，为什么他每一首诗的内容都要用晦涩难懂的方法来表达？有一些分明就可以写清楚点儿的——如果他压根儿就不想让人看懂，又何必把这些诗写出来呢？"

"嗯，其实我在翻译的时候就有这种感觉。"陆华说，"我觉得这个作者似乎在写下这些诗句的时候处于一种十分犹豫和矛盾的状况——他既想把自己的预言展现在诗中，又因为某种原因不得不隐晦表达。仿佛……他有一种既想让人知道，又怕让人知道的情绪在里头——这是为什么呢？"

兰茜说："他怕被别人知道什么呢？世界末日的到来吗？可这有些不合情理呀——2032年距离他所生活的年代应该相隔甚远，他没理由担忧这个的。况且，那首'末日预言'恐怕是他所写的诗中语言最直白的一首了——怎么看都不像是怕让人知道的样子。"

柯顿沉思着说：“也许，在这本诗集中还隐藏着一个更大的秘密……是关于这个作者怎样得知这些'天机'的。所以，他才在书的一开始做出警告和提示——'禁止人类阅读'！”

肖恩的手指在空中比画了一下：“我明白了。我们的下一步就是要找出这个作者的相关资料来——也许在解开这个作者的身份之谜之后，我们就能对他所写的'末日预言'做出一个正确的判断！”

陆华感觉自己的大脑此刻就像一个生了锈转动不起来的齿轮，他说：“可是，我们该怎样去寻找马尔斯·巴特的相关资料呢？难道在图书馆里一本书一本书地找吗？要知道，寻找一个完全不出名的人的资料，可比大海捞针还要难呀！”

柯顿瞪大眼睛说：“陆华，为什么我感觉你有时候像是还生活在石器时代？把那个名字输入到电脑的搜索栏里找呀！互联网的免费资源干吗不用？”

“啊，对呀，可以在网上找。”陆华得到提示后显得有些兴奋，但他保持着冷静说，“可如果是太冷僻的人的话，网上也不一定能找到相关资料呀。”

“总之先试试吧！”肖恩走到书桌前，打开他的笔记本电脑。

陆华再次确认了一遍诗集封面上的名字，在百度搜索中输入"Mars.Barthes"这个名字。页面上立刻弹出一个提示：

抱歉，没有找到与"Mars.Barthes"相关的网页。

肖恩想了想，说：“再输入'马尔斯·巴特'这个音译的名儿试试。”

陆华快速地在搜索栏中输入这几个字，这一次跳出若干个相关的网页来。四个人脑袋凑在一起仔细查看，发现这些网页上分别介绍的是某个叫"马尔斯"和某个叫"巴特"的人，而且这些人是足球明星、小说人物……甚至还有令人啼笑皆非的"马尔斯健身茶"。几个人耐着性子查看了十多页，终于确认不可能有他们要找的那个"马尔斯·巴特"。

陆华失望地关闭电脑网页，叹息道：“我就说嘛，这个人太冷僻了，网上是没他的相关介绍的。”

兰茜难以接受：“不可能吧，这么一个奇人，难道历史上没有任何关于他的记载？”

陆华说：“也许是有的。但我们这种光凭一个名字在网上查找的方法显然不行。因为搜索页上只会显示出现在叫这个名字最出名的人。过于冷僻和不出名的人是无法通过这种方式找出来的——唉，图书馆里倒是有些历史资料类书籍——可问题是我们要一本一本、一页一页地找，怕是找到牛年马月也找不到！"

柯顿低着头思考了一阵，说："要是我们缩小在图书馆查找的范围，也许查找起来就不那么困难了。"

陆华问："怎么缩小查找范围？"

"要是我们能知道这个马尔斯·巴特大概是哪个年代的人，不就可以只查看那个年代的书籍或资料吗？这样的话应该就容易多了。"

"可问题是这本诗集上根本就没有任何出版信息、发行时间，我们根本不可能知道这个马尔斯·巴特是生活在哪个年代的人呀。"陆华说。

柯顿沉吟片刻，咧着嘴角笑道："我想，他应该是欧洲中世纪的人，最起码生活在公元1500年左右。"

三个人一齐诧异地望着柯顿。肖恩问道："你怎么会知道得这么清楚？"

柯顿指着陆华手中的那本古旧诗集说："根据它推算出来的呀。"

"什么？不会吧？"陆华惊讶得脸都变了形，"你光看这本书纸张的泛黄程度就能猜出它产生于公元哪一年？你不会还研究过考古学吧？"

柯顿轻轻摆着一根手指头笑道："谁说我是通过纸张来推测的？"他伸出手去把陆华手中的诗集拿过来，翻开第一页，指着下方那个"Cinq"说，"我是根据这个推算出来的——陆华，那天你拿到这本书的时候告诉我们，这个'Cinq'是法语中'五'的意思，对吧？"

陆华扶了一下眼镜框，点头道："是啊。"

"我们来做一个简单的逻辑推理。"柯顿说，"这本书是这套诗集中的第五本，写了从1913年到2032年整整120年的事。那么，我们就可以推测出前面四本也应该差不多是这样——每本书预言的是一个世纪，这显然是作者精心编排的。如此反推的话，就可以知道这个作者最起码也不会是1512年之后的人了。否则的话，这套书还能被称为是'预言诗集'吗？"

"啊！柯顿，你真是太聪明了！"肖恩赞叹道，"如此一来，我们就只需要在十五世纪或介绍十五世纪的书籍中找寻马尔斯·巴特这个人就行了！"

"我就说还是要去图书馆才能解决问题嘛！"陆华倏地从皮椅上站起来，"还等什么，我们快走吧！"

第十一章
探索马尔斯·巴特其人（二）

在去新图书馆还是旧图书馆这个问题上，几个人产生了一点儿小小的分歧。肖恩觉得新图书馆的书会更齐全，而陆华则坚持认为自己对旧图书馆更加熟悉，查找起来会快捷许多——况且新图书馆可能还恰恰找不到这类古老的资料书。最后柯顿站到了陆华这边——原因是这本诗集就是从旧图书馆找到的，也许在那里能找到同样类型的书。

陆华走在最前面，再一次推开那扇玻璃大门。图书馆里一如既往的冷清扑面而来。只不过，这次除了坐在大门正对面的管理员老罗外，他的旁边还站着一个身材发福的中年人——这座图书馆的馆长辛雅先生——此刻，他正在老罗跟前小声交代着什么。

很显然，陆华对馆长的熟悉程度不亚于老罗，他走上前去打招呼："馆长先生、老罗，你们好呀。"

辛馆长转过身来，看见陆华他们四个人后，和蔼地微笑道："你好，陆华。这是你的朋友吧。你们真是热爱知识和学习的年轻人。"

"谢谢。"陆华笑了一下，问道，"馆长，你能告诉我欧洲中世纪的一些著作或者是介绍欧洲中世纪的资料集中放在哪里吗？"

"看起来你又要完成一篇历史论文了。"馆长扬了扬眉毛，"不过陆华，我还以为你对我们这座图书馆已经熟悉到如同自家房间了呢。"

"您这个比喻真是太贴切了。"陆华说，"其实我每次在自家房间里找东西时很费劲——尤其是那些不常用的小东西。"

馆长对他眨了眨眼睛："那就让我们把这些小东西找出来抖抖灰——阅览室二楼右边靠窗的那几个书架上应该有你想找的东西。"

"太感谢您了，馆长。"陆华冲他点点头，和三个伙伴一起朝二楼走去。

"这个馆长真是个亲切、和善的人——我都快要喜欢上这里了。"兰茜小声地对陆华说。陆华轻轻点了下头。

他们来到馆长所说的位置——也许是为了节约开支，二楼阅览室里连个看管的人都没有，只有悬挂在墙壁上方的两台监控器在工作。现在这里就只有他们四个人，柯顿翻看着书架上的书。

"《欧洲的历史》《中世纪文化研究》……嘿，陆华，这些书里也许真能找到关于马尔斯·巴特的资料。"柯顿说。

"我们主要找十五世纪左右的内容——哪怕是跟这个马尔斯·巴特有一点儿相关的也不要错过。"陆华回应。

四个人分别在两排书架上翻看起来，周围静得只有翻书的声音。

陆华一边翻着书，一边估算着要把这堆满两排书架，并且都是厚厚一本的书翻完需要多长时间。此刻的他虽感困倦，但也做好了将整个下午浸泡在这里的准备。但令他意想不到的是，仅仅翻阅了不到二十分钟，他便在一本叫《人名辞典》中发现了令他无比惊喜的内容。几乎在他的目光接触到那一排文字的同时，他的身体便像被针扎似的弹了起来，他大叫道："喂，你们快来看！"

柯顿三人都被陆华的叫声吓了一大跳，他们赶紧聚集过去。肖恩小声提醒道："陆华，这里是图书馆的阅览室。"

"对不起，对不起！我太激动了！"陆华抑制不住兴奋，他指着手中那本厚书中间的一小段说："我在这本 1991 年版（中文版）的韦伯斯特编写的《人名辞典》里，找到了关于马尔斯·巴特这个人的介绍！"

"什么，我看看！"柯顿说。书的中间一段是以法语音译的马尔斯·巴特之名收录进去的，原文如下：

"马尔斯·巴特，十五世纪法国宫廷皇家占星师，生于 1501 年，1572 年殁。马尔斯·巴特本来是位极受人尊敬的预言师，但因 1551 年与大预言师诺查丹玛斯共同预言国王亨利二世的未来命运一事中，做出了错误的预言

（此事在两人做出预言十年之后得到了验证）而导致声名狼藉，被法国民众嘲笑为'皇宫中最大的骗子'。亨利二世死后，马尔斯·巴特被驱逐出宫廷，此后余生在贫穷和羞辱中度过，郁郁而终。

　　*注释：马尔斯·巴特是个在历史上颇具争议的人物，关于他的更多详情请参见法国史学家安德烈·英鲁瓦的名著《法国史》，以及著名作家拉裴特夫人所著的《乞求的后面》一书。"

　　看完这一段文字后，柯顿忍不住惊呼道："啊！这个马尔斯·巴特不但是和诺查丹玛斯同一时期的人，而且还和诺查丹玛斯一起为国王做出过预言——看来他们两人应该有些渊源才对！"

　　兰茜轻快地吐出一口气："看了这段介绍之后，我突然觉得放松多了。"

　　"为什么？"肖恩问道。

　　"你看，这段介绍中清楚地指明了这个马尔斯·巴特因为错误的预言而导致声名狼藉，他还被法国人称为'皇宫中最大的骗子'呢——可见他所作的所谓'末日预言'我们也根本就用不着担心——啊，我压抑的心情终于可以放松了。"

　　"可你别忘了，他所预言的'911事件''印度洋海啸'可是一个字都没说错呀。"肖恩提醒道。

　　"而且奇怪的是，为什么这段介绍中完全没有提到他曾出版过一套预言诗集的事呢？"陆华疑惑地问。

　　"看来这里面另有隐情。我现在感兴趣的是，他到底对国王亨利二世作了什么错误预言，导致他声名狼藉。"柯顿说，"看来这些答案只有在注释提到的两本书中去找了。"

　　"说起《法国史》这本书，我刚才好像翻到过……"肖恩挨着书架最上面一排找过去，"啊……找到了，在这里！"

　　肖恩将一本厚厚的精装图书从书架中抽了出来，把封面展现在大家眼前。陆华说："太好了，我们再找找看能不能发现《乞求的后面》这本书。"

　　四个人立刻分开，从不同的位置寻找这本书。因为有具体的书名和作者名字，寻找起来就要简单多了。

　　几分钟后，兰茜低呼一声："我找到了！"她将拉裴特夫人所著的《乞求的后面》抽出来，极富成就感地感叹道："我真是爱死这家图书馆了！"

"太好了！"陆华兴奋地说，"从这两本书中也许能找出我们想要知道的秘密！"

"先看哪本？"肖恩问。

"就你手中这本吧，快些，我都等不及了。"柯顿走到肖恩身边，帮他翻开书。陆华和兰茜也走过来。

"这里。"陆华指着目录说，"'亨利二世之死'，第379页——应该就是这一篇吧。"

现在已经是中午一点钟了。四个少年忘记了时间和腹中的饥饿，由肖恩捧着书，站在原地聚精会神地看起来。

（由于书中所写内容与后面情节关系重大，以下章节将详细记录柯顿四人所看到的内容。）

第十二章
两个大预言家（一）

《法国史》第 379 页——"亨利二世之死"。

公历 1551 年，国王亨利二世 46 岁，是一位集中世纪欧洲王室的荣华与颓废于一身，并有些怠倦感的君王。最近，他得知了流传于巴黎城中的一些传闻。传闻是关于一个地方医生的，这个医生采用了奇妙的方法，拯救了瘟疫流行的市镇，并准确地预言出许多人的未来和天灾——此人名叫米希尔·诺查丹玛斯。

国王对这个被民众称为"大预言家"的人十分感兴趣，命人以"皇家顾问"的身份将其召进宫廷。

"听说你能预知人的命运？那么，你能准确地说出我将在什么时候什么地方，怎么死去吗？"诺查丹玛斯初次被召进宫时，亨利二世如此问道。

诺查丹玛斯直视着国王那双沉溺于酒色的眼睛，过了一会儿，冷静地说："国王陛下，看来，这个预言事关陛下的健康。陛下在享受荣华富贵的生活之余，也许总担心会染上什么病吧？然而，请陛下放心，陛下绝无因病而缩短寿命之虞。这一点，我很清楚，可是……"

国王听后本来已很放心，但接着又听到这个"可是"……。国王面带愁容地反问道："可是！可是会怎么样呢？"

"啊！这是我出言不慎，并无他意。请陛下当它作耳边风吧。"

诺查丹玛斯没有说下去。国王反而不安了："不，一定要把刚才的话说清楚，不必隐讳。这是我的命令。"

诺查丹玛斯迟疑不决，可国王一再追问，无法拒绝。他像不便说出口似的，张开了沉重的嘴：

"那就容我禀告吧。实话跟您说，我从刚才起，就一直忐忑不安，心想陛下莫非要因疾病之外的什么伤心事而丧失生命，最后落得如此下场？这也许是陛下头脑深处之伤引起的——有那么一天，在城外会发生这么一件事，陛下的脑部被锐利的武器刺进去，也许此伤要夺走陛下的生命。"

谈吐彬彬有礼，却是冷酷无情的宣判。列席的家臣和女宫官们都屏住呼吸。国王脸色苍白，身子发抖，一时没有说话。接着，他像呻吟似的低语道：

"是脑部吗……那太可怕了。像那样可怕的伤，如果不是在战场上，那简直是不可想象的！这么说来，莫非要对萨瓦家族（当时统治着法国北方的宿敌）开战。敌人攻到城外，我可能在战场上丧命。诺查丹玛斯，我且问你，那将是什么时候？再说，这难道是命里注定，怎么也无法逃脱的吗？"

"是的，很遗憾，是无法逃脱的。这就是陛下的命运……这一天，以我看来，今后十年之内，将要到来。"

诺查丹玛斯不再说话了。国王绷着脸，瞪起双眼直盯着他。突然捂着脸哭了起来。

"这是怎么回事啊！我为何死得如此凄惨？我作为大法国皇帝，由神的代表（罗马教皇）授予王冠……我是向教会捐赠了三万欧洲货币的最大信徒。当此危难之际，上帝为何不救救我呢？"

国王抽抽搭搭地哭个不停。诺查丹玛斯一言不发，带着同情的神色，直望着国王。过了一会儿，他靠近国王，以安慰的口吻说：

"陛下，请勿过分忧伤……此事并非陛下一人。就说我吧，死时全身将会浮肿，在极其痛苦之中死去。人不是因伤，就是因病，迟早都会死的。尽管如此，我们也应该看作是一种福分。因为我们未来的子孙，人类未来的一切，也许会在这千年之间由于某种可怕的原因而全部灭亡。与其那样，不如在晴空丽日之下，玫瑰盛开的现今世界里了却此生，岂不更为心安理得吗？"

尽管百般安慰，国王还是不乐意听，他带着焦虑和恼怒的口吻命令道："那是遥远未来子孙的事，就随它去吧！我自己的命要紧。你且退下——布罗依斯（宫廷顾问），你去把马尔斯·巴特叫来，让他替我重新占卜一次，我想听听他的意见。"

诺查丹玛斯离开后不久，布罗依斯将皇家占星师马尔斯·巴特带到了国王的面前。国王像看见救星似的抓住马尔斯·巴特的手，将刚才诺查丹玛斯所作的预言向他转述了一遍，并希望得到他的诠释。

"巴特，你一直是我最信任的占星师，现在请你诚实地告诉我，我的命运是否真的会像诺查丹玛斯所预言的那样？"

马尔斯·巴特向亨利二世深深地鞠了一躬，脸上洋溢着温暖的微笑："亲爱的国王陛下，请恕我直言——您怎么能轻信一个民间占星师的话呢？"

"可他不是个普通人。"国王忧心忡忡地说，"我听说过许多关于米希尔·诺查丹玛斯的传闻。他用奇妙的方法驱赶了城镇中的瘟疫，他还能一语道破人们的未来和命运，准确地预报各地即将发生的地震和洪水，并让当地人很快转移到安全地区去——对于这样一个奇人所说的话，我怎么能不放在心上呢？"

"没有错，陛下。"马尔斯·巴特平静地说，"诺查丹玛斯也许确实不是个平庸之人，但那并不表示他所说的每一句话都是对的。事实上，我以前曾和他见过面，在与他交流和接触之中，我感觉到他在某些方面确有过人天赋，但同时，我也在他所做出的诸多预言中发现了不少的谬误。比如说，他今天对您的命运所作的预测，就是完全错误的。"

"是吗？你怎么能如此肯定？"国王将信将疑地问，但脸色已明显缓和了许多。

马尔斯·巴特哈哈大笑道："亲爱的陛下，我之所以如此肯定，是因为早在诺查丹玛斯为您预言之前，我就已经通过天上的星象准确地看到了您的命运——陛下，在我看来，您完全不必为疾病或意外等事担心，星象上显示，您会活得健康而长寿——当然，我这么说的意思并不是指诺查丹玛斯有意要骗您或恐吓您。他只是将另外一个人的命运错误地当成是您的命运了。"

听到这里，国王悬着的心终于放了下去，很明显，他更愿意听从或是相信他的宫廷占星师为自己所作的预言。国王高兴地邀请马尔斯·巴特共进晚餐，并奖赏给他许多的金钱。

此事之后，国王亨利二世似乎完全忘记了诺查丹玛斯那"不吉利的预言"。

他依然沉溺于享乐之中。直到 1559 年 7 月，再过一个多星期，那恐怖的期限便要完结了。那一天，正是国王同父异母的小妹妹玛格丽特王妃举行结婚典礼的喜庆日子。

这是令整个皇室都为之高兴的事——国王的宿敌萨瓦家族的主人萨瓦公爵居然当了王妹的丈夫。这当然是出自王室的策略，想通过高层的政治婚姻来减少法国王室与萨瓦家族战争的可能性。

国王之所以殒命，也许是命中注定，无可奈何的。

1559 年 7 月 1 日（诺查丹玛斯预言的"十年之内"的倒数第十天），国王一时兴起，在王宫外宽阔的院子里，居然要与一个贵族比试枪法。

"来一个欢庆的余兴吧！"国王说，并把新婚夫妻和贵族们带到院子里。他指着一个年轻的贵族，兴高采烈地说，"你来与我比试枪法！"

被指定当对手的，是国王的近卫队长、年轻的伯爵，名叫蒙哥马利。因为他身材魁梧、武艺出众，又是富有作战经验的勇士，所以人们称他为"狮子"。

年轻人感到为难，反复以国王喝醉为由，坚决拒绝交手。然而，无奈国王执意命令，最后只好从命。

说起来是比武，实际上只是做个样子而已。枪尖用厚布和皮革包了起来。蒙哥马利伯爵心想：就这样打上两三回合，巧妙地让国王取胜也就行了。

万万没有想到，在第二个回合，悲惨的事故突然发生了。国王首先刺中了伯爵的头盔，当伯爵向国王的头盔反刺时，不知怎的，伯爵枪尖上的护刃皮套突然脱落下来。那磨得十分锋利的枪尖，从用黄金做的鸟笼型头盔缝间使劲穿了过去，刺中了国王的眼睛。国王惨叫一声，仰面躺在玫瑰盛开的庭院里。

伯爵惊慌地抱起国王，医生们也跑了过来。然而，枪伤祸及脑部，已经无法可医了。尽管竭力保住了一口气，但国王已经完全疯了，像禽兽一样在宫中到处打滚。到第九天的夜晚，国王终于断了气。

这一天，恰好是诺查丹玛斯的预言中"十年之内"的最后一天夜晚。

到了这时，宫中全体人员才又吃惊地想起当初预言的事。人们清楚地明白过来，诺查丹玛斯在第一次见面时，一眼就看到了国王在悲惨的事故中丧命的情景。后来，他们又更加惊诧地在诺查丹玛斯于 1558 年出版的《诸世纪》

一书中发现一首准确描述该事件的四行诗 ——

《诸世纪》第一卷第三十五篇:

　　　　"年轻的狮子会打倒老人。

　　　　在花园里一对一决胜负的比武中,

　　　　他刺中了黄金护具里的眼睛。

　　　　两处伤合为一处,狂死必将来临。"

宫中的大臣们想起,这本书出版之后,诺查丹玛斯也送了一本给亨利二世。按理,国王是看到了这首诗的,可他显然不懂其中的意思。

当然,国王做梦也不会想到其中写有与自己有关的事。也许国王在与诺查丹玛斯初次见面之后,就感到颇不顺心。因此,对诺查丹玛斯的著作,国王从一开始就不想认真阅读。

人们认为目前的状况再清楚不过了。毫无疑问,诺查丹玛斯是一位杰出、神奇的预言师。而皇家占星师马尔斯·巴特则不知是出于何种原因(可能是判断失误了,也可能当时根本就是出于阿谀奉承而胡说八道)做出了错误的预言。不管怎么说,两人的待遇在此事之后出现了天壤之别。诺查丹玛斯几乎被人们喻为神明,而马尔斯·巴特在成为笑话的同时,也越来越多地被人厌恶和反感,人们都称其为"皇宫中最大的骗子"。终于,在亨利二世死后不到半年,马尔斯·巴特便被新国王赶出了皇宫,原因是其"除了溜须拍马之外一无是处"。

时至今日,亨利二世仍然是法国历史上死得最具传奇色彩的一个国王。

第十三章
两个大预言家（二）

陆华伸手去翻书的下一页。柯顿用手肘碰了碰他："喂，干什么呢？"

"啊……"陆华醒过神来，手指伸到眼镜框中去揉了揉眼睛，"这本书写得真吸引人，我不知不觉都沉浸其中了。"

"你还看上瘾了呀？"柯顿说，"我们看这本书的目的你没忘吧？"

"当然没忘。"陆华说，"可是刚才那个故事中的主角分明就是亨利二世和诺查丹玛斯呀，我们真正想要了解的马尔斯·巴特在整个事件中只是个配角——他的作用似乎就是为了衬托大预言师诺查丹玛斯的。"

"可是对于我们来说，这就已经足够了，不是吗？"兰茜愉悦地说，"我们通过这个故事得知了马尔斯·巴特这个人只不过是个擅长阿谀奉承的小人而已。他大概根本就没什么真本事——如果他连国王的命运都无法预知的话，又怎么能预知几百年后人们的命运呢？"

"又回到起初那个问题了。"肖恩对兰茜说，"如果马尔斯·巴特真的是个没有真本事的骗子的话，那你怎么解释在他的诗集中准确预言出了后世几百年将发生的重大灾难这件事？"

"嗯……"兰茜嗫嚅道，"我想，也许他对未来的事做了些猜测，恰好蒙对了而已吧？"

柯顿望着她说："兰茜，你现在预测一下下个周末会发生什么事，蒙一个给我看看？咱们别再自欺欺人了，好吗？"

兰茜沮丧地垂下头，目光涣散。

"好了，我们也别瞎猜了。"陆华拍了拍手中的另一本书 —— 拉裴特夫人所著的《乞求的后面》，"这里不是还有一本和马尔斯·巴特有关的书吗？也许我们能在这本书中发现一些有价值的东西。"

"对，快翻开来看吧。"柯顿说。几个人再次打起精神。

这本《乞求的后面》似乎是本文集，全书由十多个独立的篇章组成。其中第四章的标题叫作"我的朋友马尔斯·巴特"。

以下是此章节中的一些节选：

（第 63 页）很明显，生活在巴黎城中的人不是每个人都和我（注释：在此指拉裴特夫人本人）一样，能交上一位生活在皇宫中的朋友，特别是像马尔斯·巴特这样一位在皇室中有着极高地位的人。他不仅是国王的亲信，同时还是一个有着杰出天赋的学者。他有一种神奇的能力，这种能力使他当上了'皇家占星师'。国王和大臣们在做出重大决策之前都会先询问他的意见 —— 足见马尔斯·巴特在皇宫中举足轻重的作用。但不管别人怎么羡慕或嫉妒，马尔斯在宫廷中的地位仍然是稳如磐石、不可动摇的。有几个人能做到像他一样，仅靠观察天空和星象便能对未来做出预测呢？

（第 66 页）……我的幸运来源于马尔斯对于文学创作（尤其是诗歌）的热爱。也许是因为我在巴黎城中也算是小有名气，所以这位皇家占星师总爱到我家中来做客。我和丈夫，以及我们的小儿子都十分喜欢这位彬彬有礼、始终面带微笑的客人。他一点儿架子都没有，甚至允许沃尔塔拉（拉裴特夫人的小儿子）坐在他的膝盖上，揪他的山羊胡子玩儿，还给他取外号'山羊叔叔'。我和丈夫担心沃尔塔拉的失礼会令这位在皇宫中备受尊敬的大占星师生气，但马尔斯却被逗得哈哈大笑 —— 他真是一个平易近人的人，和他相处时一点儿拘谨和紧张的感觉都不会有。更难能可贵的是，马尔斯每次来，都会给我们讲一些皇宫中的佚闻和趣事，这些成了我日后的写作素材。当然，他也会花整整一下午时间坐在我家的壁炉旁边读我的小说手稿，并提出他的见解和感受……多次之后，我和这位皇家占星师的关系越来越好，几乎成为无话不谈的朋友。

（68 页）这一天下午，马尔斯在我家的花园里说出一番令我震惊的话，我几乎认为他是头脑发热而说的胡话，但他严肃而略带忧郁的脸又让我感觉他所说的每一句话都是认真的。也许他真是发自肺腑地向我倾诉心中的苦恼？我无法做出准确判断，只能在夜晚将下午与他的对话整理出来——

马尔斯盯着一株龙舌兰发呆，我以为他在想心事，便没有打扰他。没想到他突然对我说："拉裴特，你知道吗？在我心里，有一个隐藏了几十年的秘密。除了我那已过世的父母之外，我从没对任何人讲过。因为，你知道，在皇宫中是不能随便乱说话的，况且我也找不到足以令我信任的人——直到，我遇见了你——我感觉你是一个能倾听我的苦恼，并为我守住秘密的人。是这样吗？拉裴特，你是能让我信任的人，对吗？

我意识到不管我怎么回答他都是会说下去的，因为他的提问听起来更像是在问他自己。既然如此，我为什么不让他放宽心，替他分担一些烦恼呢？我对他说："马尔斯，作为你的朋友，如果能帮你分担一些心中的苦恼，自然是我的荣幸。你有什么事情尽管对我讲吧，我保证会帮你保守秘密。"

没想到我简单的几句话竟然令马尔斯表现出十分感动的神情，似乎他等候这一刻已经很久了。他鼓足勇气望着我，说出了令我惊讶的话：

"拉裴特，我……其实，根本就没有观星象的本领。当我每次故作神秘地抬头仰望天上那些星星和天象的时候，感觉和你们这些普通人一模一样——那些散布在天上数不清的星星对于我来说就像是随意撒在簸箕里的黄豆一样，杂乱、无序，毫无规则可言，一点儿意义都没有！老实说，我在观星象的时候顶多就只能看出第二天下不下雨。噢——但我的职务却是皇家首席占星师，这不是天大的讽刺吗？"

毫无疑问的，我惊呆了。我不敢肯定自己的耳朵有没有出错，但我却能肯定这番话对于马尔斯·巴特来说意味着什么。我瞠目结舌地说道："马尔斯，你的意思是……可是，你以前明明就做出过很多次准确的预言呀。比如说，你去年不是还为国王预测出了南方动乱的事情吗？"

马尔斯·巴特缓缓摇着头说："不，你没懂我的意思。我是说，我只是一个挂着名号的占星师，原因是我对占星术一无所知。我甚至认为天上的星星与地上的人和事是毫无关联的——可是，我不是一个合格的占星师并不代表我没有预知未来的能力呀。"

我确实没懂他的意思。事实是我更加糊涂了（在没有听到他说下面这番话之前，我认为占星术是唯一可预知未来的方法），我茫然地望着他。

马尔斯叹了口气，向我解释道："从我小时候起，我就发现我有些与众不同的地方。我总是会做一些稀奇古怪的梦，这些梦在不久之后就会成为现实。一开始我以为是凑巧，但日子长了，我便明白这是我与生俱来的一种特殊能力。拉裴特，你知道，我出生于韦尔农（法国地名）的乡下。为了摆脱穷困的生活，在我 25 岁那年，我只身一人来到巴黎的皇宫，并以占星师自居。为了能使国王相信我有预知未来的本领，我将在梦境中看到的一些事情告诉了他，并谎称这是使用占星术预测的结果——当然，这些事不久之后都应验了，我自然得到了国王的赏识和信任——上帝保佑，我当时只想借由这种特殊能力混口饭吃而已，根本没想到会受到国王如此的重用，他竟封我为皇家首席占星师！拉裴特，你明白我所担心的事情了吧？如果有一天国王发现其实我对占星术一无所知，这么多年其实一直都是在欺骗他的话，你猜他会怎样？"

马尔斯·巴特说到这里，已经脸色苍白、浑身颤抖了。我凝望着他，用了整整五分钟的时间来接受和理解他刚才所说出的这番匪夷所思的话。我不知道我是不是会错意了——老实说我此时的大脑变得既迟钝又呆板。我对他说："马尔斯，我不明白，你是不是真的会占星术——那有什么要紧？只要你能帮国王预测出未来几十年可能会发生的事——我看他才不会在乎你用的是什么方法呢。你在皇宫中这么多年都深得他的信任和重用，这不就是最好的证明吗？依我看，你就算是直接告诉他，你的预言来源于睡梦中所见，那也无妨——兴许他还会觉得很神奇、有趣呢。"

马尔斯像是被我的话吓了一大跳，他脸色惨白地说道："不，拉裴特。你显然是没有意识到占星术与梦境预言的区别所在。占星术是被人们所认同的一种高级而神秘的预卜方式，它代表的是一种被人崇拜和尊敬的职业。但是，当一个人对你说，他能在梦境中看到未来即将发生的事——而且几乎全是灾难的时候，你会怎么想？"

我愣了一下，有些明白他的意思了。

马尔斯的脸上已经全无血色了："是的，你也想到了，对吧？人们会把这个人视为不详的使者、异端和魔鬼！甚至把他当成会某种邪恶法术的巫师——认为是这个人将灾难带来的！拉裴特，我不想被绑在十字架上烧死，也不想跟石头绑在一起被沉入水底——你现在明白了，这个秘密我为什么隐藏在心中这么多年都不敢讲出来！本来我是打算将它彻底带进坟墓的，但我憋在心中这么多年，实在是受不了了！所以我才把它告诉了你。"

我不知道他是出于激动还是恐惧——总之他在瑟瑟发抖。我当时真是百感交集，心情无法形容，所以呆站在那里好几分钟都没有说话。直到我想起最近听说的一些事情，才决定以此来开导一下他："马尔斯，我听说最近从拉昂（法国地名）来了一位地方医生，好像叫……诺查丹玛斯。这个人会用一种奇妙的方法来治愈瘟疫，并且，他还能预言出人的未来和天灾。虽然我不知道他是怎么做到的，但我敢肯定他也不是个占星术师——马尔斯，这个人现在在巴黎城中十分活跃，不但没被当成异端、巫师，还受到很多人的尊敬和推崇——所以，如果你也和他拥有同一种能力的话，你就完全没必要担心刚才所设想的那些事，对吗？"

"遗憾的是，我并非和他拥有同一种能力。"马尔斯神情沮丧地说，"拉裴特，这个人现在在巴黎城中如此出名，我又怎么会不知道他呢？事实上，我不但认识他，还和他见过面。"

"你和诺查丹玛斯见过面？你们谈些什么？"

"谈了很多。通过和他的交谈，我了解到，他确实和我一样，都不是通过占星术来预卜未来的——但他预知未来的方法和我完全不同。我是在梦中看到未来，而诺查丹玛斯却根本不用睡，只需要在一处安静的地方冥想，就能看到一幅幅关于未来世界的神奇画面。他确实是个奇人。在和他的交谈中，我得知他对于未来的某些预言和我在梦中所看到的是完全相同的！由此可见，他和我的能力大概不相上下。但可悲的是，我们俩的能力有一个根本的区别——"

我迫切地望着马尔斯，等待着他继续往下说。

马尔斯悲哀地叹息道："诺查丹玛斯能预见到未来所发生的所有事，包括好事和坏事；但我，却只能预见到各种各样不同的灾难。也就是说——"

他靠近我，用凄恻的眼神凝视着我，低声道："我几乎从没做过美梦，我的每一个夜晚，都是在噩梦的陪伴中度过的。"

我被他的话吓得倒吸了几口凉气，我捂住嘴，神情骇然："你每天晚上……

都会做这种预示灾难的噩梦？我们的未来，会发生这么多灾难吗？"

马尔斯反过来安慰我道："别担心，拉裴特。我所梦到的这些灾难并不一定都是发生在现今的，有些可能会发生在几十年后，而有些甚至发生在一两百年后——那已经不值得我们去操心了。比较起这个来，我目前的处境更令我担忧——诺查丹玛斯可以利用他的预知能力来为人治病，替人消灾，并告诉人们关于未来的一些趣事，这使得人们把他当作神使一般崇敬；但我呢，一旦开口，就全是一些恐怖的大灾难——与他相比，我岂不是成了魔鬼的使者？"

我关切地问道："那你有没有把你梦到的这些大灾难告诉别人？"

"当然没有。但我把它们都记录了下来，放在我家里一个秘密的地方。"

我思索了片刻，想到一个问题："马尔斯，如果……你只能预知未来的灾难，那么当国王问到你其他事情的时候，你怎么办呢？"

马尔斯·巴特发出几声干涩的苦笑："拉裴特，说了这么久，你终于明白我的难堪处境了！正如你说的这样，由于国王对我的重用和信任，他现在在决策很多大事之前都会要求我用'占星术'来做一次预卜，以便听取我的意见。想想看，这对于我来说是多么为难的一件事！如果他要问我一些关于战争、动乱或者谁要死了这一方面的事，我还能准确地告诉他；但他要是问我诸如'马尔斯，帮我算算我那可爱的堂妹什么时候才能结婚生子'这一类问题的时候，你觉得我该怎样回答？"

"那你事实上是怎么回答的？"

"噢……"马尔斯无奈而苦涩地摆着头说，"我还能怎么回答？难道告诉他实话：'对不起，陛下，对于这种幸福美好的事情我无从得知？'我还不是只有装模作样地观察星空，同时在脑袋里快速思索着该怎样应对他，最后，只有硬着头皮胡诌一通，算是交差。"

"可是……"我皱着眉头说，"你胡乱编出来说的话如果到最后无法与事实一致时，该怎么办呢？"

马尔斯叹着气说："幸运的是，到目前为止，我还没出现过什么重大纰漏。纵然有出错的时候，我也通过巧妙的解释蒙混了过去——况且，由于我对战乱、疾病等灾难的预测十分准确，弥补了关于'美好预测'时所犯的失误——

致使国王至今都对我非常信任。"

我为他松了口气："那太好了，马尔斯——这样的话你还有什么好担忧的呢？"

马尔斯·巴特眉头紧锁，说："拉裴特，你没有在皇宫中生活过，不知道那里面的残酷和可怕。名誉、地位和权力全都是些虚幻、不实的东西，荣与辱只有一步之遥。你今天可能高高在上、受人仰慕，明天就可能变得臭名昭著、一文不值，甚至丢了性命也不奇怪——这些全取决于最高权力者的心情、好恶和善变的性格……没有什么是永恒不变的，这一点我十分清楚。"

我轻声问道："你害怕……国王迟早有一天会发现其实你根本不会占星术这件事，从而怪罪你犯下欺君之罪？"

马尔斯默然地垂下头，神思惘然地说："我所担心的还不止这一个……事实上，我已经看到了未来即将发生的一些事情……这些事，决定了我以后悲惨的命运……"

马尔斯·巴特说到这里，停了下来，整个人黯然失色，神情悲怆地令旁观者有种身处绝境般的压抑感。我不忍心再和他谈论这个话题，便将话题岔开："马尔斯，你刚才说你在睡梦中预见到了未来几百年后的事？我真是好奇，我们未来的几百年中，会发生什么样的事？"

第十四章

两个大预言家（三）

看到这里的时候，柯顿、兰茜、肖恩和陆华几乎都屏住了呼吸，他们战战兢兢地接着往下看——

（74页）马尔斯听到我这样问，勉强挤出一个微笑："拉裴特，你对这个很感兴趣吗？"

我点头道："我想知道，你是怎么知道你在梦中所见的那些事情究竟是发生在现今还是未来世界的。"

马尔斯说："拉裴特，这个问题我恐怕无法具体地告诉你。有一些事情可不像传授别人骑马的技巧那样容易表达。我在睡梦中预见未来这种事情，本身就是一种十分奇特、虚幻、不可思议的现象，我自己都不明白是怎么回事。我只能告诉你，虽说我还没到能随心所欲地想预见什么就预见什么的地步，但也逐渐摸索出了这种'梦境预言'的规律。简单地说吧，我现在每做一个梦，都能清楚地在梦中感知到这是发生在哪一年、哪一个地方的事。而且在我睡醒之后，能清楚地记得梦中的内容，并能及时将它记录下来。另外，再告诉你一件奇特的事——似乎我睡觉的具体时间与梦境预言的年份有着很大的关系。"

"啊，这真是太奇妙了！"我惊叹道。

马尔斯·巴特有几分洋洋得意地说："知道吗，这一点连诺查丹玛斯都无法做到——他跟我说过，他也能预测到未来世界会发生的种种灾难，但他很多时候却无法得知事件发生的具体年月日，而只能推算出一个模糊的时间段。我想，其中的原因大概是——诺查丹玛斯什么事都能预知，而我却只能预知'灾难'这一种事，所以才能在这方面做到比他更精准和正确。实际上，我在和他的谈话中，已经发现他对于未来某些重大灾难做出了一些错误的预言——起码是时间上的错误——当然，我没有告诉他，因为我不想暴露自己的秘密。"

我更加好奇了，问道："马尔斯，你能告诉我几百年后的世界究竟是什么样的吗？而未来的世界会发生些什么样的大事呢？"

马尔斯·巴特的脸上浮现出迷茫的神色，他眼睛直视着前方，仿佛目光能穿越时光，直接看到未来。他说："拉裴特，我很难用简单的语言跟你形容未来的世界究竟是什么样的。因为那些千奇百怪的东西我从来没见过，也根本不知道该怎么称呼。我只知道，未来的人几乎都不骑马和坐马车了，他们乘坐一种装着轮子的铁盒子，那种东西不用马拉也能开动，并且能快速地奔向远方……未来的建筑也很奇怪，人们几乎都住在高塔之中。啊，对了，我还在未来世界中看到一种巨大的、铁皮做成的蛇，它好像只能沿着两条铁棍爬行。人们不但不怕这种巨蛇，还竟相钻到它的肚子里去……"

我极有兴趣地听着马尔斯·巴特跟我介绍未来的世界，仿佛置身于奇妙的童话故事之中。虽然我听不懂他在说些什么，但我却对他所描述的世界充满向往。这天下午，我们在花园中谈论了足足四个小时。我承认，这是我一生中最难忘的一个下午。

（77页）马尔斯两个月以来都没有到我家来做过客。我本以为是他在皇宫中事务太过繁忙了，但令我意外的是，当我再一次见到他的时候，他表现出一种相当恐慌的感觉，就像他闯了某种大祸一般。

那天家中只有我一个人。马尔斯进门之后，连坐下都来不及，便气喘吁吁地对我说："拉裴特，这一天终于来了……其实我早就算到了的，但是，当它真正到来的时候，我仍然……十分惶恐，我不知道该怎么办……我想来找你谈谈。"

从我认识马尔斯·巴特起，我就从来没见过他如此惊慌失措的模样——这使我意识到肯定有什么坏事要发生了。我首先迫使自己冷静下来，并请马尔斯坐下，再给他倒了杯咖啡。我问道："出什么事了，马尔斯？别紧张，慢慢说。"

马尔斯惊惶地说："你记得上次我跟你讲过的那些事吗？那天我告诉你，我看到了未来即将发生的一件事⋯⋯而这件事，现在我已经准确地知道它就会在明天发生！"

我的脑子在一瞬间跳出无数个关于各种可怕灾难的幻想。我紧张地问道："是什么事，马尔斯？"

他凝视着我说："国王准备明天召见诺查丹玛斯进宫。"

显然我的想象力不足以让我明白他说的这句话是什么意思，便问道："这和你有什么关系吗，马尔斯？"

"噢⋯⋯"他痛苦地摇着头说，"国王会亲自和诺查丹玛斯谈话。而且，他将会问诺查丹玛斯一个十分愚蠢而敏感的问题。要命的是，诺查丹玛斯的回答更加愚蠢！他居然⋯⋯将实话告诉了国王！国王会被吓傻的——可问题是，这件事最终的结果是害了我！"

他这一番莫名其妙的话让我听得云里雾里，我问道："马尔斯，你能不能说清楚点儿？国王会问诺查丹玛斯什么问题？"

马尔斯·巴特的脸色骤然变得煞白，他连连摆着头道："不，不行，这个我绝对不能说，这件事关系到国王的⋯⋯拉裴特，相信我，我不告诉你这件事不但是为了我，也是为了你——如果你知道了这个秘密的话，弄不好会招来杀身之祸的！"

我吓坏了，我想到了自己的丈夫和儿子，便赶紧说："那就算了吧，马尔斯，别把这件事说出来！"

马尔斯吐出一口气，说："当然，我会为你考虑的，我不会把这件事的具体内容说出来，你放心好了。但我仍然希望你能帮我参谋，明天发生这件事的时候我该怎么办？"

"你刚才说，国王问了诺查丹玛斯一个问题后，诺查丹玛斯把实话告诉了他，结果把国王吓到了。可我还是不明白，这跟你有什么关系？"

"听我说，拉裴特，关系就是，国王对诺查丹玛斯的回答十分不满，但又无法怪罪于他，因为是国王自己要求诺查丹玛斯必须说实话的。其结果便是国王对那个回答感到十分恐惧、害怕，但他的不满和恼怒又无处发泄。在这种情况下，他想到了我，便在诺查丹玛斯离开之后宣我进殿，要求我为他重新卜算。可是，该死的！我深知诺查丹玛斯所说的是完全正确的呀！事实上，我早在他之前便知道这个问题的答案了，只是因为国王没有问到我，我便一直没说而已。现在，由于诺查丹玛斯的原因，国王终于问到我这个问题了，我该怎么回答他，拉斐特？”

我小心地试探着回答：“那你……也跟国王实话实说？这样不行吗？”

“啊……不！”马尔斯因激动而大叫道，“拉斐特，你不明白这个回答对于国王的重要性！你以为他在这个时候是真的想要让人替他卜算未来，然后把那他不想听到的事实告诉他吗？你错了，拉斐特。国王在诺查丹玛斯离开之后不到二十分钟便把我叫到他的面前，只是想听我说些安慰话而已，如果我也在这个时候把实话告诉他的话，他会大发雷霆，当场就命人将我送上绞架的！”

说到这里，马尔斯的声音哽咽起来，他神情悲哀地说：“如果我死了的话，我那全靠我在皇宫中的俸禄生活的妻子和孩子……会流落街头的，她们的命运将无比悲惨……”

我见他黯然神伤，心中也十分难过，自然希望能想到一些办法来帮他。我仔细回想他刚才说的话，对他说：“马尔斯，你既然已经预见到了这一切，知道如果将实话告诉国王的话，便会招来杀身之祸，那你就不要告诉他实话呀！你自己都说，国王只是想听你说些安慰话而已，那你编些好听的话糊弄过去不就行了吗？”

这番话一说出来，连我自己都吓了一跳——我居然在教唆皇家占星师怎样欺骗国王。马尔斯缓缓抬起头来，望着我说：“拉斐特，你说的这种做法，我又怎么会没想过呢？可是，我心里也十分明白，我这样做的话，固然能保住性命，而且还能得到国王的欢心。但是，我也将在若干年之后得到惩罚，到时会落得声名扫地、遭人唾弃的下场。”

我不解地问道：“为什么呢？”

马尔斯苦涩地叹道：“因为时间会检验出事实的。很多年后，人们终究会发现，诺查丹玛斯所说的是正确的，而我撒了谎——甚至，他们会认为我不是不说实话，而是根本就没有本事说准——哎，恐怕我一生的名誉都要毁在这件事上了。"

我劝他道："你不是说事情的结果会在若干年之后才检验出来吗？那你又何必现在就担心这么久之后的事呢？"

马尔斯神思惘然地说："可这个'若干年'并不是遥远的几十年后，它并没有多长的时间……这叫我怎能不担心呢？"

我们沉默了好一阵之后，我对他说："马尔斯，你是在考虑如何在生命和名誉之间作抉择吗？你要知道，你的生命并不完全属于你一个人，你还得为你的妻子和孩子而活——如果我是你的话，会义无反顾地做出选择。"

马尔斯抬起头凝视我，良久之后，他缓缓点着头说："拉斐特，你说得对。我知道我该怎么办了——谢谢你，每次来见你，你都能分担我的忧愁，并给予我正确的建议。你真是我一生不可多得的良友。"

（86页）……我清楚地记得，在我65岁那一年，一天早上，我和丈夫坐在餐桌前吃着抹了奶酪的面包和花生粥。一阵急促的敲门声把一个40多岁的男人带到我们面前。我立刻认出，那是马尔斯·巴特最小的儿子，他进来后礼貌地向我们鞠躬，他神态悲切地对我们说，他的父亲快不行了，在他父亲临终的时候，提出想最后见我一面。

我的心颤抖了一下，随之颤抖的还有我的右手，那只手上捏着的小汤勺几乎都落到了桌面上。我什么话都没说，放下手中的东西站起来，在丈夫的搀扶下，和来者一起走出门，坐上一辆停在门口的马车。

马尔斯的家在巴黎城东的郊外，那是一片贫民区，他之所以选择住在这种地方，除了经济拮据之外，同时也是为了躲开闹市中人们对他的骚扰。但即便如此，贫民区中的小孩们还是时不时地用小石子砸他家的窗户，或者是聚在他门口一齐大喊"大骗子，快出来"。事实上，自从亨利二世意外身亡，马尔斯被新国王赶出皇宫之后，人们就一直这样叫他。"大骗子"这个称呼已经取代了他的名字。似乎人们打击被宫廷抛弃的人都有一种落井下石的快感。马尔斯离开皇宫十多年来，我一开始还时常去拜访他，但当我多次遇到这种情况的时候——我和马尔斯正在他家中喝茶、聊天，外面便有人故意扯开喉咙以讥讽的口吻向别人介绍"知道吗？住在这里的是以前最能哄国王开心的那个人，如果你们谁要想学拍马屁的话，就进去拜访他吧"——这时我总是十分尴尬。而马尔斯虽然紧闭着嘴，一句话不说，但我能感知他内心深处有多么痛苦和愤懑。鉴于这个原因，我后来也很少去拜访他了。而他，更是在失势之后一次都没有登过我家的门，我猜他是不想为我带来困扰和麻烦。

马车行驶在郊区泥泞的路上，车身的颠簸与我心中的起伏同样剧烈。我回忆着从三十年前认识马尔斯·巴特到现在——他从受人敬仰到落魄至此的整个人生历程，心中甚感心酸。这一切，似乎都源于他在二十多年前找我商量"那件事"时所作的决定。其实，这么多年后，我早猜到了当年马尔斯无论如何都不愿讲给我听的那件事是什么——在得知国王亨利二世意外身亡的消息那一天时，我就已经猜到了，但我和马尔斯谁都没有再提起过。

有一次，我试探着对他说："马尔斯，其实你知道，我可以为你写一本书。在书中，我会把当年那件事的整个始末，包括你为什么要这么做的缘由全都写出来，让世人还你一个公道。"

但他说："没有用，拉裴特，事情都过去这么久了。你现在才写出来，别人还是会以为那是我的马后炮，反而会招来更多嘲笑的。"

我还想再劝劝他，但他目光如炬地凝视着前方，深沉地说："从我做那个决定起，我就知道我后面的路是怎样的了。如今我不后悔，我自己选择的命运，就应该由我自己来承担。"

我无话可说，只觉心中悲凉。

我的思维随着马车的停止而停止。我们走进马尔斯那破旧、狭小的房中。我一眼便看见了躺在床上的马尔斯·巴特。他眼眶深陷、双眼浑浊、颧骨高耸、皱纹满面，双手更是青筋盘虬。一望而知，是已行将就木。我由丈夫搀扶着，颤巍巍地走了过去。马尔斯的儿女们都让开，让我坐到他们父亲的床边。

"马尔斯。"我握着他干枯的手，控制着自己的情绪，"我来了。"

他的头似乎已不能转动，所以只有眼珠转过来望着我，表示他知道了我的到来。

我意识到马尔斯的时间不多了，便对他说："马尔斯，你有什么要对我说的，就尽管说吧。"

他费力地张开嘴，问了我一句话："拉裴特……你以前说，可以为我写一本书……你现在还……愿意吗？"

不知道为什么，听到他这么问，我的眼泪一下就掉了下来。我几乎在一瞬间就感受到了他苦苦压抑在心中十多年的悲愤和委屈。我也立刻明白，他以前故作看得开全是装出来的。在他生命的最后一刻，他才将心中的真实想法说了出来。我猛然想起，他是一个把名誉和生命视为同等重要的人啊！我哽咽着对他说："是的，马尔斯，我愿意。我会在书中把所有一切都写出来的。"

马尔斯脸上露出欣慰的神情，他吊着生命中最后一口气对我说了下面这一番话：

"拉裴特，我还有……最后一个心愿。我把一生中在梦中所预见到的事……全都记录了下来。这些东西，现在就放在你旁边的……那个箱子里。你能不能把它……拿去出版。如果没有人愿意……出版这些东西的话，你起码也要把它……印刷很多份出来。但是……我不希望现今这些愚昧无知的人……看到我所写的东西。我不想在死后……都成为他们的笑谈，令我的……家人蒙羞！因此……我用了一种他们看不懂的……方式来写。即使有人看到……也不会明白的。所以，拉裴特，你把书……印出来后，只要把它们放在一个地方……保存好，就行了。如果后世的人……能找到这些书，并且……解读出其中的意思，就自然会清楚……我的价值。拉裴特……这是我……最后的愿望，你一定要……答应我。就算是晚几个世纪……我也要让人明白……我所受的冤屈。答应我……拉裴特！"

我饱含泪水，郑重地点头道："我答应你，马尔斯。我一定会照你说的那样做的。"

马尔斯最后看了我一眼，缓缓地闭上了眼睛，他的手也终于耷拉下去。

1572 年冬天，皇家占星师马尔斯·巴特就这样怀着满腔的悲愤和冤屈离开了人世。所幸在他走后，我竭尽一生所能，完成了他最后的心愿——和目前的这些文字一起，用以祭奠我一生中最重要的一个朋友。而我，则是马尔斯·巴特一生中唯一的一个朋友。

——— 第十五章 ———
恐惧状态（一）

沉默。

这是四个少年看完这些文字后共同的反应。

他们之所以说不出话来，是因为此刻他们心中交织着太多复杂的情绪：伤感、凄凉、担忧，和恐惧。

毫无疑问，拉裴特夫人这本类似回忆录的书已经解答了他们之前所有的困惑，并将他们心中那本来就呼之欲出的恐惧感加剧到无以复加的地步。这本书就像是一张医生开给病人的病危通知书，它的内容令人胆战心惊。

沉默了好几分钟后，肖恩合上书，长长地叹了一口气，说："现在一切都清楚了。看来拉裴特夫人果真严格执行了好友临死前的嘱托。从那本诗集没有任何出版信息这一点来看，她显然是利用了自己在出版界的关系，将好友马尔斯的预言诗集秘密印刷了出来，并限制了它的发行。"

陆华问："既然限制了发行，那这本诗集怎么会出现在我们这个普通城市的图书馆里？我们又为何这么轻易地找到了它？"

柯顿说："如果拉裴特夫人真是严格按照马尔斯的遗嘱那样做的话，那她完全可能是先将诗集印刷出来保存好，再吩咐她的后人在几百年之后将诗集流传出来。假设她的后人有着显赫的地位，并将这件事办得十分成功的话，那我们会在图书馆发现这本书就一点儿都不奇怪了。"

"你的意思是这本在五百多年前就印出来的书有可能在世界各地都能找到？"陆华说，"如果是这样的话，没道理只有我们几个人发现它呀。"

"谁知道呢？"柯顿耸了耸肩膀，"也许拉裴特夫人当初就没有印多少套出来，再加上时间又过了五百多年，可能大多数的书都已经遗失、破损或者被不知情的人当作垃圾处理掉了。我们能找到这些古董书，完全就是机缘巧合下的奇迹。"

"而且，"柯顿又说，"马尔斯·巴特用了一种'让人很难看懂'的方式来写这些诗——所以就算有人手里有这些书，也未必就像我们一样破解出了其中的意思。"

兰茜翻了下眼睛："这种低概率的事情为什么不发生在我买六合彩的时候？"

肖恩仔细想了想，说："我觉得不对呀。有一件事情在逻辑上说不通。想想看，韦伯斯特在他编写的《人名辞典》中介绍了马尔斯·巴特这个人，并在注释中明确地提到'关于马尔斯·巴特的更多详情请参见法国史学家安德烈·英鲁瓦的名著《法国史》以及著名作家拉裴特夫人所著的《乞求的后面》一书'。这说明韦伯斯特和我们一样，完整地看完了这两本书中关于马尔斯·巴特的介绍的。那他也应该和我们一样——知道马尔斯·巴特的真实情况呀！可他为什么不在《人名辞典》的介绍中将实情说出来？"

柯顿说："其实这并不难理解。韦伯斯特在自己的书中称马尔斯·巴特是个'在历史上颇具争议的人物'，并对他作了一种十分保守的介绍，原因就是他虽然看了拉裴特夫人所著的《乞求的后面》一书，但他却并不完全相信拉裴特在书中所写就一定都是真的。他有可能认为拉裴特夫人只是出于感情因素而有意帮马尔斯·巴特'伸冤'而已。韦伯斯特之所以对拉裴特夫人半信半疑，就是因为他在编这本《人名辞典》的时候，并没有找到那关键的证据——"

柯顿停顿片刻，神情严肃地凝视着他的三个朋友说："这个东西现在就在我们手里。"

"那本预言诗集！"陆华低呼了出来。

肖恩也完全明白了："你是说，如果有人和我们一样，同时看了《法国史》和《乞求的后面》这两本书，并且他手里又恰好有马尔斯·巴特所写的预言诗集（而且弄懂了其中的意思）的话，就一定会对马尔斯·巴特的离奇身世确信无疑！"

"也对那些书上的恐怖预言确信无疑。"陆华补充道，"照他（马尔斯）所说，他在灾难方面的预言能力可是在诺查丹玛斯之上的！"

柯顿猛然想起了什么："啊……是的！马尔斯·巴特对拉裴特夫人说，他在跟诺查丹玛斯的谈话中，发现诺查丹玛斯对于未来某些重大灾难做出了错误的预言，起码是时间上的错误。当然，拉裴特夫人是不可能明白这是什么意思的……而我们，却应该能大致猜到他所指的……"

陆华感觉后背泛起一阵寒气："他……指的该不会就是'世界末日'的到来日期吧？诺查丹玛斯预言的世界末日是 1999 年，现在已经证实出是错误的了……"

"而马尔斯·巴特预言的世界末日是 2032 年，和诺查丹玛斯说的相差 33 年，刚好是一个'时间上的错误'。"肖恩接着说下去。

"对了……诺查丹玛斯……"柯顿紧皱着眉毛说，"陆华，你把那本《法国史》拿给我一下。"

陆华把书递给他："你又发现什么了？"

柯顿将书翻到刚才看过的某一页，然后指着上面的一句话说："啊！果然是这个意思！"

肖恩和兰茜一起围过来问道："什么呀？"

柯顿指着书说："你们看，'亨利二世之死'的第一段便介绍了诺查丹玛斯的全名，他叫'米希尔·诺查丹玛斯'。'米希尔'！你们想起来了吗？"

"啊！"陆华惊呼道，"你是说，马尔斯·巴特在 2032 年那首预言诗中的最后一句话——'米希尔的信徒将深知错在何方'——这里的'米希尔'就是指的诺查丹玛斯！"

"那么这句话的意思……其实就是暗示诺查丹玛斯预言错了世界末日的时间？天哪，这正好证明了我们的推论是对的！"肖恩几乎叫了出来，同时感到后背泛起一阵寒意。

兰茜忽然感到一阵眩晕："这么说……已经确信无疑了，对吗？世界末日……真的会在 2032 年到来？"

几个人都沉默下来。没有人愿意亲口承认这个在他们心中早已肯定了的答案。

肖恩的鼻腔哼了两声，打破令人窒息的气氛："我在想一个问题。是不是全世界现在只有我们四个人知道这个秘密？"

"没准儿是。"柯顿说，"我觉得要同时符合我们刚才分析的几个条件，还真不是件容易的事。仔细想想，当初要不是我们四个人一起发现了这本书，后来又一起研究这本书的话，恐怕也是不可能发现其中的秘密的。"

兰茜叹息道："你说我们这算是运气好还是背运背到了极点？"

"我看什么都不是，或许根本就不关运气的事。"陆华若有所思地说，"也许这一切都是上天注定的，我们几个人在冥冥之中被赋予了解开这个秘密的使命——这是天意。"

肖恩难以接受："陆华，你现在说的这番话和我们在学校里所学的哲学观点不符呀。"

陆华望着他说："那我们现在所经历的这件事——一个几百年前的人能在梦境中看到未来即将发生的大灾难——这种事你又能用教科书的知识来解释吗？如果未来的事情全都是早已注定的，那我们几个人被'安排'好发现这本书又有什么奇怪呢？"

"好了，现在不是争论哲学观点的时候。"兰茜说，"我们还是想想接下来该怎么办吧！"

"接下来？这不是明摆着的吗？我们既然发现了这个惊天大秘密，当然就应该想办法告知政府，甚至全世界，让大家在大灾难来临前做好准备呀！"柯顿说。

陆华像是被柯顿的话吓了一大跳，他张大着嘴："你说得容易，告知全世界？这是我们几个人能办到的事吗？况且，我们去跟谁说？人家又怎么会相信我们几个高中生的话？"

"那也总得试试呀！"柯顿有些急了，"要是他们不相信，我们就把诗集连同这两本书一起拿给他们看，那总该知道我们不是瞎编的了吧！"

"问题是我们跟谁说这件事？"陆华再次强调，"去找报社、电视台吗？就算我们把这几本书全都带去，可是要耐心看完这些书，起码需要一个小时以上的时间。我猜报社的人在听完我们的叙述之后，就会以为我们几个小孩是在搞恶作剧。他们才不会花一个多小时的时间来验证我们说的这些话呢！"

"我觉得陆华说的有道理。"兰茜无奈地说，"主要是我们几个都是十多岁的学生，说的话不会引起别人重视。如果我们能找一些在社会上有声望和地位的人，先设法让他们相信我们，然后再由他们去告知媒体这件事，那就好办多了。"

柯顿有几分惊讶地看着兰茜，惊叹道："这个主意太好了！兰茜，你真聪明！我以前怎么没发现呢？"

"谢谢。"兰茜微微一笑，然后皱起眉头，"你这是什么意思？"

"好的！就照兰茜说的做，我们先设法找一个有社会影响力的人，这个人的身份必须能使媒体对他的话十分重视……"说到这里，柯顿停了下来，抬起头看着肖恩。

与此同时，陆华和兰茜的目光也聚集在肖恩身上。

"喂，等等。"肖恩面对他们三人，不自觉地朝后退了一步，"你们想把这个任务给我？让我去跟我爸说这件事？"

"随便你。你也可以跟你妈妈说。反正你的父母都是绝对能说得上话的人。"柯顿凝视着他。

"是的，肖恩，我想不出来除了你父母之外更合适的人了。"兰茜也说，"尤其是你妈妈，她是美国驻华领事！如果让她相信这件事的话，说不定还能让她告知美国方面，那样就等于告知全世界了！"

肖恩接连摆着头说："不行，我也想过的，可这样做不妥！"

"有什么不妥？"柯顿问。

肖恩露出十分为难的神色："其实……正因为我父母都是有影响力的人，他们才更不能随意散布这种话。试想一下，如果他们真的令媒体或很多人都相信了关于2032年是世界末日的话，那会在全世界引起多大的恐慌！"

陆华说："可是很多人在这之前也听说过维嘉预言关于2032世界末日的猜想，他们也没表现出有多恐慌呀。"

"那是因为多数人都抱着一种乐观态度，认为维嘉预言未必就一定准。但现在我们发现的这本预言诗集等于从另一个角度论证了维嘉预言的正确性，人们知道后会不恐慌吗！"

"那我们怎么办？为了不引起恐慌而坐以待毙吗？"柯顿语气激动起来。

"柯顿，你有没有想过，如果真如马尔斯·巴特所预言的那样，在2032年的最后一天，全球范围的火山爆发、地震，连同小行星袭击地球，这些一齐发生的话，以人类现有的科技状况，根本就无法提前做出任何防范措施！无论你是不是在此之前就知道有此一劫，也无法改变世界被毁灭的厄运！既然如此，为什么还要告知所有人，让大家过着提心吊胆的日子呢？"肖恩严肃地说。

"不，我不像你想得这么悲观。"柯顿坚定地说，"就算有再大的灾难来临，人类也不应该放弃希望，而应该尽最大的努力来与之相抗衡，哪怕最后只取得微小的成果，也总比什么都不做等死强！"

柯顿的这番话说得掷地有声，使得三个朋友都被其坚定的态度折服。肖恩最先表态："好吧，我今天晚上会试着跟我爸妈谈谈的。"

陆华说："我觉得我们也别把所有希望全寄托在肖恩一人身上，如果他的父母不相信或者不愿意将此事散播开来怎么办？我们不如今天回家后都分别跟自己的父母说说这件事，也许还会有意想不到的效果呢。"

"好，就这么办！"柯顿拍板道，"我们都回去尝试一下说服父母——多一条路就多一分希望嘛！"

"可是有个问题。"肖恩说，"如果父母们半信半疑，提出想看看这本诗集和与其相关的两本书怎么办？"

"对了，说起那本诗集，现在还放在你的房间里呢。"陆华对肖恩说，"要不，我就不拿回去了，你今晚给你爸妈看看吧。"

"那这两本书呢？"肖恩指着《法国史》和《乞求的后面》，"没有这两本的话，说服力是不够的。"

陆华想了想，说："这两本书是图书馆阅览室的，不允许外借，不如就让它们放在这里，如果我们的父母不相信的话就带他们到这里来看。"

"就这么定了。"柯顿再次向三个人强调，"记住，一定要尽最大的努力让我们的父母相信这件事——这关系到整个世界的命运。"

说完这句话，柯顿浑身打了个激灵，仿佛有种孤独的使命感。

—— 第十六章 ——
恐惧状态（二）

柯顿从图书馆回到家，妈妈正在准备晚饭，爸爸也下班回家了，坐在沙发上看着电视。妈妈对柯顿说："回来得正合适，去把手洗了，准备吃饭。"

柯顿去厨房洗了手，坐到餐桌旁。爸爸放下手中的遥控器，也坐过来，顺便问道："柯顿，今天一整天都在外面干什么？"

柯顿说："等妈妈坐过来我一起告诉你们。"

爸爸愣了一下，其实他也就是随口问一句罢了，没想到会得到儿子这样一句正儿八经的回答。他再观察了一下柯顿一直阴沉着的脸，心中断定儿子是在外面惹什么事了。

妈妈解下腰间的围裙走过来，说道："你们爷俩在这儿干坐着干吗呢？怎么不去盛饭？还要我服务到家呀？"

柯顿神色严峻地说："妈，先别忙盛饭，你坐下来，我有件非常重要的事要跟你们说。"

妈妈和爸爸对视一眼，缓缓坐下来，不安地问道："什么重要的事？柯顿，你不会是在外面惹什么麻烦了吧？你骑车撞到人了？"

"不会是在外面和人打架了吧？"爸爸严厉地问。

柯顿叹了口气："你们别瞎猜了，不是这些事——不过比这些事严重多了，你们得有心理准备。"

爸妈瞪大了眼睛。尤其是妈妈，紧张地屏住了呼吸。作为母亲，她深知平日里大大咧咧的儿子一旦用这种严肃神情和自己说话，那一定是出什么事了——上一次是在柯顿读初二的时候，那天柯顿神色阴郁地说自己把价值六千多元的笔记本电脑拆开后弄坏了，最后换得父亲一顿暴打——但这一次他更加严肃，妈妈甚至有意识地扶住了餐桌，怕柯顿接下来说的事情令自己晕厥过去。

爸妈都盯着自己，柯顿却突然发觉不知该从何说起了，他迟疑片刻后，选择了一种最能引起听者注意的说法："我和我的几个朋友一起发现，世界末日将会在2032年12月31日来到。"

"什么？世界末日？"妈妈和爸爸再次对望一眼，"什么意思？"

"就是这个意思。地球会在2032年12月31日遭受灭顶之灾，届时几乎所有人类都会灭亡！"

妈妈将头朝前探了一些："这么说，你今天没有惹出什么祸事来？"

"没有。"柯顿烦躁地说，"别再作这种猜测了好不好？我在跟你们说关于地球生死存亡的大事，你们就别去想那些鸡毛蒜皮的小事了，好吗？"

"噢……"妈妈抚着胸口，长长地舒出一口气，"太好了，原来你就是想跟我们说这件事呀，我还以为你在外面捅出什么大娄子来了呢。"

"我去盛饭。"爸爸站起来，走进厨房，"嘀，今天吃绿豆粥呀，不错。"

柯顿目瞪口呆，感觉自己的思维进入了一种混乱状态，他在一瞬间甚至不明白到底是谁丧失了基本的判断力。爸爸盛饭回来后，柯顿难以置信地说道："我想请你们……稍微等一下。世界末日还不及我在外面闯祸这种事重要吗？"

"你说世界末日会在哪一天到来？"爸爸拿起筷子问。

"2032年！你们知道现在是哪一年吗？2009年！你们有没有算一下，这中间还差多久？"

"世界为什么会毁灭？"妈妈夹了一筷子菜放进嘴里，"唉，鸡蛋稍微炒老了点儿。"

柯顿突然觉得堵得慌，他觉得在回答这个问题之前应该先让妈妈明白地球和鸡蛋在存在价值上有何不同。

爸爸见柯顿没有说话，便换了个问题："你怎么知道世界末日会在2032年到来？网上看的？"

柯顿还没来得及说话，妈妈便将话题接了过去："我觉得国家现在应该对网络进行严格的管理和整顿，特别是一些不规范的小网站，上面出现很多黄色、暴力的内容或者不负责任的奇谈怪论。这完全是对青少年的腐蚀嘛！现在很多学生都无法建立正确的是非观了。你就拿我班上那个男生来说吧，参加了网络游戏中的一个什么团体，上个星期居然离家出走去外地会网友去了，你说这不是把人引入歧途吗？"

　　"哎，对了，那个学生现在找回来没有？父母肯定急坏了吧？"爸爸一边吃饭一边饶有兴趣地问。

　　柯顿一言不发地站起来，离开餐桌，朝自己的房间走去。妈妈喊道："柯顿，你怎么饭都不吃呀？"

　　"已经饱了。"柯顿神色萎靡地回答。

　　"你还没讲完呢。"爸爸像是想起了什么，"你说那世界末日是怎么回事？"

　　"没什么。"柯顿心灰意冷地说，同时将自己房间的门关上。

　　妈妈叹息道："哎，这孩子今天是有点儿不对劲。搞不好是在外面惹事了，没跟我们说实话，要不怎么情绪一直都这么低落，还说些不着边际的话。看来什么时候还得找他谈谈才行。"

　　次日上午，在肖恩的房间里，兰茜满脸通红、气急败坏地嚷道："我懂了。我已经完完全全、彻彻底底地明白了一件事——在我们家里，至少有一个以上的神经病存在。要不就是我，要不就是我妈，或者我们全家都是！"

　　"到底怎么了，兰茜，什么事让你气成这样？"肖恩问。

　　"还能是什么事？我昨晚回家试图跟我爸妈谈一下关于世界末日的事，结果我才说了没两句话，他们就不耐烦地打断我，说'你是不是神经出问题了，这种无聊的事都相信''叫你去和陆华他们一起学习，你就只知道搞这些乱七八糟的名堂，你考不上大学，那才是真正的世界末日'——老天啊，我现在才知道什么叫对牛弹琴！"

　　肖恩安慰道："算了，兰茜。既然没法交流那就不谈了吧。你也冷静些，不用生这么大的气。"

　　兰茜一摆手："是的，我已经彻底冷静了。我的确错怪了我的父母。就从我居然妄想和他们达成某种共识这一点来看，我就该明白确实是我疯了。"

"那你呢？柯顿，你和父母谈的结果怎么样？"肖恩问。

柯顿叹气道："和兰茜差不多。他们关心的只有身边的事，我还根本没来得及细说，他们就将话题引到别处去了。而且我能看得出来，就算我把整个过程讲完，他们也只会把这当成个科幻故事。"

"你呢？"肖恩转向陆华。

陆华微微翘了下眉毛："我要稍微好些。我妈妈起码耐心地把整个过程都听完了。"

"那她相信吗？"

"相信。只是——"陆华懊丧地说，"她相信又怎么样？我妈妈对这件事的评价就只有一句话：'生死有命，富贵在天。'她说，如果世界末日真要到来，那也是没办法的事。我们又何苦庸人自扰呢？"

"现在的大人们——"兰茜几乎是在咆哮，"没有一个具有想象力或责任感吗？！真难以置信。照你妈妈这么说，那人总是要死的，得了病也不用去医院了，就在家里自生自灭吧！"

陆华皱着眉说："兰茜，你跟我说这些有什么用？我也试图劝导我妈呀，可是没什么效果，这能怪我吗？"

柯顿用手按着额头问："肖恩，你跟你爸妈谈了吗？怎么样？"

"谈了，我们家还算民主。"肖恩说，"我用了将近一个小时的时间详详细细地把这件事发生的始末讲给他们听，还把那本诗集拿给他们看，他们听得还算认真啦！"

肖恩是现在最后的希望了，三个人一齐望向他，柯顿问："那结果怎么样？他们相信吗？"

肖恩撇了下嘴："怎么说呢？半信半疑吧，相比之下我爸爸还显得感兴趣些，他说有空的时候叫我带他去图书馆看看那两本书。"

"太好了！"柯顿用力拍了一下大腿，"这不正是我们希望的结果吗？只要你那个总裁老爸相信这件事，利用他的知名度在各大媒体上说一下这件事，那肯定会引起大家重视的！"

"别高兴得太早了。"肖恩面露忧色地说，"没你想得那么简单，柯顿。

首先，我不敢肯定我爸说他会去图书馆看这两本书是不是敷衍我的。他每天都忙着处理各种事务，要等他闲下来，不知是哪年哪月；其次，他也说了句话，说当初他对 1999 年世界末日曾深信不疑，结果还不是没发生——意思好像是这次不会再轻易相信这种预言了。"

"你没跟他仔细解释吗？这次和 1999 年那次不一样了！各种各样的证据都证明这次'末日预言'应验的可能性相当大！"

"我说了，我都说给他听了，柯顿。可我爸爸毕竟没像我们那样亲身经历这件事，他的感受怎么可能有我们那样强烈？"

柯顿无比沮丧地瘫在沙发上："完了，这么说，我们全军覆没了。"

陆华劝道："你别这么急躁嘛，柯顿。说不定再过一段时间，事情会有转机的。"

"过一段时间？"柯顿直起身子，望着陆华说，"你叫我这段时间怎么过？我问你，如果你知道自己的生命只剩下不到二十四年的时间，你还能若无其事地像以前那样读书、生活吗？换句话说，如果不把这件事处理妥当，我们做其他任何事全都是白搭！"

几个人沉默了片刻，兰茜说："柯顿说的有道理。自从我知道这件事后，对别的事情已经完全不在乎了。我在想，如果 2032 年我真的会死的话，那我现在做的所有事情还有什么意义？这件事情我们确实不能消极对待，必须尽全力告诉大家，在灾难来临前做好最充分的准备呀。"

"可是，我们跟自己的父母说，他们都未必会相信，要是去跟别人说，不是更会被当成笑话吗？"陆华忧虑地说。

这时，肖恩突然从沙发上站起来，手指着他们三个人："我想到一个人，这个人应该会听我们说，而且会重视这件事！"

"谁？"三人一起问。

"那家图书馆的馆长。"肖恩说，"想想看，不管是那本诗集，还是阅览室里的两本书，全都是在那家图书馆里发现的。而且馆长应该非常熟悉自己的图书馆中有些什么书，没准他以前还看过这些书呢！就算是没看过，他也完全有理由相信我们在他的图书馆中发现的这些书，以及这些书中的内容不是胡乱捏造。说不定他能帮我们！"

柯顿倏地站起来："对，你说得太对了！馆长总不能连自己馆内的书都不相信。我们要说服他应该不难！"

　　"那我们现在就去吧！"兰茜和陆华一齐站起来。

　　"对了，陆华。"肖恩将自己桌上的那本诗集交给他，"把这个拿上，一会儿好给馆长看。"

　　"嗯。"陆华将书捏在手中。几个人匆匆离开肖恩家，直奔图书馆而去。

第十七章
意想不到的事件（一）

今天是星期二，如果管理员老罗没数错的话，今天上午到图书馆来借书和看书的人不会超过十个。在这闷热的夏日，潮湿的空气就像一剂催眠药，令身处其中的人昏昏欲睡。老罗撑着的头好几次都差点儿碰到了桌子上，但他又不能完全睡着，因为时不时地又会有一个人进来借书或还书。这份工作真是令他既难受又无奈。

在他的脸又一次欲和桌子接吻的时候，图书馆的门被推开了，柯顿、陆华、肖恩和兰茜急匆匆地走了进来。陆华抬起手跟老罗打了个招呼，径直走过来问道："老罗，辛馆长在吗？"

"辛馆长？"老罗勉强撑起迷糊的双眼，"你们找他干什么？"

"没什么，问他一些关于书的事，他在吗？"

"应该在吧。二楼左边的办公室里。不过他好像不太喜欢别人打扰他，你们……"老罗的话说到一半，忽然瞥见了陆华手中拿着的那本诗集，他的脸上闪过一丝不易察觉的惊诧。

陆华、肖恩、兰茜一心只想着快些找到馆长说这件事，并没有注意到老罗的怪异神色。但这个小细节却被柯顿注意到了，他微微皱了下眉。陆华说："我们当然是有些要紧的事，要不然也不会去打扰馆长。"

老罗张开嘴正要说什么，图书馆的门口走进来一个中年人，冲老罗喊道："我还这本书。"

陆华对老罗说："馆长在二楼办公室？那我去找他了啊！"

"嗯……好的，啊……"老罗魂不守舍地答应着。陆华等人已经朝楼梯走去了。

走上二楼，柯顿说："对了，我们先去阅览室把那两本书一起拿上吧，一会儿好直接翻给辛馆长看。"

"好。"陆华点了下头。几个人一起朝右侧的图书阅览室走去。

"陆华，阅览室的书是不外借的吧？我们直接把那两本书拿出来，这合适吗？"肖恩问。

"应该没问题，我们并不是外借，是把它拿给馆长看呀。再说这是特殊情况……"陆华一边走一边说。突然，他停下脚步，微微一怔。

在两排书架中间，他看到一个认识的人，柯顿三人走过来也看到了，大家都有几分惊讶。因为在这个冷清的图书馆中，他们居然又一次碰到了那个同学——文野。

文野仍然是那张毫无特点的脸，那副木讷、阴沉的表情。

"啊……"陆华张嘴说，"文野……这么巧，又碰到你了。"

"是啊，我来还书，顺便在阅览室里看看。"他的语气不带任何情绪特征。

"你在看什么书？"兰茜盯着文野手里那本厚书。

"《学习的革命》。"文野一边说一边将书放回书架，"我该回去了，再见。"

还没等陆华他们说再见，文野已经转身离开，走出了阅览室。

"这个人——"兰茜不满地嘟囔，"怎么每次都是一碰到我们就走了？就好像我们几个是瘟神一样！而且你们注意到没有，和他的对话绝对不会超过三句！"

陆华说："算了，他性格孤僻我们又不是今天才知道。况且人家说不定本来就打算要走了呢。"

"别管他了，我们做我们的正事吧。"柯顿说。

四个人走到昨天那个靠右侧窗户的书架旁。很快，他们就看到了要找的那两本书，肖恩正要伸手去拿，陆华突然喊了一声："等一下！"

肖恩回过头来望着他："怎么了？"

陆华眯起眼睛说："有人在我们昨天下午走了之后翻过这两本书。"

"你怎么知道？"柯顿讶异地问。

陆华说："因为我昨天下午在临走前，为了让我们下次来能够一下就找到这两本书，所以特意把它们放在一起，并且记住了这两本书在书架上的顺序——从右边数起第四本——但是现在你们看，这两本书的位置变成从右数起第六本了。很明显是有人把它们抽出来看过，然后放回去的时候改变了顺序。"

兰茜说："这里本来就是公共阅览室呀，肯定会有人不断地把书抽出来又放回去，书之间的位置自然就改变了，这有什么好奇怪的吗？"

陆华摇着头说："不对，你仔细观察一下，放这两本书的书架上全是些冷僻的书，这种书没有多少人会去翻来看，所以在书架前方的一小段空位上，集了一层薄薄的灰。但是只有这两本书前面的位置，由于书被抽进抽出，抹掉了它们前面的灰。这说明只有这两本书被抽出来看过！而且，这个人对其他书都不感兴趣，他是直接冲着这两本书而来的！"

陆华回过头看着柯顿和肖恩，说："这么大一个书架，却有人偏偏和我们一样，只抽这两本书来看，而且注意，不是只抽这两本书中的一本，而是两本都抽出来了。你们不觉得奇怪吗？如果说是巧合的话，那也未免太巧了吧？"

兰茜用手指在书架前方轻轻抹了一下，然后看着手指上的灰尘说："陆华，你可真厉害呀！都可以当侦探了！"

陆华耸了耸肩膀："确实是从《福尔摩斯探案集》中学的。"

柯顿用手托着下巴，眉头紧皱："的确是很奇怪，难道……除了我们之外，还有别人也在探究这件事？"

"恐怕是这样。"陆华说，"否则我想不出来，除了想了解马尔斯·巴特这个人之外，还有谁会同时对这两本书感兴趣。"

"可是，就算是这样，那也有十分怪异之处——这个人为什么刚好在我们看过这两本书之后，就来看这两本书？从昨天下午到今天上午，除去图书馆不开门的时间，这中间只不过相差最多一小时而已。不可能是巧合那么简单吧？"肖恩说。

"会不会是……有人在暗中跟踪我们，想调查我们正在做的这件事究竟是什么？"柯顿做出一个大胆的猜想。

兰茜被他的话吓了一大跳："有人在调查我们？可是……我们只不过是发现了一个秘密而已，又不是做了什么犯法的事，值得被人暗中调查吗？"

"可如果不是这样的话，这两本书的事该怎么解释？你们也看到了，来这个图书馆的人本来就很少，而进这个阅览室的人更是少之又少。在这种情况下，一个人来这里'凑巧'是找我们看过的那两本书的概率非常低！我才不相信这不是故意的！"

听到柯顿这么说，肖恩猛然想起了什么："你们说……文野他，为什么一看见我们就立刻走了？"

几个人愣了一下，心中同时一惊——肖恩的这句话提醒了他们。柯顿说："对，我们进来的时候，这个阅览室里确实只有他一个人！"

"而且我们来这家图书馆三次，就有两次都碰到了他——我早就觉得有些不自然了！"肖恩说，"并且他恰好出现在我们来过的地方！"

陆华难以置信地说："你们……怀疑是文野在暗中跟踪我们？但这怎么可能？他这样做的目的是什么？"

"另外还有一点。"兰茜说，"文野怎么可能知道我们几个人在做什么？我们又没有跟他讲过！"

柯顿陡然惊觉一个问题，他挨着三个人一个个地看过来，问道："这件事你们有没有跟其他人讲过？"

陆华说："我就昨天晚上跟我妈讲过，我爸不在家，连他都不知道。"

兰茜说："我也只跟我爸妈讲过，而且我说了，他们根本不信。"

肖恩跟着点头道："我也一样，只跟父母讲过这件事。"

柯顿眉头紧锁："那就怪了，我们都只跟父母提起过这件事，而且我们的父母也绝不可能这么快就告诉别人的。既然如此，还有谁会知道我们在做这件事？"

第十八章
意想不到的事件（二）

四个人苦思冥想了半天，仍然不能得出个符合正常逻辑的结论——目前这种状况实在是太匪夷所思了。

最后，陆华说："算了，我们也别在这儿胡乱猜测了。把脑袋想破也不会明白的。现在权当这就是个巧合吧。我们可别忘了来这里的目的。"

"也只有这样了。"柯顿无可奈何地说，"我们把书拿上去找馆长吧。"

陆华将两本书从书架上抽出来。四个人离开阅览室，来到二楼的另一侧。最左边的一间小屋便是馆长办公室。

此刻，办公室的门虚掩着。陆华走近门口，从缝隙中瞥见了坐在办公室右侧的辛馆长，他坐在办公桌后面的皮椅上，双目凝视着窗外，不知是在想事情还是出神。

出于礼貌，陆华轻轻敲了两下门，但馆长不知道是在思考什么事情，居然没听到敲门声。陆华只好将门推开，站在门口叫了一声："辛馆长。"

一直望着前方的辛馆长转过头来，看见陆华后，眼神变得有些恍惚，喊了一声："辛明？"

陆华一怔："啊？"

几秒钟后，辛馆长从椅子上站起来，同时将桌上的眼镜抓起来戴上，看清楚之后，笑道："陆华，原来是你们啊！我还以为是我儿子来了呢。快请进！"

陆华四人一起走进来，走在最后的肖恩将门关上。陆华问道："辛馆长，您的儿子和我们差不多大？"

"是啊，也和你们一样在读高中。"辛馆长面露和蔼的微笑，指着办公桌旁边的长沙发说，"坐吧——你们，找我有什么事吗？"

四人并没有坐下来，他们互相对视了一眼，然后走到馆长的办公桌前。陆华手里捧着三本书，他将最上面那本诗集递给馆长，说："辛馆长。这件事情说来话长，您先看看这本书吧。"

辛馆长将书接过来翻了两下，问道："这是什么？"

陆华说："这本诗集是我几天前在你们这里买的——馆长，您没有看过这本书吗？"

辛馆长若有所思地说："听你这么一说，我倒有点儿印象，好像是我前段时间从阅览室里找出来的，当时见它太破了，便叫工人把它放在门口的书架上处理掉。不过——"他笑道，"我们这个图书馆里的书有十多万本呢，我怎么可能每本都看过。怎么，这本书有什么问题吗？"

陆华望了柯顿一眼，柯顿神情严肃地对馆长说："辛馆长，这不是一本普通的书，而是一个十五世纪的法国人所写的预言诗集。这本诗集是其中的第五册，也是最后一册，它几乎将二十世纪至今的所有大灾难全都准确地预言了出来，包括911事件，2004年的印度洋海啸！其中最可怕的便是——"柯顿略微停顿了一下，"它预言了2032年即将到来的世界末日，这也是整本诗集中最恐怖的一个预言。"

辛馆长盯着柯顿，几乎都听呆了。片刻之后，他晃了晃脑袋，看着四个人问道："你们怎么知道的？"

陆华说："这些都在这本诗集上写着呀。虽说是法文的，但我把它翻译过来，并破解了其中的意思——就是刚才那些内容。辛馆长，如果您不相信的话，可以请一些专业人士来翻译，看看是不是和我们说的一样。"

辛馆长摆了下手，说："陆华，我不是不相信你的水平。只是，你们怎么能肯定这本诗集上说的就是真的，或者说，那些对未来的预言就一定会发生？"

陆华叹了口气："馆长，我们一开始也像您一样，对这本诗集上的预言抱着半信半疑的态度，但当我们看了这两本书上关于诗集的作者马尔斯·巴特的介绍后，便对他的预言能力深信不疑了。辛馆长，我们今天来找您就是希望您也能仔细地读一下这两本书上的相关内容，以便重视这件和整个人类的命运息息相关的大事！"

说着，陆华将手中捧着的另两本书一齐摆到辛馆长的面前。

"《法国史》《乞求的后面》，这两本书……"

"就是您这阅览室里的书，我们把它们拿过来给您看。"柯顿说，"您以前看过这两本书吗？"

"没看过。"辛馆长摇头道，"不过听你们这么一说，我倒真想看看。"

几个人心中都一阵激动，看来来找馆长真是个正确的决定。陆华说："辛馆长，《法国史》这本书您看'亨利二世之死'这一章；《乞求的后面》您看'我的朋友马尔斯·巴特'这一章。"

"嗯，我知道了。"辛馆长说，"放在这儿吧，我今天晚上就看。"

陆华和朋友们彼此互看了一眼后，说："那好，辛馆长，拜托您今天晚上一定要认真看。我们明天再来找您。"

"嗯，好的。"辛馆长点头道，同时将那本诗集拿起来递给陆华，"这本书你还是先拿着吧，全是法文的，我也看不懂。你们要把这本书保管好，如果你们刚才说的都是真的，那这本书就具有极高的研究价值！"

陆华接过书，慎重地点了下头："我知道。"

"那我们就不耽搁您了，辛馆长，再见。"柯顿代表大家说。辛馆长冲几个少年点了点头，送他们到门口。

肖恩拉开馆长办公室的门，正要往外走，却愣住了——他看见距离门两三米远的走廊上，管理员老罗正侧着身子站在那里，不知他究竟是要过来还是离开。总之他看到站在办公室门口的几个人，尤其是少年们身后的辛馆长时，显出极为难堪的样子，他佝偻着腰伫立在原地，眼睛又不敢直视众人，实在是狼狈之极。

办公室门前的几个人都愣了一下，此种情形再明显不过了。毫无疑问，老罗刚才肯定是在门口偷听里面的谈话，而当众人出来的时候，他还没来得及离开，正好处在进退之间，所以才造成这种尴尬局面。

辛馆长皱起眉头问："老罗，你怎么擅自到二楼来了，那下面怎么办？"

"哦，哦……"老罗低着头尴尬地说，"我来看看……陆华他们找到您没有……"

"这种事不用你操心。"辛馆长说，"你做好自己的工作就行了。"

"是的，是的。"老罗连声应道，"我这就下去。"说着匆匆朝楼下走去。

柯顿四人对视一眼，每个人脸上都写着"莫名其妙"四个字，他们不知道该怎样理解老罗的这种怪异举止。

走在楼梯上，兰茜小声问："你们说，老罗干吗要上来偷听我们谈话？他知道我们找馆长做什么？"

陆华皱着眉说："出去再说吧。"

四个少年走下大楼，老罗已经坐在了他的老位子上。他看到陆华等人后，目光迅速从他们身上移开，就像做了什么亏心事一般。

陆华心中愈发感到奇怪了，但他还是习惯性地跟管理员打了个招呼："老罗，我们走了啊！"

"唔，好的……"老罗头也不抬地应道。但是，在陆华他们就要走出图书馆大门的时候，他突然从椅子上站起来，几步跨上前去，一把抓住陆华的胳膊，把陆华吓了一跳。

老罗神色诡异地看着几人，用一种略显紧张的口吻对他们说："陆华，我有一些事情要告诉你们……但是，不能在这里说。今天晚上九点半，你们在这旁边的丽山公园后山，在那片橡树林中等我，好吗？一定要来！"

"什么……"陆华惊诧地合不拢嘴，另外三人也是瞠目结舌，"你要跟我们说什么？为什么非得跑到那种地方去说？"

"我没时间跟你们解释了！"老罗左顾右盼，然后压低声音道，"总之你们一定要来，并且不要告诉别的任何人！对了，记得带着你手上这本书！"

"这本书？这本诗集？"陆华扬起手中的书，瞪大眼睛问。

"是的，记住！"说完这句话，老罗把他们四人推出了图书馆，然后迅速转身回到自己的位子上。

陆华、柯顿、肖恩和兰茜像做梦一般地离开图书馆，每个人都是一副呆若木鸡的模样。走了一段，兰茜突然回过头，望着图书馆的方向说："这……这到底是怎么回事？"

"我不知道……我也不明白这是怎么回事。"陆华感觉自己的脑袋也不够用了。

肖恩说："从老罗的反应来看，他分明就是知道什么嘛！而且这件事绝对和我们正在做的事有关！"

"准确地说，是和这本诗集有关！"柯顿突然转到三人的面前，停下脚步，"我刚来的时候就觉得有些奇怪，没想到这里面果然有蹊跷！"

"什么，刚来的时候？什么意思？"陆华问。

柯顿说："大概你们三人都没注意到，但我却看到了——我们刚走进门来到老罗面前时，他看见陆华手里拿着的诗集，脸上居然划过一丝惊惶的神色！"

"啊？有这回事？那你怎么不早说呀！"陆华嚷道。

"他那个表情只是一瞬间的事，我当时不敢确定我是不是看错了，但现在看来，绝对是有点儿古怪！"

肖恩难以置信地说："难道这个老罗以前曾看过这本诗集，他知道这上面的内容？"

"那不可能！"陆华叫起来，"老罗连初中都没毕业。别说是法文了，就算是中文他也未必能全看懂！况且我知道，他虽说在图书馆工作，却一点儿都不爱看书。他以前还跟我开玩笑呢，说这些书对他而言和废纸没什么区别，他就是个管纸的。"

"而且，还有一点也说不通呀。"兰茜说，"这本诗集不是几天前我们当着他的面买走的吗？又不是从图书馆偷走的，他应该知道我们手里有这本书呀！那看到我们拿着它又有什么好奇怪的？"

陆华在路上来回踱了几步，想起了一些细节："不对，老罗应该不知道我手中有这本书。你们想起来了吗，我们当时买这些书的时候，是把我们选好的书拿过来，然后老罗看都没看，就叫我们自己数有多少本，之后我就付钱给他了。所以他根本就不知道我们具体选了些什么书！"

"是的，老罗也说过这些旧书全是馆长选的。也就是说，他也不知道这些旧书是些什么。"肖恩说。

柯顿埋头思索了一阵，抬起头来说："我有个猜测，你们觉得会不会是这样——辛馆长误把一本不属于图书馆的书给处理掉了。"

"什么意思？"陆华有些没听懂。

"我的意思是，这本诗集并不是图书馆里的书，而是属于老罗个人的。但辛馆长在清理旧书的时候，误把老罗藏在某处的书给翻出来了。记得吗，刚才辛馆长跟我们说，他是在阅览室里找到这本书，并叫工人把它放在门口的。如果这本书是老罗的私人物品，那他接下来的这种怪异举止就全都能够解释了。"

"照你这么说，这本书是老罗的传家之宝？不然他这么紧张干什么？他一定是觉得我们把他宝贵的东西给拿走了。"兰茜跟着猜测道，"那他今天晚上叫我们带上书去公园后山，就是要我们把书还给他？"

"我不知道是不是这样——我猜的。"柯顿说，"不过如果这本书真是老罗的传家之宝的话，就起码说明，老罗知道这本预言诗集的内容。"

"所以他才会到馆长办公室门口来偷听。"肖恩接着柯顿的话往下说，"想知道我们有没有弄懂诗集上的内容。"

"那他干吗不直接问我们呀？搞得这么神神秘秘干什么？"陆华说。

柯顿说："这个问题只有等到晚上九点半，让老罗亲自告诉我们了。兰茜，晚上你来吗？"

"开什么玩笑！"兰茜摆出一副毋庸置疑的样子，"这种事情能少得了我吗？！"

"你妈妈准许你晚上九点半还出来？"

兰茜表现出无所谓的模样："反正都跟他们闹翻了，我也管不着他们开不开心了。"

柯顿望着另外两人："陆华、肖恩，你们呢？"

"没问题。"两人说。

"那好，今天晚上九点，我们就在图书馆门口集合，到丽山公园只需走十分钟的路，时间上足够了，你们别迟到就行。"

"只要你不迟到我就永远都不会迟到，柯顿。"陆华说。

"记得带上那本诗集。"柯顿最后叮嘱道。

—— 第十九章 ——
夜惊魂

晚上八点，柯顿跟父母谎称要和同学一起去看电影，早早地就溜了出来。为了消磨多余的时间，他走路来到图书馆门口。令他感到意外的是，肖恩和陆华居然比他来得还早。

柯顿看了看表，瞪眼道："才八点四十，你们俩就来了？还真守时呀。"

"准确地说，是八点钟就在这里了。"陆华有几分恼火地说，"为了能出来，我跟我妈说要去参加同学的生日聚会，没吃晚饭就出来了。然后只有去找肖恩。"

"那你们也不必这么早就等在这里呀！"柯顿说。

"呵呵——"肖恩苦笑两声，"我也不想这么早就出来呀，可我正在跟我妈说晚上要去陆华家玩儿的时候，他就出现在了我家门口！我只有随机应变地说陆华是来叫我的，便匆匆拉着他走了，结果在外面闲逛了两个多小时！"

"你们俩真没有撒谎的经验。"柯顿翻了个白眼，"下次遇到这种情况的时候要事先商量好。"说完坐在图书馆前面的石梯上。

肖恩双手抱在胸前，望着柯顿身后黑漆漆的旧图书馆说："我们在这里站了几十分钟，发现这个地方晚上还真有点儿阴森森的，连过路的人都没几个。"

"这里本来就接近郊外了嘛，很正常。"柯顿说。

"而且从我们八点钟来到这里，就发现图书馆的大门是从外面锁着的。可见老罗早就出来了。"陆华若有所思地说。

这句话让柯顿听得有些糊涂，他问道："什么意思？图书馆不是六点钟就关门了吗？老罗当然早就出来了。"

"哦，不——柯顿。"陆华突然想了起来，"我以前忘了跟你说了，老罗是个单身的外地人，他在这个城市没有别的住所。自从十几年前来图书馆工作后，他就一直住在这座图书馆的一间小屋里。"

"什么？"柯顿惊讶地说，"他就住在图书馆里？一个人？那他还要叫我们去什么丽山公园后山见面，这不是多此一举吗？就在这里不就行了？"

陆华耸着肩膀说："我也很纳闷。唉，不过，这件事情奇怪和反常的地方才只这一处吗？所以我也没觉得有什么特别的了。"

肖恩说："反正一会儿见了老罗就什么都清楚了。"

他们三人又继续聊了会儿天，柯顿再次看表："都九点十分了，兰茜到底来不来呀？"

肖恩说："打她的电话问一下吧。"

柯顿从口袋中摸出手机，正要拨通兰茜的电话号码，就看到远处一个人气喘吁吁地跑过来——正是兰茜。

柯顿从石梯上站起来，三个人迎了上去，柯顿有些埋怨地问道："你怎么迟到这么久？"

"你没看见……我都是跑着赶过来的吗？！"兰茜大气不接一口地说，"你们不知道……我是偷偷溜出来的。不过，我猜我妈现在已经发现了。"

"老天啊。"陆华感叹道，"你回去的时候你妈会杀了你的。"

"为了地球的命运，我豁出去了。"兰茜大义凛然地说。

"那就走吧，得快点儿才行。"柯顿说。

四个人没有再耽搁，顺着小路赶到了距离图书馆只有几百米远的丽山公园后山。

这是一座位于郊区的人造森林公园。白天的时候，人们多数是来这里跑山、散步或呼吸新鲜空气的。到了晚上，这片黑暗幽静的山林便成为情侣们幽会的绝佳之地。柯顿等人走在后山的小径中，不时看到几对在树林中亲昵的恋人，或听到黑暗中传来几声嬉笑怒骂——置身于此，几个少年都感到脸红耳臊。

"真该死！"兰茜低着头尴尬地骂道，"这个老罗就不能把我们约在一个咖啡馆或夜宵店见面吗？非得要到这种鬼地方来！而且还是在半山腰那片橡树林中！他是不是希望我们像电灯泡一样把每个人都照亮，他才满意？"

"别发牢骚了，兰茜。装作没看见就行，这不关我们的事。"陆华压低声音说。

他们沿着盘山小路向山上走，越往上走人越少。等他们来到老罗指定的那片橡树林时，林中竟然一个人都没有。

踏进这片黑暗的橡树林，兰茜不禁打了个冷战，说道："这里……没有人约会吗？"

"如果是我，也不会选择在这里约会的。"柯顿环顾着四周说，"这里安静过头了，而且一丝灯光都没有，看上去阴森恐怖。"

肖恩也朝四周望去，说："现在的问题是，老罗在哪里？"

"也许他在树林深处等着我们？"陆华皱起眉头，忍不住也骂道，"这个老罗一定是疯了！他到底有什么见不得人的事情非要在这里说？我希望他一会儿跟我们讲的事情能对得起我们到这鬼地方来！"

柯顿说："都走到这里了，还有什么办法？进去找找他吧。"

"等等，"兰茜的身子往后面缩了一下，"我们真要进去呀？"

"你害怕了，兰茜？"柯顿说，"要不你先回去吧。"

兰茜往后看了一眼那条漆黑的山路，咽了口唾沫："算了，我还是跟你们一起走吧。"

"走吧，看着点儿脚下。"陆华提醒道。

四个人朝橡树林深处走去，他们的脚踩在枯树叶或小石子上，发出各种怪异的声响。在这寂静的夜里听起来，让人毛骨悚然。兰茜的手不自觉地挽住柯顿的臂膀。

走了一小段之后，陆华最先看到前方不远处的一棵大树下有一个人影。他快步走了过去，问道："是老罗吗？"

那个人背对着他们，并没有回过头来，陆华再走近一些，喊道："老罗？"

这一次，那个人回过头来。几个人这才看清楚，这根本不是一个人，而是一对在树下亲吻的年轻情侣，只不过男的把女的身体全挡住了，才让他们误以为是一个人站在树下。

"噢，噢——"陆华尴尬地摆着手说，"对不起，打扰你们了。"

那对恋人受到干扰后，仿佛气氛被破坏了，两人挽着肩膀扫兴地离开了这里。

兰茜恼火道："真是见鬼了！我们该不会被老罗给耍了吧？"

"没理由呀——"陆华皱着眉说，"柯顿，现在几点了？"

柯顿看了下手机，说："九点三十五，时间正合适呀！这个老罗到底怎么回事？"

肖恩问："我们还往前走吗？"

柯顿说："不能再继续朝前走了，不然我们会忘记回去的路。在这片树林中迷路可不是闹着玩儿的。"

"那怎么办，我们就这样回去了？"肖恩不甘心地问。

柯顿一时也没了主意，就在几个人犹豫不决的时候。兰茜突然看见林子的右侧走过来一个人，她对大家说："你们看，那个人是老罗吗？"

陆华将眼镜的边框抬起来仔细观察了一阵，说："应该是老罗。"

"我真想狠狠骂他一顿！"兰茜恼怒地说，"他叫我们到这里来分明就是体验恐怖片拍摄现场的！"

说话的时候，那人已经走近了。陆华上前问道："老罗，你到底在搞什么鬼？把我们叫到这里来，你又……"

话说到一半，陆华停住了。他这次看清楚了，这个人根本不是老罗，而是一个陌生男人，由于光线太暗，他看不清楚这个人的长相。这个人一副奇怪装扮——黑衣黑裤，头上还戴着一顶黑色鸭舌帽。更怪异的是，在这漆黑的夜里，他居然还戴着一副深色墨镜。

陆华正打算跟那人说自己认错人了。黑衣男人突然开口道："你是陆华吗？"

陆华显然被这句话惊呆了，他张着嘴巴盯着那人，另外三个人也和他一样。好半天之后，陆华才木讷地问道："你是谁？你怎么认识我？"

黑衣男人用低沉的嗓音说道："我是老罗的朋友，他今天晚上有些事不能来了，所以委托我到这里来见你们。"

几个人目瞪口呆。柯顿问道："老罗出什么事了，他为什么不能来？"

"他生病了。"黑衣男人沙哑地说，他的嘴似乎变得很干，"是急病，所以来不了了。"

陆华突然怀疑地盯着他说："是吗？那他怎么不打个电话跟我说？"

"他病得很重，不能打电话了。"那声音幽幽地说。

柯顿的眼睛在眼眶中迅速转了两圈，说："那就算了吧，我们改天去探望他，等他病好了再说吧——陆华，我们走。"

"请等一下。"黑衣男人说，"老罗委托我到这里来，是想请你们把那本书交给我。"

"书……那本诗集？"陆华感觉有些不对，"可是……我为什么要交给你呢？"

"况且你也没带来，对吗，陆华？"柯顿上前一步，从后面扯了陆华一下，"你把那本书放在家里了，对吧？"

"你带了，我知道你带了。"黑衣男人阴冷地说。虽然黑暗中看不清，但柯顿却能明显地感觉到他刚才冷笑了一下。

"它现在就在你的身上。"黑衣男人说。

陆华不自觉地朝后退了一步："不管我带没带，这是我的东西。我为什么要把它交给你？就算是老罗本人来，他也不能强迫我把书给他。"

那个人沉寂了几秒，然后把他的手伸到外套中去，一边往外摸东西一边说："既然这样，我就用一样东西和你交换吧。"

柯顿心中猛地一抖，潜意识令他警觉起来，他死死地盯着黑衣男人伸进外套的那只手。在那东西掏出来的一瞬间，柯顿的头皮像炸开一般，他一把上前，抓起陆华的手就往回拖，大喊道："快跑！"

陆华在看到那把尖刀的同时已经完全吓傻了，如果不是柯顿拉起他就开跑，恐怕他会在那一瞬间忘记双腿的作用。而兰茜似乎也跟柯顿一样，有些不祥的预感，在那个男人把刀摸出来后，她立即厉声尖叫了出来。但她刚刚叫出声，便被肖恩和柯顿同时拖住，朝后面夺路而逃。

四个人没命地狂奔着，甚至不敢回过头去看那黑衣男人有没有追上来。他们迅速跑出橡树林，然后朝山下冲去。也许是紧张和恐惧激发了人体的潜能，来的时候走了近二十分钟的山路，居然被他们不到十分钟便冲了下去，直到他们跑进一条亮着灯光、并有行人过往的大路上时，才停下来喘息片刻。

柯顿和肖恩俯着身体，双手撑在膝盖上，大口喘着粗气；陆华和兰茜已经瘫倒在了路边，一个用手捂着心脏，另一个双手叉在腰间，狼狈得一塌糊涂，引得周围路人纷纷侧目。

好几分钟之后，他们的体力恢复了一些，陆华牵着兰茜从地上站起来，惊魂未定地问道："我们……应该甩掉那个人了吧？"

柯顿摇着头说："不知道，我根本就没有回头去看过……不过，这里是大街上，谅他也不敢追到这里来行凶。"

"我这一辈子……从来没有……经历过……这么惊险刺激的事。"兰茜还没有缓过劲儿，上气不接下气地说。

"你以为我们就经历过呀？"柯顿瞪着眼说。

"刚才真是太危险了！"肖恩望着跑过来的方向说，"早知道会碰到杀手，真应该叫上杰克一起来！"

"杰克是谁？"柯顿问道。

"我爸爸从美国雇的私人保镖。普通人十个都不是他的对手。"

"啊！"兰茜叫道，"你怎么不早点儿想起叫上这个人呀！"

"我怎么知道会遇到这种情况？"

"别管这些了，我们赶快报警吧！"陆华从裤包里摸出手机。

"报警的话，警察一定会通知我们家长的，到时候我们撒谎跑出来的事可就全穿帮了。"肖恩担忧地说。

"天哪……"兰茜吓得面如土色，"如果我爸妈知道我晚上溜出来是和你们三个一起去那'情人林'，不知道会误解成什么样呢。他们真会要我命的！或者是暑假剩下的时间都把我锁在家里，那也等于杀了我！"

陆华瞪大眼睛说："你们还在担心这些？我们刚才差点儿连命都没了！如果不报警让警察抓住那杀手，指不定他哪天又来杀我们的！"

柯顿眉头紧蹙："可我们报了警也未必就有用。第一，这起事件过于古怪，警察不见得会相信我们的话；第二，这个杀手用墨镜、帽子乔装打扮，再加上当时又一片漆黑，我们根本不可能记住他的任何特征，这样的话我们该怎么去向警察描述杀手？而警察在根本摸不着头脑的情况下又怎么去抓杀手呢？"

陆华缓缓放下拿着电话的手，问道："那怎么办？我们对这件事放任不管？这样的话我们将每天生活在危险之中！我猜那杀手这次没能得手，是不会善罢甘休的。"

"其实仔细想起来……"柯顿严肃地说，"这个杀手的身份或者说他的幕后操纵者的身份，根本就是明摆着的。"

陆华倒吸一口凉气："你是说……老罗？是他雇的人来杀我们？"

兰茜和肖恩一怔，这才从惊慌中回过神来。刚才他们都只顾着逃命了，还没来得及去想这个问题。肖恩说："对了，那个人说是老罗委托他来'见'我们的。至于老罗生了急病什么的，根本就是胡扯。他的目的从一开始就是想杀了我们，并拿走那本诗集！"

陆华下意识地摸了摸夹在衣服和身体之间的诗集，吐了口气："幸好我上山之前留了个心眼儿，没直接拿在手上，不然可能已经被抢走了。"

兰茜狠狠一跺脚："看来我们之前猜得没错，这本诗集一定是属于老罗的重要物品！否则他怎么会为了夺回这东西不惜雇人来杀我们？"

陆华皱着眉说："先别说得这么肯定，也许这杀手和老罗没有关系呢……"

肖恩望着他："这不可能。想想看，今天上午老罗在图书馆门口跟我们说那番话的时候，周围根本就没别人。如果不是他，谁会知道我们今天晚上会去公园后山的橡树林？"

"没错！他故意把我们骗到那个阴森幽暗的橡树林，为的就是给杀手制造最好的行凶地点和机会！不然我之前就说了，他为什么不把我们约在某个咖啡馆或夜宵店见面？"兰茜激动而愤慨地说，"我们把这些告诉警察，让他们直接去逮捕老罗吧！"

"别傻了，兰茜。"柯顿摇着头说，"我们根本就没证据能证明是老罗把我们约到那地方去的，只要他矢口否认，我们就拿他一点儿办法都没有。况且，就算他承认了这一点，我们也没法证明杀手和他有什么直接联系，警察是不会根据我们的猜测或一面之词来抓人的。"

"那我们现在到底该怎么办？"兰茜问。

柯顿警惕地看了看四周，说："我们别站在这里说话了，天知道那杀手会不会还躲在附近！我们现在赶快回家，今天晚上绝对不要再出来。有什么事明天白天再说。"

陆华说："如果我们被杀手盯上了，那白天也不见得就安全。"

"我想他大概还不敢在众目睽睽之下行凶，否则也不会在晚上把我们约到那橡树林见面了。而我们明天一早，就要立即行动！"柯顿说。

"你打算怎么做？"肖恩问。

"现在不说了。"柯顿看了下手表上显示的时间，已经快十点半了，"我们打车回家吧，明天早上电话联系。"

"柯顿……"兰茜有几分局促地说，"你能……先送我回去吗？"

柯顿点头道："好的。"此时正好从街道左侧开来一辆出租车，柯顿抬手拦住它，对肖恩和陆华说，"干脆我们四个坐一辆车走吧，让它分别把我们送回家，这样安全些。"

肖恩和陆华点了下头，四个人迅速钻进出租车，车子朝街道另一边疾驰而去。

—— 第二十章 ——
疑雾重重（一）

　　整个夜里，柯顿不敢确定自己有没有真的睡着。橡树林中的惊险一幕像午夜电影一样在他脑海中反复播放。他一直处于半梦半醒、迷迷糊糊的状态，以至于无法将遐想和梦境彻底分开。不过好在其内容都是一样的，也就用不着去区分了。与之呼应的，是他那充满惊悸、猜疑和后怕的复杂心情——只有一点是他可以肯定的，就是自发现这本诗集的那一天起，他们四个人就被卷进了一个由恐惧和诡秘所组成的巨大漩涡里。现在，这个漩涡越来越急，几乎要将他们吞没和撕裂。

　　柯顿心中十分明白，橡树林中发生的事件意味着整件事情已经不像原来那样单纯了。从他们被杀手袭击（而且很明显是冲诗集来的）这一点来看，这起事件肯定还隐藏着一个更大的秘密，有着他们之前完全没想过的巨大隐情！

　　不过，任何事情都有两面性，柯顿想，被杀手袭击这件事固然可怕，但是却引出了一个非常关键的人出来——图书管理员老罗！

　　毫无疑问，老罗显然是知道什么！之前，自己和朋友以为已经解开了预言诗集之谜，现在看来则不然，要想将诗集的秘密完全解开，似乎必须从老罗那里下手，但是，该怎么做呢……

　　就这样，柯顿几乎通宵未眠，眼睁睁看着窗外微白的太阳从东方升起。才八点过一点儿，他便焦急地打电话给陆华、兰茜和肖恩三人。

　　"什么？现在？"电话里肖恩打着哈欠，看来他昨晚也没睡好，"那好吧，你们到我家来吧。"

"不了，我跟兰茜和陆华说好了，在西区商业街的麦当劳见面。"柯顿说。

"麦当劳？为什么要在那儿？在那里吃早餐的人络绎不绝，根本就不是说话的地方呀。"

"我就是专门找这种人流量大、热闹的地方，这样对我们安全些——而且，我还有个计划，等你来了再说吧。"

"好的，我这就来。"肖恩回想起昨晚的惊悚事件，睡意全无。

在麦当劳二楼餐厅的窗边，肖恩见到了他的三个朋友。在他们面前的餐桌上，已经点了一大堆汉堡、鸡翅、热香饼和可乐。肖恩坐下来，问道："你们怎么点了这么多东西，吃得了吗？"

"也有你的份儿。"兰茜说。

"哦，谢谢，我正好没吃早饭呢。"肖恩抓起一个蛋香牛堡，塞到嘴里咬了一大口。

"要不要告诉他买单也有他的份儿？"陆华小声对柯顿说。

"没关系，他不在乎这个。"柯顿小声回答。

肖恩吃完汉堡，又喝了半杯可乐，然后用纸巾将嘴拭擦干净，这才望着柯顿问道："你有什么计划，柯顿？"

"现在人都到齐了，你就别卖关子了，快说吧。"兰茜揉着有些红肿的双眼说，"我昨晚压根儿就没睡好，躺在床上一想起那杀手就害怕得发抖。今天一大早又被你拖出来，我现在头还晕乎乎的呢。"

"别抱怨了，兰茜，彼此彼此。"陆华阴郁地说。

"那我就说正事吧。"柯顿俯下身来，尽量压低声音说，"我昨天晚上也想了一宿，最后得出一个结论——我们现在已经被卷入一起最初完全意想不到的危险事件中来了。而这起事件的核心，就是那本预言诗集！这本诗集我们之前以为已经解开它的秘密了，它就是一本预示未来大灾难的奇书。但现在看来我们错了！这本诗集肯定还包含着更大的隐情。否则的话，老罗为什么不但要夺回这本书，还非得杀死我们不可？也许他认为我们不该洞悉诗集的内容，所以想杀我们灭口，以防诗集的秘密外泄？可他这样做的目的和意义是什么？不管怎样，我们只有揭开了所有的秘密，让一切水落石出，才能摆脱危险，保住性命！"

三个人聚精会神地听完了柯顿这一番话，肖恩问道："所以呢？你具体准备怎么做？"

"我想过了，没有别的办法。"柯顿凝视着他们，"直接去找老罗，当面对质！"

肖恩皱了下眉头："可他昨天晚上还请人来杀我们，我们今天去找他，那不是正好送上门吗？"

柯顿"哼"了一声："我才不相信他敢在大白天、在图书馆门口对我们行凶！"

"可是，柯顿，还有个问题。"陆华面露忧色，"如果昨晚的事真是老罗指使的，他会笨到向我们坦白吗？你昨天不是也说了，假如他矢口否认，或者干脆彻底装糊涂，那我们还不是拿他一点儿办法也没有。"

"不，我后来想过了，其实我们也是有办法的。"柯顿说，"想想看，老罗现在有一个东西掌握在我们手里呢——"

肖恩三人茫然地对视了一眼，似乎没听懂柯顿这句话的意思。

"诗集，那本诗集！"柯顿加重语气提醒道，"你们忘了吗？他所做的这一切都是为了夺回那本诗集。而这本诗集现在还在我们手里！"说到这里，柯顿望向陆华，"对了，你今天没把诗集带出来吧，陆华？"

"当然没有，我把它藏在家里一个隐秘的地方，除了我之外任何人都别想找到它。"

"很好。"柯顿点头道，"我们一会儿去找老罗，如果他不老实告诉我们实情，我们就威胁他，说要将诗集的内容公之于世，并且还会报警，将那本诗集交给警察保管，让他永远都得不到！"

"太好了，就这么办！我敢打赌老罗百分之百会怕这招。真是太妙了，柯顿！"肖恩兴奋地说。

"确实是个好主意。"陆华也点头承认。

"那我们现在就去吧，"柯顿迫不及待地从椅子上站起来，"我一分钟都不想再等了，我要立刻知道所有的秘密！"

另外三个人也一起站起来，肖恩正要走，兰茜轻轻拉了他一下："对不起，肖恩，你能把单买了吗？"

"什么，你们点这些东西还没付钱？"肖恩诧异地问，"可是，麦当劳不是先付钱才能吃东西的吗？"

"很抱歉，我表姐在这儿上班，我们告诉她一会儿有人会来付钱，她就大方地让我们先点东西了。"兰茜眼波闪烁着说，同时递给肖恩一张小票，"一共 136 元。对你来说是小菜一碟，对吗，肖恩？"

"真有你们的。"肖恩无奈地耸耸肩，摸出钱包。

走出麦当劳餐厅，四人在门口立即招了一辆出租车，朝图书馆开去，不出十五分钟便到了那里。下车之后，几个人径直走向图书馆大门，想到立刻要与老罗当面对质，几人心中不免有些紧张。

跨进图书馆的那一瞬间，四个人都愣住了。他们看到，在往日老罗的座位上坐着的并不是老罗本人，而是愁眉苦脸的辛馆长。

陆华问道："辛馆长……你怎么坐在这儿？老罗呢？"

辛馆长烦闷地叹了口气，强打起精神说："老罗？我也希望能有人告诉我他在哪里！"

几个人迅速互看了一眼，这种状况显然是他们之前没有预料到的，柯顿有几分焦急地问道："怎么，他今天没来上班吗？"刚一问出口，又突然想起陆华跟自己说过的，老罗就住在图书馆里。

"我看他不是今天没来，而是昨天就消失了。我早上来看到门是从外面锁住的，就知道老罗没在这里面。你看，现在都超过上班时间半个多小时了，他也还没回来，天知道他跑到什么地方去了！可恶的是，他之前连招呼都不跟我打一个，害得我只有坐到门口来顶替他的工作！"辛馆长埋怨了一大通后，想起昨天的事情，说道，"对了，那两本书我已经看完了。确实……非常奇妙。"

几人先是愣了一下，然后猛然想起昨天上午来找辛馆长的事。昨晚那可怕的事件将他们的注意力全引到老罗身上去了，几乎完全忘了来找辛馆长商讨"末日预言"的事。但是他们现在一致认为，"末日预言"的事应该暂且放一放，目前的当务之急是先找到老罗。

"辛馆长，那本预言诗集我今天没带来，咱们改天再来研究它吧。"陆华有些抱歉地说，"我想问一下，您早上打开门之后，去老罗的房间看了吗？"

"当然去看了，可他没有在里面。"辛馆长有些疑惑地问道，"你们不是来找我的，是来找老罗的？"

没等陆华回答，柯顿就急切地问道："辛馆长，老罗房间里……他的东西还在吗？"

辛馆长怔了一下，似乎对柯顿问的这个问题感到不解，但他还是回答道："你是说，他的财物和行李？当然还在啊！老罗应该还不至于不跟我打个招呼就卷铺盖走人吧？我以为他只是遇到什么急事出去了呢……不过，你们为什么这么问？孩子们，我怎么感觉你们今天都有些神神秘秘的？难道出什么事了吗？"

辛馆长疑惑的眼光扫向面前的四个少年，他们却不知道该作何回答。好一会儿后，陆华不自然地说："不，辛馆长，没什么……我们只是随便问问老罗为什么没来而已，当然也找他有点儿事。不过既然他不在，那我们就另找时间再来吧。"

"哦，好的，欢迎你们常来。"辛馆长冲少年们点点头。

走出图书馆后，兰茜对陆华说："你刚才干吗不把实话告诉辛馆长呢？也许他能帮上我们呢！"

"我们现在什么都不确定，一切只是猜测而已，我怎么跟馆长说？"陆华揉着太阳穴说，"况且现在的状况已经把我彻底弄昏了，我没法思路清晰地向别人转述这件事。"

他转过头，望着沉思中的柯顿："你怎么看，柯顿？"

"其实目前的状况并不混乱，事情的发展都是在情理之中。只不过，我们需要找一个安全的地方坐下来将所有的事件全部梳理一遍，理清头绪，以便明确下一步该怎么做。"柯顿思量着说。

"还是去我家吧。"肖恩说，"我爸妈都上班去了，家里没人，正适合谈话。"

"你家里安全吗？"兰茜此刻就像一只惊弓之鸟，"要不要把杰克叫上？"

—— 第二十一章 ——
疑雾重重（二）

在肖恩的房间坐下后，莉安例行公事地问道："肖恩少爷，您和您的朋友们要喝点儿什么？"

"谢谢，莉安，我们现在什么都不需要，一会儿想喝东西的时候我会叫你的。"

"好的。"莉安点了下头，转身离开，并将房门带拢。

几个人静坐了一刻，柯顿说道："现在，我把目前发生的所有事件从头到尾清理一遍，然后我们大家一起来看看，现在最主要的问题和要做的事是什么。"

肖恩做了个手势，示意柯顿接着讲。

柯顿清了清喉咙："首先，我们无意中在图书馆处理的旧书时买了一本神奇的预言诗集。当然，其中最引人关注和令人恐惧的便是那首关于'2032世界末日'的预言诗。然后，我们为了了解预言诗的准确性，去图书馆查阅关于作者马尔斯·巴特的情况。在将这个问题了解清楚之后，我们发现了一些疑点——似乎除了我们之外，还有另外一个人也在试图调查这件事……"

"那个人可能就是我们的同学文野。"兰茜插了一句话进来，"当然，只是猜测而已……"

柯顿瞥了她一眼，接着说："我们得知'末日预言'可能会成真后，便想到找辛馆长商量此事。但接下来发生的事始料未及，将我们的行动计划全部打乱，并让整起事件变得更加扑朔迷离——老罗发现我们拥有这本诗集后，表现出各种怪异举止，并为了拿回诗集而不惜雇人来杀害我们。所幸的是杀手没能得手。老罗在此事败露之后失踪了。目前为止事情就是这样，我没有漏掉什么吧？"

"没有，讲得很清楚。现在我的思维清晰多了。"肖恩说。

"那我们就来想想，现在最主要的疑点有些什么？"柯顿挨着望向三人。

"我认为有一点是明摆着的。"兰茜说，"老罗会消失得无影无踪这一点儿都不奇怪，很明显是因为他请的那个杀手失败后，老罗认为事情败露，怕我们报警抓他，所以便畏罪潜逃了。他大概没像我们这么理性地去分析让他认罪的证据是否充分这一类的问题，便在昨天夜里连东西都没来得及收拾就匆匆逃走了。"

"我觉得兰茜分析得有道理。"肖恩说，"老罗是个只有小学文化程度的人，这样做符合他的心理特征。他没想过警察逮捕他是需要证据的，所以在事发后便逃走了。这种不打自招的行为恰好证明他确实是妄图杀害我们的幕后主使——"肖恩侧脸望向柯顿，"看来我们昨天晚上过于保守了，早知道真该直接报警抓他。"

柯顿没有说话，陆华像是泄了气的皮球般软了下去："照你们这么一说，我也觉得……幕后主使非老罗莫属了。唉……本来我还抱有一丝幻想，认为我们会不会是误会老罗了呢，现在看来……我认识他十多年了，还以为跟他是朋友……没想到他居然会为了一本诗集而企图杀了我！"

"你这句话算是说到点子上了。"沉思良久的柯顿说，"我刚才一直都在思索这个问题——这本诗集到底跟老罗有什么重大关系？或者说，这本诗集的内容与他有何关联？"

"我们之前不是分析过了吗，这本诗集也许是老罗的私人物品或传家之宝，他为了夺回它而……"兰茜说到一半，停了下来。

"你也发现不合情理的地方了吧，兰茜。"柯顿说，"就算这本诗集对他来说非常重要，或者说有多高的价值，他非得到它不可。但是，这只是对他而言啊。我们又不是非要它不可！如果他只是想要回诗集，完全可以找我们商量啊！陆华是他多年的朋友，完全有可能直接就还给他了，有必要非得将我们杀死才能拿回这东西吗？所以我觉得，他想杀我们的动机绝不是想要回书那么简单。"

"那你觉得是怎么回事？"肖恩急切地问。

柯顿像个侦探般地分析道："我们回忆一个重要细节——我们从辛馆长办公室走出来的时候，很明显地发现老罗之前偷听了我们的谈话内容。之后我们走下楼梯，老罗便神神秘秘地约我们晚上在橡树林见面。很明显他在那时就已经起杀心了！我们现在联系起来看一下，老罗在偷听到我们的谈话内容后，便立刻决定要除掉我们，这说明了什么？"

陆华的身体突然像触电般抖动了一下："我明白你的意思了……柯顿。老罗会这样做，唯一的解释便是，他认为我们洞悉到了原本不该知道的东西，也就是……那本诗集的内容！而且我们还在散播这本诗集的内容，他要除掉我们，为的是杀人灭口，让这个秘密不泄露出去！"

"对，这就解释了他为什么不单要拿回诗集，还想要杀掉我们！"

听完柯顿和陆华的这段对话，肖恩更加糊涂了，他茫然地说道："我不明白，这本中世纪法国人所写的预言诗集，会跟老罗这样一个图书管理员有什么关系？他为什么要拼了命来守护这本诗集的秘密？"

"也许他知道这本诗集的内容，尤其是关于末日预言这一部分，所以不愿让这个秘密外泄？"兰茜说到这里，自觉逻辑混乱，咕哝道，"世界末日和他有什么关系？"

"是啊。"肖恩啼笑皆非，"不管世界末日是不是真的会在 2032 年到来，或者是大家知不知道、重不重视这件事，我都想不出来这跟一个普通的图书管理员有什么关系。他有什么必要冒着杀人的风险去守护这种秘密？哼，难道他是好心，怕引起社会恐慌，所以才必须杀了我们？"

柯顿用手托着下巴，竭力思索着，两条眉毛像麻绳一样绞在一起。片刻之后，他说："说不定这个老罗与诗集之间真的存在着某种微妙联系——而我们将实际内容，尤其是'末日预言'传播开来，则触犯了他的某种利益。"

"什么利益？难道将末日预言散播开来这种事还要申请专利吗？"兰茜瞪眼道。

"而且我们现在不明白的，正是老罗与预言诗之间会有什么联系呀！"肖恩说，"如果知道了这个，那他和我们之间有什么利益冲突，或者是他做这些事的动机不就都一清二楚了吗？"

柯顿突然问道："肖恩，陆华上次把诗翻译出来的那个笔记本，是不是还放在你这里？"

"是啊，就放在我桌子上呢，你想干什么？"

"你把它拿过来，我们再把那些诗仔细研究一下。"柯顿说。

"我不认为会有什么新发现。"肖恩嘟囔道，但还是走到办公桌前，将陆华的笔记本拿了过来，递给柯顿。

柯顿把本子翻开，一页一页地挨着将那几首预言诗又从头到尾细细品读，陆华和兰茜也把头凑过来，一齐观看。

当柯顿再次翻到那首恐怖的'2032世界末日'的预言诗时，目光久久地停在那些诗句上面，他几乎是一个字一个字将这首诗读了出来：

"恐怖的最后一天终于到来，

阿波罗因跌倒而喜怒无常。

火山、地震不再可怕，

毁灭之时无所用场。

惊恐的人们无处藏身，

被星星之雨集体埋葬。

鉴此我的大预言全部结束，

米希尔的信徒将深知错在何方。"

尽管是第二次读这首诗，但这些诗句字里行间所透露出来的恐惧和震撼还是令听者感到不寒而栗。陆华不自在地扭动了一下身子，同时注意到柯顿的眼睛仍然紧紧盯着这些诗句。他好奇地问道："柯顿，你在找什么？难道之前我们对这首诗的理解和分析还不够透彻吗？"

兰茜面露忧色地说："你可别又找出什么更可怕的事情来。我觉得我们承受恐惧的能力是有限的。"

柯顿抬起头来，指着诗的最后一句说："我觉得我们之前都去关注这首诗前面对于末日灾难的描述这一部分去了，却忽略了这最后一句。"

肖恩赶紧凑上前来，将那一句诗念了一遍："'米希尔的信徒将深知错在何方'——你认为这句话隐含了什么吗，柯顿？"

"'米希尔'指的是大预言师米希尔·诺查丹玛斯。而这句诗则提示了我们——诺查丹玛斯拥有很多支持他那些预言的'信徒'。"

"那又怎么样？"肖恩费解地问，"这说明了什么吗？"

"我们这样来看。"柯顿说，"诺查丹玛斯预言的世界末日是 1999 年，而马尔斯·巴特预言的世界末日是 2032 年。我们假设诺查丹玛斯的后人，或者说他的忠实信徒中有人注意到了这一点，那么毫无疑问，这两位大预言师中肯定有一个人出了错。假如诺查丹玛斯的后世子孙或者他那些忠实的粉丝们代代相传，等待着检验末日预言的正确性的话，那么过完 1999 年，他们肯定就会发现诺查丹玛斯的预言出错了。那时他们会怎么办呢？"

"如果我是他的那些信徒之一，肯定就不会再支持他了呀。"兰茜说，"因为他的预言出错了，自然让人感觉失了水准。"

柯顿指了兰茜一下："对于一般人而言可能是这样的。可如果是他那些最忠实的信徒呢？想想看，他们祖祖辈辈信奉了几百年的箴言，一个让他们崇拜了几个世纪的偶像，就算是出了差错，恐怕也不会使他们彻底放弃对诺查丹玛斯的支持，甚至可能会想尽办法来掩饰或弥补这个错误，以此来证明他们先辈们的信仰并没有出错。在这种情况下，马尔斯·巴特的那本预言诗集不就成了他们最大的威胁了吗？"

"啊——"陆华惊呼道，"你的意思是说，老罗可能就是'米希尔的信徒'之一？"

兰茜也叫起来："所以他才会为了夺回诗集，同时保住秘密而不惜杀我们灭口！"

肖恩觉得自己又有些糊涂了："这么说来，诗集到底是不是老罗的？如果是他的东西的话，那他早就该把它毁掉才对呀，还留在身边干什么？"

柯顿做了一个示意他们先别忙说话的手势："我有一个大胆的猜测，如果事情真是这样的话，那就一切都能解释得通了。"

三个人都全神贯注地看着柯顿。

"我们现在假设老罗就是诺查丹玛斯的忠实信徒之一。他从外地来到我们这里工作，并住在图书馆里面，也许为的就是借机寻找散落在世界各地的、马尔斯·巴特的预言诗集，并在找到后将其封锁或销毁。我们不是只找到诗集的第五册吗？那么前面四册可能已经被他找到了。而这第五册诗集也许是被遗落在图书馆的某个角落，前不久才被辛馆长找到，却因为太破旧而把它放到了旧书处理架上，然后被我们几个人阴差阳错地买走了。老罗当时没发现，后来却在我们到图书馆来找辛馆长时，看到它被捏在陆华手里，所以他万分惊诧。接下来发生的事，不用我再讲了吧？"

"如果真是这样的话，发生的所有事情确实全都能解释得通了。"肖恩说，"可还有个问题，老罗怎么知道我们这座城市的图书馆里就一定有他要找的东西？"

"也许他之前获得了什么信息才来的吧，也可能是他运气好，真的在这里找到了马尔斯·巴特的诗集。这恐怕只有他自己知道了。"柯顿耸了耸肩膀。

"这么说来，那个在我们离开图书馆之后去翻《法国史》和《乞求的后面》那两本书的人也是老罗？也许我们的行为引起了他的警觉，他在猜想我们为什么会对那两本书感兴趣。可是，他怎么知道我们在阅览室里看的就是这两本书？不会是跟踪了我们吧？"兰茜说。

"这倒并不奇怪。他用不着跟踪也能知道我们在阅览室里看了些什么书。"陆华说，"阅览室里安了监控器，他只要在下班后去监控室调录像来看就行了。"

陆华停顿了一下，然后担忧地说："柯顿，如果真如你分析的那样，老罗是一个狂热的'米希尔信徒'，那我猜他在暗杀我们失败后大概也不会善罢甘休。如果他并没有逃到外地，而是躲在某个暗处策划着下一次对我们的袭击，那我们现在的处境岂不是十分危险？"

陆华这番话把兰茜的脸都吓白了，她惶恐地问道"那我们现在该怎么办？他在暗处，我们在明处，他随时都能找到机会向我们下手呀！"

肖恩也说道："我们四个人在一起时还好些，可一旦分开，那就确实危险了。"

柯顿沉吟片刻，说："不如……我们反其道而行之。现在最危险的地方也许反而最安全……"

"什么意思？"陆华问。

柯顿说："老罗不是以为我们会报警抓他吗？所以昨晚匆匆忙忙就逃走了——可见他现在哪里都有可能去，唯独不敢回自己住的地方。我们正好利用这个机会，到他住的那间屋里去，也许能找到一些证明他有罪的证据！"

兰茜几乎从沙发上跳了起来："我现在躲他还来不及，你居然要我们主动送上门去！"

"我问你，你到哪里去躲他？"柯顿说，"你刚才不是还说吗，我们在明处，他在暗处。我们就算是躲在家里不出门，只要是被他盯上了，他也有可能乘虚而入，特别是陆华，那本书现在在他手里，他现在要是回家，那才是最不安全的！"

陆华张开嘴巴，惊觉到这一点，立刻面如土色。

"我觉得柯顿说得有道理。我们不能老是处于被动，得主动出击才行。"肖恩捏紧拳头捶在大腿上，"不入虎穴，焉得虎子！"

"可是……"陆华面有难色，"我们以什么理由去搜查老罗住的地方？我们又没有证据，辛馆长会认为这是违法的，他根本不会同意！"

"那我们报警，让警察搜查老罗的房间。"兰茜提议。

"公安局又不是我们开的，警察会这么听话，你叫他去搜查他就去呀？"陆华说，"关键是这件事情太离奇了，而且一切又是我们的猜测，警察根本就不会相信我们几个高中生的话！"

"我有个计划，正好适合在今天实施。"柯顿冲朋友们招了招手，示意他们靠近自己，然后嘀咕道，"我们这样……"

听完柯顿的计划，兰茜叫道："啊？这也太冒险了吧！"

"那你有更好的主意吗？"柯顿瞪了她一眼。兰茜不再说话了。之后几个人的目光交织在一起，用眼神做出了决定。

—— 第二十二章 ——
密　室

下午四点半，柯顿四人再度来到图书馆。辛馆长仍旧坐在老罗的位子上，他手拿钢笔在一堆纸张中圈圈点点，显得有些焦头烂额。他看到四个少年后，赶紧问道："孩子们，你们找到老罗了吗？"

"没有，馆长。"陆华明知故问道，"怎么，他还没回来吗？"

辛馆长叹了口气："老罗以前从没这样擅离职守过，我看他这次失踪有点儿不寻常。要不就是家里出了什么急事，要不就是他本人出事了……总之，如果他今天还没回来或者没跟我联系的话，我恐怕得报警了。你们瞧见了吧？他招呼都不打地离开可把我害苦了，我既要抓紧筛选下个月要买的新书，又得在这里守着借阅室，替他做借书和还书的登记，时不时地还要上楼去接电话—— 噢，老天，真够我受的……"他抱怨了一大通后，忽然想起自己的工作，问道，"你们还是来找老罗的吗？或者是来看书的？"

"唔，我们不找老罗了，我们去二楼阅览室查点儿资料。"陆华说，"辛馆长，您忙吧，我们自己去看书。"

"好的，你们请自便吧。"辛馆长勉强挤出一丝微笑。

柯顿四人走上楼梯，来到二楼阅览室，几个人随意抓了本书捧在手里，显得漫不经心，眼睛不时瞟着外边的走廊。

五点十分的时候，走廊另一侧的馆长办公室传出一阵电话铃声。柯顿轻轻碰了陆华一下，低声说："机会来了。"同时用眼神提醒肖恩和兰茜，后者赶紧把书放回书架上。

不一会儿，辛馆长带着怨气急匆匆地上楼接电话，柯顿四人假装随意地走出阅览室，在楼梯口碰到辛馆长，对他说："馆长，我们看完了，再见。"

"哦，好的，再见。"辛馆长冲他们点了点头，赶往办公室接电话去了。

四个人赶紧下楼。他们没有走出大门，而是迅速拐进了左边的借阅室。

几分钟后，辛馆长心力交瘁地从二楼走下来，坐回到位子上，端起茶杯呷了口茶。

接近六点时，辛馆长按了一下桌子上的电铃开关，整个图书馆响起一阵音乐铃声，向人宣告关门时间到了。三四个人从二楼阅览室里走下楼来，离开图书馆。辛馆长又等了几分钟，为了保险起见，他上楼去看了一阵儿，又走下来，在一楼的借阅室门口喊了一声："还有人在里面吗？"没听到回音，才放心地走出图书馆，从外面将大门反锁。

图书馆内一片寂静。

几分钟后，借阅室最里端的落地窗帘抖动了两下，随即被一把掀开，兰茜从后面跳出来，大口喘着气道："真是憋死我了！柯顿，都怪你想的好主意！"

陆华从两排书架的中间像变戏法般转出来，一边揉着小腿一边忐忑不安地问道："辛馆长是走了吧？唉，我都快受不了了，脚都快蹲麻了！"

柯顿和肖恩从最大那排书柜的后面走出来。柯顿说道："你们俩就别抱怨了，我和肖恩藏的地方又窄又脏，还挤得难受！"

陆华推了下眼镜，皱着眉道："你说我们这是在干什么呀，搞得像做贼似的！"

柯顿拍着身上的灰尘说："不这样你倒想个更好的办法出来呀！"

"现在别说这些没用的了。"肖恩看着四周，"大门从外面锁死了，我们一会儿出得去吗？还是快检查一下窗子吧。"

"没问题，我早就看过了。"柯顿指着墙上一米多高的棱窗说，"这几扇窗户都是从里面锁的，我们一会儿踩着书架爬上去就能翻窗跳出去。"

陆华咕哝了一句："真要命，我一辈子都没干过这种翻窗跳墙的事。"

柯顿没有搭理他，径直朝借阅室外面走去，说："赶紧做正事吧。老罗的房间在哪儿？"

"大门左前方那条走廊的尽头就是老罗的房间。"陆华边说边和肖恩、兰茜一起走了过去。

四个人走到老罗的房间前，门是虚掩着的。柯顿将门推开，几个人走进这间不到十平方米的小房间。因为屋内没有窗户，所以即便现在才傍晚里面也是黑乎乎的一片。柯顿在墙边摸索了半天，才找到电灯开关。"啪"的一声，房间被顶部的一盏小吊灯照亮了。

这间像个长方形小盒子的房间里，有着最为简陋的摆设和生活用品——一张桌子摆在最里面靠墙的地方，上面斜放着一台小电视机和一台电风扇，都对着右边的那张小床。另外，桌子上还凌乱地摆放着水杯、餐具、茶叶筒等小物品。地上放着一个木头箱子、一把木椅、水桶和脸盆。除此之外，就只剩下小床正对面墙上挂着的一面圆镜子了。整个房间简单得几乎没有任何值得特别注意的地方。

陆华打量着这间小屋，说："这里面……真有我们要找的'罪证'吗？"

"试试吧，哪怕能发现一点儿蛛丝马迹也好。"柯顿说，"兰茜，你把床单、枕头掀起来看看；肖恩，你检查一下床底下；陆华，你翻翻那个木箱子。我来找找那个桌子抽屉里有些什么东西。"

几个人立刻分头搜寻，可是几乎还没用到一分钟就搜完了，柯顿、兰茜和肖恩的脸上露出了失望的神情，他们三人互看一眼，最后目光一齐落到蹲在木箱子前的陆华身上。

陆华并没有打开箱子，只是蹲在那里发呆。柯顿问道："怎么了？箱子上锁了吗？"

"没有……只是，我在想，我们私自进别人的房间翻箱倒柜……这样道德吗？而且……就算找到了什么证据，恐怕也不合法吧？"陆华迟疑着说。

柯顿翻了下眼睛："我说你这个人……都到这一步了，还在想这些！那老罗叫人暗杀、袭击我们，这就合法呀？我们要是不主动出击，找出点儿证据来，那就等于坐以待毙！算了，懒得跟你说这些，让开——"

柯顿正准备自己蹲下来打开那箱子，陆华此时却像是怕被同伴们看不起似的，用手势制止柯顿，说："让我来吧。"

他双手扣住箱子两侧，很轻松地就打开了这个箱子，几个人朝里一看，里面装的都是些衣物，不免让人失望。但陆华却感到不甘心，他伸手将那些衣物一件一件翻开来看，翻到箱底的时候，手突然触摸到什么东西，"啊！"的一声叫了出来。

三个同伴紧张地问道："找到什么了？"

陆华将一叠东西摸出来，拿给大家看："我找到了……钱。"

"唉……"兰茜看着那叠大概几千元的人民币说，"还以为是什么呢。你叫什么呀？这显然是老罗的积蓄嘛，有什么好大惊小怪的？"

肖恩说："快放回去吧，要不我们真成盗窃犯了。"

陆华无趣地将钱放回箱子底部，然后将箱子关上，站起来说："那里面就没什么特别的东西了。"

兰茜失望地看着同伴们："这间小屋就这么大块地方，都被我们翻了个遍——看来我们这个计划一无所获呀！"

肖恩皱着眉说："难道老罗猜到在他失踪后，我们或者是别的人会来搜他的房间，所以在此之前把重要的东西一并收拾好带走了？"

"不，不可能。"柯顿斩钉截铁地说。

"你怎么知道不可能。"肖恩问。

"陆华刚才在箱子里找到的那叠钱就说明老罗确实是在十分匆忙的状况下逃走的。他肯定来不及回屋收拾东西，否则你们想想看，会有人在回来收拾东西逃走的情况下，还把钱留在屋中的吗？"

肖恩惊觉道："你说得对，这么说来，老罗现在没有走远，他肯定就在这个城市的某个地方！"

兰茜突然打了个寒战："他……不会回来取这些钱吧？那不是刚好撞见我们在这里？"

"我想不会。"柯顿说，"他应该有所顾忌才对。别忘了，他以为我们会报警抓他他才逃走的，所以现在肯定不敢回这里来，怕有埋伏，将他逮个正着。"

"不管怎么说，我觉得此地不可久留。"兰茜仍有几分担心，"既然没找到什么东西，那我们就赶紧离开吧。"

肖恩失落地说："真没想到，我们辛苦忙活了半天，居然一点儿收获也没有！"

陆华一时也没了主意，看着柯顿说："现在怎么办？"

柯顿叹了口气："还能怎么办？走吧。难道我们还要挖地三尺来找啊？"

几个人撇了撇嘴，走出这间小屋。柯顿走在最后，正准备将门关到他们来之前那种微微打开的状态时，他又朝屋内看了一眼。他的动作停下来，愣愣地站在门口。

肖恩三人走出去几步后，发现柯顿没有跟上来，几个人折回去，肖恩问道："柯顿，你发现什么了吗？"

柯顿愣了半晌，将脸掉过来望着同伴们——那是一种难以揣摩的表情："我起先进屋的时候没注意，刚才退出来时又朝屋里看了一眼，才发现有个不自然的地方。"

"什么不自然的地方？"几个人一起问道。

柯顿指着小屋右侧的墙壁说："你们看那面椭圆形的镜子，不觉得它挂在了一个很不合适的位置吗？它几乎紧贴着墙的最右侧，而且下面就是那张床。这意味着，在这个狭小的房间里，要想照这面镜子就得爬上床去，而且身子得紧紧贴着右边墙壁才行。这会不会太不方便了？那张桌子正前方的墙壁不是空着吗，镜子挂在那里不是要方便得多？为什么非得缩在那墙边，像是怕被人碰到似的！"

几人观察了好一阵，陆华说："的确是这样，那面镜子挂的位置确实非常古怪。当初挂这面镜子的人就像是有意不想让人照到它似的。"

"是很蹊跷。我也觉得，正常人是不会把镜子挂在这种角落的。"肖恩说，"我们再进去看看吧，也许这面镜子真的有什么古怪！"

几个人再次走进这间小屋。柯顿首先跪到床上去，他挪动着膝盖，将整个身子移到镜子面前，然后注视着镜中反射出来的自己和周围的环境。

半分钟后，兰茜忍不住问道："柯顿，发现什么不妥之处了吗？"

柯顿盯着光滑的镜面，摇着头说："好像没什么特别的呀，和普通镜子没什么不同。只是——"他将眼睛凑近镜子的边框仔细观察，好像发现了什么新东西，"这面镜子好像还是外国货，边框上方印的商标名是外文的。"

"什么外文？念出来听听。"陆华说。

柯顿不知道这个单词该怎么读，只有将那几个字母念了出来："t-r-a-n-s-p-o-r-t-e-r。"

"啊……transporter？"最熟悉英文的肖恩将这个单词拼读了出来，"这个词的意思是'运输装置'或'运送者'的意思，恐怕不是什么商标名吧？"

"会不会是句暗语，或者是提示如何打开某个机关的暗号？"柯顿展开丰富的想象力。

"机关？暗语？老天啊，这里只是图书管理员的房间而已，又不是法老的陵墓，你还以为能找条暗道出来呀？"兰茜嗤之以鼻。

"这可很难说。"柯顿并不觉得自己的想法可笑，"就我们这一个月的经历来看，这也不算是什么奇怪的事了。"

肖恩说："可是……我实在是想不通一面镜子怎么能成为'运输装置'？这个单词的意思到底该怎么理解啊？"

柯顿想了想："莫非是镜子或镜框中藏了什么东西？要不……我把它打碎来看看？"

"不！"陆华制止道，"别打碎镜子，让我来看看。"

说着，他也跪上床去，靠近那面镜子，扶住眼镜仔细观看镜子外框上的"transporter"这个单词。过了一会儿，他深吸一口气，说："我想起来了，这个词是什么意思！"

"啊？难道不是'运输装置'的意思？这不可能吧？"肖恩不相信自己会弄错。

"不，肖恩，你说得没错，但那是英语单词翻译过来的意思。"陆华说，"可这个单词应该是法文，不是英文！"

"什么，是法文？你怎么知道？"肖恩问。

"因为用英语翻译过来则完全不知其义，但用法语来翻译，意思就非常明显了。"

"什么意思？"柯顿急切地问。

"'transporter'这个单词在法文中是'拉'的意思。"陆华说。

"拉？"柯顿一时没听明白，"什么'拉'呀？"

"就是动词的'拉'——'拉开'的意思！"陆华大声喊道。

"啊——"柯顿后背一麻，惊呼道，"这面镜子果然是个密室的机关！"

说完这句话，他伸出双手抓住镜框的两侧，使劲向后面拉，但镜子却纹丝不动，房间里也没什么变化。柯顿吐了口唾沫在手掌中，再次抓住镜框两侧向后拉，但任凭他使出吃奶的劲儿，镜子也没向外面移动半分。

半分钟后，他终于放弃了，跪在床上喘着粗气说："这是怎么回事儿？完全拉不动啊！"

"单这一点来说就已经很不寻常了。"兰茜感叹道，"一般的镜子是绝不可能在墙上镶这么紧的。"

"而且在老罗的房间里居然发现了一面印有法文的镜子，足可见他与那本法文诗集是有关系的！"肖恩说。

"可是，按照镜框上的提示来做，却没什么用啊！"陆华愁眉苦脸地说，"难不成我们搞错了？或者是柯顿——你拉的方法不对？"

柯顿瞪着他说："往外拉东西还要什么技术含量？难道还有标准姿势？要不你拉试试！"

肖恩说："要不你们下来，我再来研究一下这面镜子到底有何古怪。"

柯顿摆着手说："没用。我都研究好半天了，从外表看，这就是面普通镜子……"

说到这里，他骤然停了下来，喃喃低语道："镜子……"然后将身体转过去再次面对镜子，双手按住镜框，猛地往里一推！

"啪"的一声，镜子竟整个陷入墙壁中去了。同时，镜子旁边那面挨着床的墙壁发出沉闷的响声——那面墙壁竟然以扇形的展开方式向里打开一个接近 45 度的缺口，露出一个隐藏的密室来！

"啊——"兰茜惊骇地捂住嘴，被眼前这一幕震惊到了。肖恩、陆华的惊诧程度不亚于她。

"这里果然有密室！"肖恩大叫道。

惊愕之余，陆华盯着柯顿问道："你是怎么打开它的？"

柯顿用大拇指指着那面镶进墙里的镜子说："这是当初设计这个密室机关的人有意设置的一个谜题。想想看，镜子里折射出来的影像都是与实际'相反'的，那个提示我们'拉开'的单词印在'镜子'这件东西上，显然也是另有含义的。那就是，这个词要反过来理解！它指的'拉'其实就是'推'的意思！"

"你真是太聪明了，柯顿。"陆华叹服道。

"快进去吧。"肖恩指着密室说，"我们看看里面有什么！"

急性子的柯顿比肖恩更加迫不及待，他从床上跳下来，试探着朝那间黑乎乎的密室走去。另外三人也赶紧越过小床，紧跟其后。

借着外面透进来的一丝灯光，柯顿在密室的墙边找到了顶灯的开关，他按下开关后，密室顶部一盏昏黄的电灯将房间照亮，他们这才发现，这间密室相对老罗的房间而言要大得多，可能有四十平方米左右，四周都是水泥墙壁。在暗门旁边的墙壁上，有一面和外面一模一样的镜子—— 显而易见，内外两面镜子显然就是'伪装'的暗门把手了。

令几个人感到诧异的是，偌大一间密室，竟然只有最里端摆着一张陈旧的书桌，上面堆着几十本旧书。密室的右侧是几个大得惊人的壁柜，木质柜门全都整整齐齐地关着。除此之外就是空空荡荡一间屋了。这不免让人怀疑这间密室究竟是用来做什么的。四个人面面相觑，心中共同的困惑浮现在各自脸上。

兰茜环顾密室四周说："这里看起来简直就像是一间空旷的教室。老罗是利用这间密室来上晚自习吗？"

"我看老罗是利用这间密室来藏一些重要物品。"陆华指了指正前方的书桌和上面那堆书，"有一点是可以肯定的，老罗显然只是发现了这间密室，而不是修建了它。因为这间密室毫无疑问是和图书馆一起修建的，那它至少也有一百多年的历史了。至于当初的修建者是出于何种目的造了这间密室出来，现在已经不可能得知了。"

在陆华说话的时候，柯顿已经慢慢地走近了那张书桌，他扫视了一遍堆在书桌上的那几十本旧书，深吸一口气，然后低沉地说道："我想，我们之前的所有推论全都被证实了—— 老罗果然是个忠实的'米希尔的信徒'。"

三个人走过来，盯着书桌上那些布满灰尘的旧书发呆。

所有的书全都是一样的—— 马尔斯·巴特的预言诗集。和陆华手中那本一模一样，封面一片空白，只有下方印着"Mars·Barthes"这个名字。

"看来果然如柯顿之前猜测的那样。"肖恩感叹道，"老罗在此之前已经在各地收集了几十本马尔斯·巴特的预言诗集了，他把它们全堆放在了这间密室里！"

兰茜望着书桌的几个抽屉说："这里面还有吗？"说着伸手去拉开抽屉，看到里面放着的东西后，"啊！"的一声惊叫出来，手像触电般弹了回去。

抽屉里居然放着一把黑色手枪和一把尖刀。那把尖刀和昨天晚上黑衣男人手中拿着的那把一模一样！

柯顿将刀从抽屉中拿出来，凝神思索着说："怪了，这把刀放在这里。难道那黑衣男人暗杀我们失败后还回了密室一趟？"

"这完全有可能啊，他是老罗的同伙，也应该知道这间密室的。"肖恩说。

柯顿的眉毛越拧越紧："不对呀，既然老罗都匆忙逃走了，那么他的同伙也该如此才对。他没理由冒着危险回到这里来就是为了放这把刀吧？"

兰茜迟疑着说："也许不是这把刀吧，我们当时也没怎么看清楚……"

"是吗……"柯顿若有所思地将刀放回去，心里总有些不安。他又拿起那把手枪端详了一阵，后怕地说："幸好那杀手不是拿的这玩意儿来杀我们，否则我们几个跑得再快也没用。"

这时，陆华翻着桌上那堆书，一本一本地翻开后，他惊异地说："奇怪，每一本书都和我手里那本一样，是第五册，难道老罗就从没收集到这套诗集的前面四本？"

"也许前面四本的内容没有涉及'末日预言'，所以老罗认为没有收集起来的必要吧。"柯顿将手枪放回原处。

肖恩的表情显得匪夷所思："这里大概有四五十本预言诗集。你们难道没觉得不可思议吗？这些诗集散布在世界各地，老罗一己之力，怎么可能收集得了这么多？就算他周游世……"

话说到一半，肖恩的声音戛然而止，他呆住了，另外三人不解地看向他。

柯顿问："你怎么了，肖恩，想起什么来了？"

肖恩神情骇然地摇了摇头，声音颤抖着问："你们……有没有听到……什么声音？"

"声音？什么声音？"几个人立刻警觉起来。

肖恩面色一片煞白："好像是……钥匙开锁的声音。"

柯顿三人大惊失色，他们竖起耳朵仔细聆听，身子不自觉剧烈颤抖、遍体生寒。

这一次，他们四个人清清楚楚地听到，图书馆的大门口传来一阵微小的开锁声。而更恐怖的是，接下来，是大门被缓缓推开的声音。

—— 第二十三章 ——
真相大白

"天哪！噢……天哪！"兰茜被这突如其来的事件吓得惊恐万状，手足无措，"是老罗！一定是他回来了！"

"别紧张，兰茜。"肖恩安慰着她，同时也安慰着自己，"就算是他回来了，我们四个人也不必怕他一个！"

"可是你忘了吗？他不是一个人，他还有同伙！"兰茜惶恐地说，将声音压得很低，"他们发现我们在这里，会杀了我们的！"

就在另外三个人惊慌失措的时候，柯顿最先恢复冷静，他快步从密室跳到老罗的房间，将那间屋的灯关掉，然后迅速跑回来，将密室墙上那面镶在墙里的镜子用力拉了出来，暗门缓缓地关拢——还好，关闭的时候只有一丝轻微的闷响，之后一切复归沉寂。四个人关在了这间密室里。

陆华瞪大眼睛说："柯顿，你到底是怎么想的？我们躲在这里有用吗？老罗肯定会到密室来的！"

"没有别的办法了。"柯顿急促地说，"现在只有寄希望他不会来翻这排壁柜了。赶紧躲进去，如果他一会儿打开柜门，我们就一齐跳出来，和他拼了！"

"快！那快躲进去吧！"兰茜语无伦次，"我感觉他已经朝这边走了！"

"你们马上躲进去，我在最后关灯，快！"柯顿催促道。

三个同伴赶紧跑到壁柜前，兰茜拉开中间的一扇柜门——所幸里面是空的。她第一个转进去，接着陆华、肖恩也陆续钻进壁柜。肖恩拉着柜门说："柯顿，快！"

柯顿将密室的灯关掉，整个房间顿时一片漆黑。柯顿在黑暗中什么也看不见，只能凭着印象朝右边摸索过去，终于摸到打开的壁柜门，肖恩将他拉了进去，将柜门关拢。

柜子里阴暗、潮湿，空气沉闷且不说，而且有一股腐朽的霉味和臭味。但四个人完全忽略了这些。他们此刻的神思全集中在外面——面临生命危险的时候，其他的一切都显得不重要了。在彼此沉重而急促的呼吸声中，他们能相互感觉到对方的紧张和惶恐。

不知道是一分钟还是两三分钟之后，或许对于他们来说是更漫长的时间，一记沉闷的响动将壁柜中四个人的心同时提到了嗓子眼。他们知道，密室的门被打开了，有人进来了！

那个人打开灯迈着缓慢的脚步朝壁柜的方向走来，几个人都能清楚地感觉到，那个人离他们越来越近。他每走一步，就像是一记重锤在他们的心脏上重重击打了一下。兰茜感觉自己的心脏都快从胸腔中跳出来了，她不停地发抖，同时身子下意识地朝左边靠，直到触碰到旁边的人，她才将肩膀又缩回来一些。

突然之间，兰茜感觉自己像被定格了一般。她全身的血液在一瞬间凝固起来，似乎变成了一座石雕。

她想起来，自己是第一个钻进壁柜的，接着陆华、肖恩和柯顿也挨着躲了进来，但他们全都在自己的右边。

现在她却在身体左边碰到了一个人。

兰茜感觉自己无法呼吸了，她甚至觉得自己的身体此刻也不由她来操控，就像是被人牵着线的木偶一样，她机械而缓慢地将头一点一点转向左边。

此时她的眼睛已经基本适应了黑暗。在壁柜的最左侧，她看清那模糊的轮廓——分明就是一个人！或者更准确地说，是一具瞪大着眼睛，却一动不动的——尸体！

兰茜全身的血液在一瞬间涌上了头顶，她像遭到电击一般，全身发麻、汗毛直立。她正要尖叫，两只手又下意识地将嘴捂住，只发出"唔"的一声。在这空旷死寂的密室中，这不大的叫声仍然警醒了壁柜外的人，他骤然停住脚步，站在了壁柜的门前。

柯顿三人显然不明白发生了什么事，但他们却惊恐地意识到——兰茜的叫声将他们四个人都暴露了！

来不及细想，柯顿决定按原计划行事，他小声地说道："我打开柜门，第一个冲出去，然后你们也马上跳出来——和他拼了！"

说完这句话，柯顿猛地将柜门掀开，正准备跳出去扑向那人，身体却猛然定住了——一支乌黑的枪口正对着他的脑门，使他放弃了鲁莽的行动。同时，面前站着的这个人也令他震惊得说不出话。

"晚上好，孩子们。"辛馆长举着手枪站在壁柜门口，表情阴冷地说。

柯顿无法接受眼前这个事实，他瞠目结舌地堵在壁柜门口。馆长向后退了两步，提醒道："别挡着后面的人了，都站出来吧。"

柯顿走出来后，肖恩、陆华和兰茜也挨着从壁柜中钻了出来。当他们看到手持手枪的辛馆长后，脸上的惊骇一人胜过一人。

"是你？"陆华难以置信地说，"叫人来暗杀我们的人……竟然是你？"

"抱歉，让你们失望了。"辛馆长耸着肩膀说，"本来你们都以为是老罗的，对不对？真是可惜，差那么一点儿，我就让你们彻底相信老罗是畏罪潜逃的凶手了。但我实在是低估了你们，没想到你们会骗过我，躲在图书馆里不走，并且还找到了密室。说实话，我真是对你们刮目相看，杀掉你们这几个如此聪明的少年，真是让我痛心疾首。"

说着，他扳开手枪的保险盖，对准了站在最前面的柯顿的脑袋。

"啊，不，不！"兰茜感到一阵死亡的阴影笼罩过来，惊骇得面无人色。陆华也感到阵阵眩晕，他大叫道："为什么！你为什么要这么做！"

相比之下，柯顿还略显冷静，他竭力控制住自己的情绪，对面前的人说道："你手里有枪，我们四个人都不是你的对手，所以我们也不打算反抗了。但在我们死之前，你能不能告诉我们，这一切到底是怎么回事？你为什么非要杀死我们？"

辛馆长眨了眨眼睛："好吧，作为对你们辛苦这么久的奖赏，我就告诉你们实情。实际上，我从一开始就没想过要杀死你们，相反的，我希望你们全都好好地活着，要不是你们今天自作聪明找到了这间密室，并发现了老罗的尸体的话。我怎么会舍得杀死你们这几个可爱的少年呢？"

"啊……"兰茜捂住嘴说，"那具尸体……是老罗！是你杀了他？"

柯顿、肖恩和陆华望向兰茜，明白她刚才为什么差点儿尖叫出来了。

"说起来，那也是他多管闲事、咎由自取。"辛馆长冷笑着说，"本来他好好地做他的图书管理员，就什么事也没有。可惜他非要在你们拿着诗集来找我的时候横插一杠子。先是在我的办公室门口偷听，接着又约你们在橡树林见面，妄图告诉你们一些实情。但他实在是太大意了，在他跟你们约定晚上见面的时间、地点时，我就站在楼梯拐角的地方，听到了你们的对话。在这种情况下，我怎么还能让他活着呢？那岂不是破坏了我的全盘计划？"

柯顿眯着眼睛问道："老罗打算告诉我们什么，使得你非得要把他杀掉？"

"这也算是我的失职了。"馆长摇晃着脑袋说，"我安排老罗住在这间小屋里，本来以为他这个没什么文化的大老粗是无法解开密室机关之谜的，或者说，他根本不可能想到那面镜子是开启密室的机关。但是我错了，很显然，他一定是在十分偶然的情况下发现了密室的秘密。而且，他的直觉可能还提醒他，密室的秘密如果讲出去的话会招来杀身之祸，所以这么多年来他一直瞒着我。直到昨天下午，他的好奇心终于爆发出来，他到我的办公室门口来偷听我们的谈话。我想那一刻，他终于明白这些藏在密室中的外文诗集是用来做什么的了。但很不幸的是，好奇心要了他的命。我看到他在门口偷听，立刻意识到他已经进过密室了。要不然，他为什么会对这本诗集感兴趣？当然，他偷听了我们的谈话，就意味着他知道我在配合你们演戏，而且他也可能猜到我在利用你们做什么。孩子们，你们现在知道我为什么非除掉他不可了吧。"

陆华吞下一口唾沫，战战兢兢地问道："你利用我们？什么意思？我们有什么值得被你利用的？"

馆长开始大笑，一种阴险、可怕的大笑充满整个房间："聪明的少年们，你们直到现在还以为发现那本诗集是一种'巧合'吗？"

这句话让四个人感到浑身发冷，陆华问道："难道……从一开始你就是安排好的？有意让我们发现这本诗集？"

"这是毫无疑问的。我太了解你了，陆华。每个暑假你都会到图书馆来看书，所以我特意将诗集摆在进门最显眼的位置——那几排旧书处理架上——目的就是为了让你找到它，并将它买回家去。当然，这只是方法之一，如果你没有发现这本书，我也会用其他方式让你注意到它，并对它产生兴趣的。"

馆长得意地笑了一下，继续说："可我没想到计划会顺利进行到连我自己都难以置信的地步——你们果然对这本古怪的诗集产生了兴趣，并且在短短几天之内就破译了其中的好几首出来。当然，最关键的便是那首'末日预言'了。接下来的一切几乎和我预想的一模一样，你们来图书馆查阅跟马尔斯·巴特相关的那两本书，随即便对即将到来的'世界末日'深信不疑，并准备宣传此事，让所有人都相信这件事——"

他停了片刻，突然脸色一变，咆哮道："本来一切都很顺利的，要不是那个该死的老罗从中作梗，扰乱了我的计划，你们四个人已经乖乖地成了我的工具，也许现在正尽心尽力地向所有人宣传2032年的世界末日呢！"

听到这里，柯顿心中已经有几分明白了，他将自己心中的猜测说了出来："那本诗集……是你伪造的，对不对？你只是利用了那两本书上对马尔斯·巴特充满神秘色彩的介绍而以他的名义杜撰出了这本诗集。其实根本就没有'世界末日'这回事！"

"哼。"馆长冷笑道，"你总算明白了。"

"原来……是这样！那本诗集是你伪造的！"陆华忘记了恐惧，心中燃起一股被欺骗后的愤怒，"难怪2009年以前的事那本书都能'预测'得准确无误——因为这些事都是已经发生过的！我们居然相信了那是中世纪的人所做出的预言！"

"可是……"肖恩想起一些问题，"你是怎么将那些书弄得就像是经过几百年历史那样又黄又脆的？让人以为那是些年代久远的古书。"

"这有何难？"馆长奸笑道，"把它们印制出来后，浸泡到特殊的化学药剂中，就能制造出古旧的感觉了。"

"还有个问题。"肖恩说，"那本诗集并不只是预言到2009年以前——之前的事已经发生过了，固然能'预测'得完全正确。但2009年之后的事现在都还没发生呢，你怎么能写出准确的预言诗？如果到了这些日子并没有发生诗集上所预言的事，那这本假诗集不就彻底穿帮了吗？谁还会相信关于

2032年的'末日预言'？"

"这个不用你们担心，诗集后面所预言的那些灾难，我们组织一定会想法子令它们实现的。"馆长的脸上浮现出一种狂热而骄傲的神色，令少年们胆战心惊。

"你们根本不可能想得到，我所属的组织有多么庞大和强盛。组织的成员遍布世界各地！我们伟大的组织是无所不能的，没有什么事办不到！就拿这件事来说吧，1999年的时候，组织的上层便策划出了这个'末日预言'的计划，之所以等到2009年才实施，原因是这样离2032年更近一些，更多的人才会相信和重视这件事——你们，不就是最好的例子吗？"

"原来你并不是独自一个人在做这件事，在你背后，还有一个庞大的恐怖组织！"陆华道。

"别天真了，孩子们。难道你们认为这么伟大的计划会是我一个人在独自完成吗？告诉你们吧，组织的成员在世界各地实施着这个计划。而你们——只不过是我在这座城市所选择的一个'点'而已。所以即使这次失败了，那也没有关系。我会继续进行的，我们的成员也都在不断进行！"

柯顿直视着馆长那双疯狂的眼睛："你们的目的是什么？"

"目的？问得好。"馆长走近两步，用手枪顶住柯顿的额头，所有人都紧张起来，"你告诉我，你现在的感受是什么？恐惧？绝望？还是有一种透不过气来的压迫感？你现在明白了吧，我们的目的，就是要让所有人都体会到像你现在这样的感觉！让所有人都丧失对生活的信心，放弃对生命的追求，生不如死、痛苦难耐，在绝望和恐惧的深渊中苦苦挣扎。最后，在'世界末日'来临之前用尽所有罪恶的手段来报复这个丑陋、肮脏的世界！"

柯顿一言不发，将眼睛缓缓闭上，不愿再看到那张因偏执而扭曲的丑陋面孔。

兰茜紧张得心脏怦怦乱跳——馆长那疯狂的神情说明他的情绪已经到了失控的边缘。他举着枪的手因激动而微微颤抖，只要动作稍微大一点儿，柯顿就会立刻脑袋开花。情况真是危在旦夕。

兰茜微微朝前迈了两步，想把话题引开："既然你想利用我们来达到宣传'世界末日'的目的，为什么又要在杀死老罗后，派杀手来暗杀我们呢？"

"这个问题我就能回答你。"柯顿竟表现出异乎寻常的冷静，"那个杀手根本就不是真心想要杀我们的，他只不过是将计就计到橡树林来演了一出戏而已，目的就是误导我们，让我们觉得是老罗想要杀害我们。将已经死去的老罗塑造成幕后凶手，你可真高明呀，辛馆长。"

"你也很高明呀！仅仅十多岁的少年，竟然就有如此过人的智慧和非凡的逻辑分析能力，我真的很佩服你呢。不过——"馆长慢慢朝后退了两步，"遗憾的是，一切都结束了。我已经解答了你们心中所有的困惑，该送你们上路了。"

"不，不要！"兰茜惊惧地大叫，感觉死神在向他们走来。她朝辛馆长靠拢过去。中年男人立刻将枪口移向她："别动！现在轻举妄动是不明智的。"

"等着被你乖乖地打死也是不明智的。"肖恩和陆华也靠拢过来，"与其被你打死，不如跟你拼了！"

"那你们就试试吧！"馆长凶狠地大叫一声，将手枪对准柯顿的脑袋，扣动扳机。

"不！"兰茜撕心裂肺地惨叫。但是，她并没有听到枪响，柯顿也还站在原地，安然无恙。所有人都愣住了。

馆长看了看手枪，有些慌神了，他又连续扣动了好几次扳机，但手枪却只是发出"咔、咔"的声音，并没有子弹射出来。他慌乱地将手枪反转过来，试图找出哑火的原因。

"我猜，你是在找这东西吧？"柯顿不慌不忙地从裤包中掏出一把子弹。"很抱歉，在你来之前，我在抽屉中找到了这把手枪，并且将子弹全下了——为了安全起见。"柯顿歪着嘴笑了一下，"看来这是个好习惯，对吗，辛馆长？"

"啊！"馆长大叫一声，将手枪猛地往地上一甩，然后疯狂地扑向兰茜。柯顿三人还没来得及做出反应，他已经狠狠地掰住兰茜的脑袋，喊道，"别过来，要不我扭断她的脖子！"

众人没想到这个狂徒在走投无路的时候竟然还能如此穷凶极恶，一时之间不知该怎么办才好。

馆长拖着兰茜往后退，妄图挟持着她逃离这里。但他没想到的是，兰茜双手猛地向上一撑，将馆长的手臂推开，然后迅速转过身，一记迅猛的上勾拳正中馆长的下巴，令他向后踉跄几步，撞到墙壁上，几乎被打得眼冒金星。肖恩见机赶紧冲上前来，将馆长扑倒在地。平日里从没动过拳脚的陆华也不知从哪里生出勇气，"啊"地大叫一声后，跟着扑过去压在馆长身上。

"你们几个……小兔崽子！"馆长青筋暴起，发起狂来，竟一把将肖恩和陆华同时掀翻，挣扎着从地上爬起来，正要像疯狗一样扑过去行凶时，距离他两米远的柯顿大声斥道："别动！"

馆长的动作立刻僵住。在他面前，柯顿举着手枪对他怒目而视，表情坚决地呵斥道："枪膛里已经上了子弹了，要命的话就别乱动！"

馆长的脸扭曲起来，咬牙切齿地盯着柯顿，但迫于手枪的威胁，他只能一动不动地站着。

陆华龇牙咧嘴地从地上站起来，扶正他的眼镜。他和肖恩、兰茜聚集到柯顿身旁。陆华一边揉着摔痛的肩膀，一边佩服地对兰茜说："真有你的，兰茜。我没想到你竟有这么厉害 —— 那记上勾拳太漂亮了！"

"我早就跟你们说过，迟早要让你们见识一下女性格斗家的厉害。"兰茜像得胜的拳击手那样左右晃动着脑袋，"刚才那记上勾拳是温妮莎（注释：格斗游戏《拳皇》中的一个角色）的招式。"

柯顿举着手枪，目不斜视地说："肖恩，打电话报警。"

听到这句话，馆长的身体抖动了一下，似乎想有所动作，但柯顿挑了下眉毛，威慑道："别动，现在轻举妄动是不明智的。"

—— 第二十四章 ——
另一个真相

在肖恩宽敞而凉爽的房间内，四个少年又回到了最初那种无忧无虑的状况。女性格斗家终于将肖恩手下的强将击败，兰茜高兴地振臂欢呼，这不免激起了柯顿的斗志。陆华仍然像个小老头一样扎在书堆之中。但随着旁边玩游戏的声音越来越大，他终于忍不住回头嚷道：

"你们真应该维持在三天前那种状态！现在一放松下来，就只知道玩这种无聊的游戏！"

兰茜、柯顿和肖恩对视一眼，将游戏手柄放下。兰茜看向陆华，说："班长，你听好了——不管你现在怎么说，我们也不会再听你的任何建议了！"

陆华发现三个人都看着自己，有些不自然地咽了口唾沫："我……怎么了？"

"你怎么了？"兰茜气呼呼地说，"一个多星期前，要不是你说了刚才那样的话，然后提出糟糕的建议，让我们跟着你去图书馆的话，我们几个人怎么会落入那种邪恶的圈套，然后遇到这么多惊险情况，差点儿连命都丢了！你现在还敢嫌我们太放松？你接下来又有什么准备让我们送命的好点子？"

"别说得这么夸张。"陆华嘟囔，"这能怨我吗？我也不知道会遇到这种事啊！再说了，当初我本来不愿意，不是你们三个非得要我把那本诗集翻译出来的吗？现在倒怪起我来了……"

"唉，事情都过去了，就别说这些没用的了。"柯顿说，"其实我想了一下，我们经历这次危险也未必就是件坏事。不管怎么说，我们破灭了那丧心病狂的馆长的邪恶计划。藏在密室中的那些'预言诗集'也全都被警察没收、销毁了，这也算是为社会做了件好事吧。"

"那倒是。"兰茜宽慰道，"我妈在知道我们四个人居然靠自己的能力破获了这样一起案子，还被公安局授予'光荣称号'后，居然忘记了要对我之前的行为进行惩罚，还对我刮目相看了呢。"

"可是。"肖恩还在想着刚才柯顿说的话，"听那馆长说，全世界都有他们那个邪恶组织的成员。我们将他一个人绳之以法，也只是敲碎了冰山一角而已。那组织的其他成员还会在各地继续这个计划的。"

柯顿仰面叹息道："这就不是我们能管得了的事了。不过我想，他们那借'世界末日'来危言耸听的计划，也只能对那些悲观、消极的人起作用。真正热爱生活、渴求美好，对未来充满信心和希望的人，是不会惧怕这种'末日预言'的。"

四个人沉默了一阵。兰茜端起旁边的玻璃杯，啜了一口冰橙汁。她望着窗外明媚的阳光，感叹道："我觉得……我们生活的这个世界还是挺美好的呀，为什么有些人老是想要破坏、毁灭它呢？"

"噢，对了，说到这个问题。"肖恩想起了什么来，"我爸后来到公安局去了解了。原来那个辛馆长加入这个邪恶组织是有原因的。但他也只说了这个，对于那个邪恶组织的其他情况，他只字不提。"

"什么原因？"柯顿好奇地问。

"他有一个儿子，叫辛明。辛明十二岁那年，被两个歹徒绑架了。辛馆长报了警，结果歹徒一怒之下，将他的儿子杀死了。他的妻子也在这件事之后气出一场大病，不久也死了。"

"所以，他整个人就变得扭曲、偏激了，以至于完全心理不正常。"柯顿明白了，"加入邪恶组织，就是为了报复这个世界，让所有人都体验到和他一样的痛苦和绝望，以平衡他那颗扭曲的心。"

"啊，难怪那天我们去馆长办公室，他看到我以后，在恍惚中叫了我一声'辛明'……"陆华回忆起这件事，叹道，"唉，看来在那个变态、扭曲的灵魂深处，还有一丝尚未泯灭的温情。"

"这么说来，他也挺可怜的。"兰茜突然生起怜悯之心，"不过，他也没必要这么极端呀。毕竟每个人来到这个世界上都是会受苦受难的，但只要保持一颗乐观的心，就总会看到前方的希望啊！"

"你说得很对。"柯顿赞许道，"在遭遇到磨难痛苦的时候，是选择怨天尤人、就此沉沦，还是咬紧牙关、迎难而上，那全由我们自己决定——两个选择的最后结局，肯定是大为不同的。"

陆华和肖恩对视一眼，笑道："真没想到，你们俩在经历这件事后，都变成思想家了。"

"别说我们，难道你们不是吗？"柯顿扬着眉毛说。

四个人的目光交汇在一起，相视而笑。

一间大得像教堂的房间里，光线昏暗、空旷沉寂。此时，轮椅上坐着一个人，他被宽大的连帽外套遮住了整个身体。他临窗而坐，但奇怪的是窗帘却拉得严严实实，无法看见外面的人和景观。他的手里端着一杯咖啡，可是一口都没喝，只用小勺不断搅拌着。整个房间弥漫着一股压抑的气氛。

门被轻轻地推开了，一个身穿黑色西装的男人走了进来。来者只走了两步，轮椅上的人便用一种威严的口吻说道："戴维斯，我不是说过，在我静思的时候不要进来打扰我吗？"

"对不起，摩阿大人。"那人朝后退了两步，"我是来向您禀报一些事情的。"

"什么事？""我们在中国的一个成员被捕了，暴露了我们的计划。不过还好影响并不算大，希望不会引起太多人注意……"

"戴维斯，你知道，我对你一向信任。你总是能把每件事都处理得非常漂亮，包括一些看起来不可能做到的事。就像当初那个自杀了的法国人，那个拉裴特的后人……他叫什么名字，戴维斯？"

"叫康拉德·阿登纳，摩阿大人。"

"对，就是他。十年前我们组织的人去找他，结果他宁肯跳楼自杀也不把诗集的下落说出来。但是，在这种没留下任何线索的情况下，你仍然将那本诗集找了出来。戴维斯，你天赋过人，这是我重用你的原因。我相信这次的事件你也能处理得干净利落，对吗？"

"是的，摩阿大人，我会及时采取措施将此事平息的。"

"你去做吧，戴维斯，我相信你能把这件事处理得干净利落。"轮椅上的人问道，"被捕那个人是几级成员？"

"D级。"

"只是D级……"黑暗中的人搅着咖啡，漫不经心地说，"这么说只是个小头目而已。戴维斯，这种无关紧要的小事以后不用向我报告了。你应该知道，B级以下的成员是不知道预言诗集真正的实情的。"

"是的，摩阿大人，这是您的深谋远虑。"戴维斯恭敬地说。

"在那个地方，有我们的高级成员吗？"轮椅上的人问道。

"是的，参与这件事的还有一个B级成员，他是被捕那个D级成员的顶头上司，这次的事件是由他来安排和部署的。"

"他的身份没有暴露吧？"

"没有。不可能暴露，摩阿大人。没有人会怀疑到一个十多岁少年的，况且，他长得一点儿特征都没有，完全不引人注目。"

"很好，戴维斯。通知他，可以转移了。你给他安排下一个目标城市。这一次，叫他不要再依靠低级成员了，由他亲自来办这件事——务必要让马尔斯·巴特和他的预言诗像瘟疫一样蔓延开来。"

戴维斯轻轻颔首，没有说话。

这一细节被轮椅上的人感觉到了，他将脸侧过来一些，说道："怎么了，戴维斯，你在担心什么吗？"

"啊——不，没什么事。"

"不要在我面前撒谎。我能看穿你的心事。"那声音缓慢地说道，"你是不是担心我们过度借助马尔斯·巴特的影响，反而忽略了伟大的诺查丹玛斯？这种担心是没有必要的，戴维斯。别忘了，伟大的先知诺查丹玛斯早在几百年前便预知到了我们这群人和我们将要做的事，并将它以诗的形式写了下来。我们现在所做的事正好证实了他的正确性，只是——"

他的声音突然变了调，充满愤怒和怨恨："那些愚蠢的学者们误解了这首诗的意义，以为它预言的是1999年世界末日！殊不知，伟大的诺查丹玛斯从没有犯过错误，他只是预言了我们这个组织的存在和我们所做的事而已！至于马尔斯·巴特的预言是否真的会实现，诺查丹玛斯也没有十足的把握，所以并未明确表示——看来，他是要我们在 2032 年的时候去亲自验证了！"

他激动起来，转动轮椅使自己面对房间正前方的墙壁，巨大的墙壁上雕刻着一首有如舞台布幕那样大的法文诗。那是诺查丹玛斯所著的《诸世纪》第 10 卷第 72 篇的一首诗，也是目前为止全世界的人们最熟悉的一首预言诗（中文意思如下）——

   "1999 年 7 之月上，
   恐怖的大王从天而降。
   使安哥鲁摩阿大王为之复活，
   前后借马尔斯之名统治四方。"

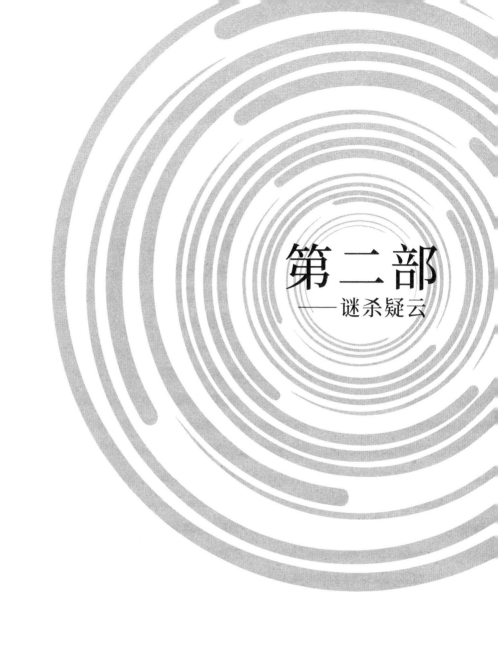

第二部
——谜杀疑云

Save the Future

拯救未来计划

第 一 章
离奇凶案

"……2009 年 7 月 11 日晚上十一点左右，C 市一所私人住宅中发生一起离奇凶案。该住宅中的三位家庭成员——父亲、母亲和女儿在同一时间身中数刀、被杀身亡。但警方在对现场的各种迹象进行勘查和分析后，认为该起谋杀案并非外人所为，而极有可能是三位家庭成员互相残杀所致。这一调查结果令所有人大为震惊。同在一个屋檐下的三位血缘至亲之间到底发生了什么，以至他们作出如此血腥残忍、令人发指的骇人之举？事件背后到底有着怎样的隐情？警方展开了进一步的调查……"

"……据该单元楼中的几位邻居说，事发当天并未发现那一家三位成员有何异常或不妥，也没有听到从他们家中传出任何争吵、打骂的声音。小区的保安也证实道，那天下午该住宅的男主人和女主人均和往常一样下班回家，他们读初一的女儿也在六点左右放学回家。一家人无任何反常之处，男主人还在拿报纸的时候微笑着和保安打了招呼。晚上三人均未再外出过……几位死者的亲属们更是万分震惊，不敢相信这个事实。他们告诉记者，说这一家人以前相处十分融洽，从未有过重大矛盾或冲突。此次发生这种惨剧，实在是匪夷所思……这起凶案因当事人全部身亡，而且全无知情者而成为一起谜案，不过当地警察仍在不断取证和调查之中……"

"以上这起案件令我们联想到，在近期，各地均有发生的类似凶杀案或自杀案。社会学家和心理学家分析，这种状况可能与目前席卷全球的经济危机有关，一些人在股票下跌、公司破产或失业的巨大打击下，容易出现抑郁症或焦躁症等心理疾病，情况严重的则可能导致过激行为，酿成惨案。所以专家提醒大家，应该有意识地想办法缓解自身的精神压力，调整自己的情绪。比如说，周末和一家人去郊外野游、散心；带孩子去游乐园玩耍；做一些放松身心的理疗按摩，或者是……"

"啪！"坐在肖恩家沙发上的兰茜按了一下电视遥控器，换了另一个频道。

"嘿，你干什么？"旁边的柯顿不满地扭头望向她，"我还在看呢，你怎么就换频道了？"

兰茜晃了下脑袋："拜托，柯顿，这种无聊的法制新闻有什么好看的？案子破不了，就解释为经济危机所致，好像现在所有案件的罪魁祸首都是经济危机一样。但节目本身却是漏洞百出、自相矛盾。刚才介绍案情的时候还说被杀那一家人在之前'并无异常或不妥''和往常一样下班和放学'。最后又将其归结为得了抑郁症或焦躁症后的过激行为——要是得了这些心理疾病，还会'毫无异常'吗？再说也不可能三个人同时发作吧？何况他们的女儿才读初一，也会受经济危机的影响？所以说，这期节目根本就是胡说八道，实在太牵强了，让人感觉很可笑。"

"话也不能说得这么绝对，兰茜。"电脑前的肖恩说道，"起码，我对于刚才节目中的最后几句话深表赞同。现在的人本来就应该学会缓解压力，尤其是我们几个，前段时间才经历了那件事，更应该想法子放松一下身心才行。"

"我不同意。"站在书柜旁（似乎他待的地方从来就没有变过）的陆华说，"人也得适当有点儿压力才行——我们下学期就高三了，得准备迎战高考，现在可不是放松的时候。"

"但是神经绷太紧，说不定就会在哪天突然断掉。"肖恩撇着嘴说。

"唉，说起来，你们两个倒是不用担心。"柯顿忽然叹息道，"以陆华的成绩，只是选择读哪所名牌大学而已；而肖恩，你根本用不着考试也能在全国各所大学中随意挑选吧？"

"别这么说。我爸妈跟我说了，要我凭自己的实力去考取大学，他们不会帮我动用关系或出高价的。"肖恩望向柯顿，"你别光说我们，其实你知道，凭你的聪明头脑，只要稍微用点儿功，哪所大学你会考不上？"

兰茜痛苦地撑住额头说："别再说这个话题了好吗？你们是不是嫌我妈在家里逼得我还不够？我现在只要一听到'考试'这两个字就会感觉头昏脑涨。"

"看见了吧。"肖恩努了下嘴，"这就是压力过大导致的并发症。还好我已经想到办法缓解精神压力了……"

柯顿抬起头看向他："你已经这么做了？怎么做的？给我们推荐一下方法呀！"

肖恩面带惬意地说："我们家的菲佣莉安会按摩。最开始是帮我爸妈按摩，他们觉得很舒服，我也就试了一下……她帮我按摩了一个多星期，那感觉很棒，你们真该试试。"

柯顿和兰茜同时翻了个白眼，手一挥："少说这些来揶揄我们。谁有你这种阔少爷那样的条件呀？你也叫我们去请一个会按摩的菲佣回家？"

"我还没说完呢——莉安的按摩技术十分专业，让我们一家三口都有些上瘾了，但她一个人忙不过来给我们三个人按摩，所以，我们只有另寻途径。上个星期，我在西区发现了一家规模庞大的按摩休闲中心，就进去试了试。啊，那种无与伦比的享受简直叫人……难以形容。"

肖恩说完这番话，脸上浮现出一种享受的表情，仿佛只是回味，也能给他带来奇妙的体验。兰茜看见他那如痴如醉的神情，心生疑窦："你……去的该不会是那种地方吧？"

肖恩眨了眨眼睛，懂了兰茜所说的意思，他涨红着脸申辩道："那是一家格调高雅、品位上乘的正规按摩休闲中心！不是你所想象的那种……低级场所！"

兰茜难堪地笑了一下："我跟你开玩笑呢。"

柯顿唏嘘道："真搞不懂，你又不像那些老头、老太太一样，腰腿疼痛什么的，年纪轻轻的去按摩什么呀！没劲。"

肖恩连连摇头："这就是你不懂了。谁说按摩就一定是哪儿疼才去的？电视上不也说了吗，那是一种放松身心的方法。而且，重点是，那家按摩中心有一种与众不同的服务，是那里的特色。我就是因为这个才连着去了好几天的。"

"什么？你都连着去好几天了？"陆华感到惊讶，"难怪我们上个星期想来找你，你都说你不在家呢。原来是按摩按上瘾了！"

　　柯顿此时有些好奇："你说那家按摩中心有什么与众不同的服务，会让你如此意犹未尽？"

　　肖恩正想介绍，突然念头一转，说道："干脆这样吧，我今天请你们去那里按摩一回，你们就知道奇妙所在了。"

　　"算了吧。"陆华摆着手说，"我才不习惯让人在我身上捏来捏去呢，搞得我浑身不自在，还老想笑。"

　　兰茜也说："我从来没去按摩过，肯定会不适应。"

　　柯顿更是不同意："我没什么压力，用不着放松。再说了，我要想放松的话，去打场篮球就行，用不着像你这个有钱大少爷一样去找人按摩——多别扭呀！"

　　"你们……"肖恩见自己的提议遭到了所有人的反对，一时有些下不来台。他想了想，用激将法说道，"你们别说得好像只有我才对按摩感兴趣一样。你们只是没去罢了，要是去尝试一回，说不定比我还迷恋那里呢。"

　　"不可能。"柯顿语气坚决，"我这个人从来好动不好静，你要我在那里躺上一个小时，我非但不觉得是享受，反而觉得是受罪，没准儿坚持不完就想走了。"

　　"我刚才不是说了吗，那里不光是按摩，还有一种与众不同的服务。你又没试过，就知道你不会上瘾？"

　　"那你告诉我，到底是什么与众不同的服务。我不用试，一听就知道感不感兴趣了。"柯顿说。

　　肖恩故意卖关子："我告诉你是没用的，必须亲身体会才能感觉到那种美妙享受的魅力所在。怎么样？要就去试试，要不就算了。"

　　柯顿犹豫片刻，从沙发上站起来："去就去，不就是去按摩一下吗，好像我还怕了一样。"

　　肖恩问兰茜和陆华："你们也去吗？"

　　"去，干吗不去？"兰茜的好奇心也被激发出来，嘴上却说，"反正有人请客去享受，不去白不去。"

陆华将手中的学习资料放下来，皱着眉问道："还真去呀？我本来还打算今天下午将这本《中国近代史》再……"

　　没等陆华说完，肖恩便走过去挽住他的肩膀："走吧，我看我们四个人当中最需要按摩放松的就是你了！"

第 二 章
与众不同的休闲中心

出租车将四个人带到城西临近郊区一带。下车之后，柯顿举目四望，发现这里是一片正待开发的新区。周围的旧房还没有拆除完，新建的楼房也没有竣工，整个地方因为太多的未完工建筑而透出一股荒凉之气。他有几分纳闷地问道："肖恩，你说的这家高级按摩中心就在这么冷清的地方啊？我还以为是在市中心的繁华地区呢。"

肖恩说："没眼光了吧。你别看这一片现在冷冷清清的。等开发完以后，各行各业都会入驻这片新区，到时这里就成繁华地带了。我爸在这里买了好几块地，以后肯定都会升值的。"

兰茜左顾右盼道："你说的那家按摩中心在哪儿呢？"

肖恩指着对面一栋二层楼建筑说："就在那里，我们过去吧。"

这家店的名字取得有点儿意思——"夜谭休闲会所"。肖恩带着三个朋友走了进去。第一次到这儿来的柯顿三人纷纷感受到了浓重的异域风情。这里奢华的装饰和高雅的格调都提醒着众人这里是专为上流人士提供享受和服务的地方。肖恩走到柜台前，对漂亮的服务小姐说："请给我们开一间四个人的 VIP 室。"

"好的。"服务小姐礼貌地点头道，"时间是一个小时吗？"

"是的。"

服务小姐甜甜地微笑着，做了一个"请"的手势："几位请跟我来。"

前台的服务小姐带着四个人来到一楼的一间大贵宾室。这个房间宽敞而气派，大概有八十平方米，装修豪华。屋内有四张按摩床和配套的几个小茶几，中间都用欧式屏风隔开，成为四个相对独立的单间。四个人进来之后，外面便紧跟着进来四个按摩师，两男两女，都是二三十岁的年纪。他们礼貌地请四位顾客分别躺到按摩床上。

肖恩四人各自找了一个隔开的单间躺下，从左到右分别是：柯顿、陆华、肖恩、兰茜。

柯顿躺在进门第一张床上，为他按摩的是一个面容亲切的女按摩师，看起来比柯顿大不了几岁，像个温柔的大姐姐。她坐到柯顿头的后方，轻声细语地说："按摩是一种传统、有效的中医理疗手段，可以活络筋骨、缓解疼痛、放松身心。我们这里的按摩以脑部按摩为主，对减轻精神压力尤其有效，一般以四天为一个疗程，如果您能坚持做完一个疗程的话，肯定会有种脱胎换骨般的奇妙感受。"

这宣传也做得太夸张了，柯顿心中想道。不就是按摩放松一下吗，说得像是能让人升天一样。尽管这样想，但他心里却没有一丝排斥的感觉，因为这个大姐姐说话的声音温婉动听，让他不自觉地产生几分好感。同时，他思忖着肖恩所说的'与众不同的服务'究竟是指什么。

这时，从外面又走进来几个人，其中一个三十岁左右的男士端着一杯果汁走到柯顿的按摩床前，他腋下夹着一本厚书。坐下来的同时，他将果汁递给柯顿，和蔼地说道："先生，喝杯清爽的果汁吧。"

"谢谢。"柯顿接过果汁，闻了一下，恰好是他最喜欢的柳橙味，他满意地扬了下眉，将身体坐起来一些，啜了几口饮料——味道香浓、厚。配合着房间内中央空调吹出的凉风，简直让人仿佛置身于美妙的夏威夷群岛。

衣着考究，极具绅士风度的男士坐在按摩床侧面的一张椅子上，温和地对客人说："先生，我们这家休闲中心有一种特色服务，相信会带给你一种在别处体会不到的特殊享受。"

柯顿正在想此事，好奇地问道："什么特色服务？"

那位先生微笑着说："在您按摩的时候，我会坐在旁边为您读一个故事。这样既可以避免单纯按摩所带来的无聊，也可以给您一些美妙的精神享受。"

原来是这样。柯顿在心中暗忖道——这就是肖恩所指的'与众不同的服务’了。不过，听起来真是个好主意。这些上流场所可真能想出这种为有钱人进行高级服务的招数来。柯顿暗暗感叹，两个成年人为自己一个人服务，这种奢侈享受可是以前从来没试过的。

读故事的先生还面带微笑地望着柯顿，似乎在等他的反应。柯顿赶紧说道：“哦……太好了，我从小就喜欢听故事。您能给我讲一个武侠或者是战争类的故事吗？我喜欢这种类型的故事。”

读故事的人和颜悦色地微微摇头道：“对不起，客人，我们挑选的故事是为了配合按摩，让您放松心情和缓解压力的，所以不是任何故事都行——况且，在精神需要放松的时候，可不适合听战争、打斗类的故事呀。”

柯顿想了想，觉得有道理，便说：“好吧。那么，您要给我读一个什么样的故事？”

读故事的人将手中那本厚书翻开：“我为您读的故事名字叫‘渔夫和魔鬼的故事’。”

柯顿张了张嘴：“啊……等等，这个故事……我在读小学的时候就看过了，是《一千零一夜》上的故事，对吧？”

“没错。”读书人点头承认，随即用一种神秘的口吻说：“但是，我跟你读的这个‘渔夫和魔鬼的故事’和你以前看过的那个不一样。”

柯顿疑惑地问道：“你怎么知道我以前看过那个故事？我的意思是，你怎么会如此肯定我看的就不是你手里那本书呢？”

那个人脸上挂着的笑容似乎从不会消失：“因为我手里拿着的是一本已经绝版的书，我相信除了我之外不会再有人拥有这本书了。而后面出版的那些书——就是你所看过的版本，都经过了一些删减和改编。所以内容自然和我这本不一样，怎么样？你想知道这件事……啊，不，我是说，这个故事的真实版本究竟是怎样的吗？”

柯顿感觉自己的好奇心被面前这个男人的一番话彻底点燃了，他点头道：“好的，请您读给我听吧。”

读书先生冲按摩的大姐姐点了点头，示意她可以开始了。

当按摩者的手指轻轻揉捏着柯顿的眉心和太阳穴时，读书人那充满磁性的嗓音在同一时刻响起，使柯顿产生一种珠联璧合的奇妙感受。按摩的力度轻重适宜，手法也恰到好处，再配合那位先生声情并茂的朗读，这真是柯顿一生中从未体会过的享受。他感觉整个身体就如同被一股细细的电流刺激着一般，变得酥软发麻，浑身充斥着一种难以言喻、无与伦比的快感。他就像放在烈日中的冰激凌一样，整个身心都融化进那娓娓道来的故事之中。

（以下所讲的故事与后面发生的事件关系重大，故用下面章节详细记录。）

第 三 章
渔翁和魔鬼的故事

很久以前，在红海边有一个上了岁数的渔翁，每天靠打鱼维持生计。老渔翁除了自己的妻子之外，还有三个儿女，他们都要靠他供养，因此家中十分贫穷。他虽然以打鱼为生，可有个奇怪的习惯，每天只打四网鱼，从来不肯多打一网。

原因是，在老渔翁还是一个年轻渔夫的时候，发生过这样一件事情。那天，他划着小船出海打鱼，撒下第一网的时候，他充满信心，向真主安拉祝福，并祈祷安拉能保佑自己满载而归。可是第一网一无所获。渔夫并不气馁，满怀希望地撒下第二网，并渴求捞上来一条大鱼，可仍然没能网到一条鱼。撒第三网的时候，渔夫心中有些不安了，他不断呼唤着安拉的名字，却仍旧毫无收获。第四网撒下去，渔夫在心里沮丧地祈求安拉，哪怕能网上来几条小鱼也好，但结果还是失望。当时年轻气盛的渔夫非常生气，发誓道："只要这一网能让我捞到哪怕一条鱼，就算是让我向魔鬼报恩也行！"说着将第五网撒了下去。这一次，居然网上来满满一大网的鱼。渔夫正在高兴的时候，天空突然风云骤变，大海的波涛也汹涌起来。

渔夫十分害怕，不知道是不是自己在撒第五网时所发的誓激怒了神灵，他匆匆划船回家。之后，并没有发生什么事情，但渔夫从此以后再也不敢撒第五次网，每天只打四网鱼。直至几十年后变成一个老渔翁，他也再没有破例一次。

这一天中午，老渔翁又一次来到海边，他放下鱼笼，卷起袖子，到水中布置一番，然后便把网撒在海里。等了一会儿，他开始收网。渔网很沉重，无论他怎样使劲也拉不上来。他只好回到岸上，在岸边打下一根木桩，把网绳闩在桩上，然后脱下衣服潜入海底，拼命用力，最后终于把渔网收了起来。然后，他欢天喜地地回到岸上，穿好衣服，朝网里仔细打量。

网里却只有一匹死驴子，渔网也被死驴子弄破了。

看见这种情况，他感到十分沮丧，叹道："毫无办法，只能盼万能之神安拉拯救了。网起这种东西，可真是奇怪呢！"

说罢，他心情郁郁地自语道："再打一网吧。托安拉的福，我也许会得到报酬的。"

渔翁整理一番东西，拧干网，带到水中，一边说"凭着安拉的名义"一边把网撒入海中。待网落到海底好一会儿后，才动手收网。这次网却更重，好像已经捕到了大鱼。他系起网绳，脱掉衣服，潜入海底，费尽心机把网弄上岸来。然而一看，里面却只是一个灌满泥沙的瓦缸。

渔翁不甘心，抛掉瓦缸，向着上天祈祷一番，然后又一次下到水中，撒下网，紧紧地拉着网绳。网儿落入水中多时，他才开始收网，可这次网起来的，却全都是破骨片、碎玻璃和各式各样的贝壳。这使老渔翁愤怒而伤心，他抬头望着天空，说道："安拉啊！我每天只打四网鱼，今天我已打过三网了，却仍然没有打到一尾鱼儿。安拉啊，求您把衣食赏给我吧，这可是我最后一网了。"

他念叨着万能之神安拉的大名，把网撒入海中，好一会儿才动手收网，仍然拉不动，网儿好像和海底连成一体似的。渔翁没有办法，只能再次潜入水中，摸索了一番，终于把网从海底弄出来。打开一看，这回里面是个胆形的黄铜瓶。瓶口用锡封住，锡上印着苏里曼·本·达伍德（注释：大卫的儿子，所罗门著名的神）的印章。

望着瓶子，渔翁喜笑颜开地自语道："这个瓶子拿到市上，准可以卖十个金币呢！"

他抱起瓶子摇了摇，瓶很沉，里面似乎装满了东西。他自言自语地说道："这个瓶里到底装的是什么？凭安拉的名义起誓，我要打开看个清楚，然后再拿到市场上去卖。"他抽出身上的小刀，慢慢剥去瓶口的锡，然后把瓶倒过来，握着瓶颈摇了摇，以便把里面的东西倒出来。可是什么东西也没有，渔翁感到非常奇怪。

等了一会儿，瓶中冒出一股青烟，飘飘荡荡地升到空中，继而弥漫在大地上，逐渐又收缩成一团，这股青烟最后凝聚成一个魔鬼。他披头散发、身高如山，站在渔翁面前：堡垒似的头颅，铁叉似的手臂，桅杆似的双腿，山洞似的大嘴，石头似的牙齿，喇叭似的鼻孔，灯笼似的眼睛，奇形怪状，既凶恶又丑陋。

渔翁被这个魔鬼的怪样子吓得全身发抖，磕着牙齿，哆哆嗦嗦，呆呆地不知怎么办好。一会儿，他听见魔鬼说道："安拉是唯一的主宰，苏里曼是他的信徒。安拉的使者呀，我再也不敢违背你的指令了，饶恕我吧！"

"你说……苏里曼？"渔翁战战兢兢地道，"可是，苏里曼已经过世一千八百年了，现在已是苏里曼身后的末世纪了。你这奇形的魔鬼怎么会钻在瓶里呢？告诉我吧。"

魔鬼没有理睬渔翁的问题，说道："安拉是唯一的主宰！渔翁啊，我给你报个喜吧。"

"你要给我报什么喜？"

"什么喜？我要马上狠狠地杀死你呀！"

渔翁吓得魂不附体："我把你从海里打捞到陆地上，从胆瓶中释放出来，救了你一命，你为什么还要杀我？难道我救你犯了什么罪过吗？"

"告诉我吧，你希望选择什么死法？我用什么方法处死你？"

"我到底犯了什么罪，你要这样对待我呢？"渔翁可怜巴巴地问道。

魔鬼望着他，说道："渔翁，你听一听我的故事，就会明白了。我本是邪恶异端的天神，无恶不作，曾与大神苏里曼·本·达伍德作对，违背他的教化，因而触怒了他。他派宰相白鲁海亚把我捉了去，并劝我皈依他的教化，可我不肯。于是他吩咐拿这个胆瓶来，把我禁锢起来，用锡封了口，盖上印，然后命令神们把我投进海里，不得出头。"

"我在海中沉闷地度日。第一个世纪的时候，我私下想道：'谁要是在这一百年里解救我，我会报答他，用我的能力使他终身荣华富贵。'可是一百年过去了，没有人来救我；第二个世纪，我想：'谁要是在这个世纪解救我，我会用我的能力替他开发地下的宝藏。'可仍然没有人来救我；第三个世纪，我想：'谁要是在这个世纪救了我，我会报答他，满足他三个愿望。'第四个世纪时我想：'谁在这个时候救了我的话，我会感激他，满足他一个愿望。'可是，整整过了四百年，始终没有人来救我。我非常生气，在第五个世纪时发誓道：'谁要是在这个时候来解救我，我要杀死他！不过，我可以让他选择死法。'你，正是这个时候救了我，因此我要杀死你，但我让你自己选择死的方式。"

渔翁惊骇之余，想起了自己年轻时的那件事竟与魔鬼的遭遇有着惊人的巧合，暗忖这是冥冥之中宿命的安排。是自己年轻时的鲁莽和愚蠢招致此祸。他恐惧而绝望地哀求道："魔神大人，万能之神安拉会饶恕你的，也请你饶恕我吧，求你不要杀我！"

"我非杀你不可！告诉我吧，你希望怎么死？"

"我救了你的命，难道你就不能看在这点儿情面上饶了我吗？"

"正因为你救了我，我才要杀你。别多说了，你是非死不可的。"

渔翁绝望之余，心想：他只是个魔鬼，而我是堂堂的人类。万能之神安拉给了我人的智慧，我应该用计谋对付他呀。我将以计谋和理智，压倒他的妖气。于是，他对魔鬼说："你真的一定要杀我吗？"

"不错。"

"我以万能之神安拉的名义求你，我问你一件事，你必须说实话。"

魔鬼听到安拉的大名，不由得颤抖了一下，说道："好的，你问吧，说简单些。"

"当初你是住在这个胆瓶里的，这真是奇怪极了。这个胆瓶按理说连你的一只手也容纳不了，更容纳不了你的一条腿，它是怎样容纳你这样庞大的身体的呢？"

"你不相信我当初就在这个瓶子里吗？"

"我没有亲眼看见，绝对难以相信。"

这时魔鬼得意起来，他摇身变为青烟，逐渐缩成一缕，慢慢地钻进了胆瓶。

渔翁等青烟全都进入瓶中后，迅速拾起盖着印的锡封，塞住瓶口，然后大声说："告诉我吧，魔鬼，你希望怎么个死法？"

魔鬼的身体禁锢在瓶中，要脱身而出，却被苏里曼的印章挡住，无法再回到外面来，这才知道自己受了渔翁的骗，惊惶之余，他说道："渔翁，饶了我吧，让我好好地报答你。"

"该死的魔鬼！你还想欺骗我吗？假若你不存心危害我，万能之神安拉一定会饶恕你的，可是你一心一意要杀我，我当然要把你装入胆瓶，抛入大海呀！"

魔鬼哀求道："凭安拉的名义，你不能这样做！我虽然做了违背良心的事，但你是善良的人类呀，你应该原谅我。古人说：作恶者以怨报德，他的坏行为将使他自食其果——我现在已经完全醒悟了！"

"你别说了，我一定要把你投入海里，让你永远没有出头之日！当初我解救了你，你却非杀我不可，可见你是坏透了。我不仅要把你扔进大海，而且还要盖间房子，在这里住下，从此不让人们在这块海面打鱼。我要告诉人们，这里有个魔鬼，谁要把他从海里打捞出来，他反而会以怨报德，让那个人自己选择死亡的方法，被他杀害！"

魔鬼在瓶中吓得瑟瑟发抖，他尽量表示谦和地说道："渔翁，放我出来吧！这正是你讲仁义的机会呢。我向你赌咒，今后我绝不危害你，而且还要给你一样东西，它能使你发财致富。"

"下流无耻的魔鬼呀！你这样说谎真是可笑。"渔翁把胆瓶拿到岸边，准备扔到海里去。

"不，我不敢说谎！"魔鬼在瓶中苦苦哀求道，"我虽然做尽坏事，但发过誓便一定会遵守诺言。以前曾有个渔夫恳求我赐他满载而归的鱼儿，我满足了他的愿望，但他许诺会报恩于我，却一直未曾实现。正因如此，我才对人类充满怨恨，发誓要杀死解救我的人。可是你，善良的渔翁，如果你能再给我一次机会的话，我将以真主安拉之名发誓，一定会报答于你的！"

渔翁心中暗暗吃惊。一切因缘竟是由自己而起。他不免有些犹豫起来。魔鬼还在不断哀求。渔翁见魔鬼以安拉的大名发了誓，终于被他说动，接受了魔鬼的要求。他们约定：渔翁释放魔鬼，魔鬼不可伤害渔翁，并且要以他的能力报答渔翁。

渔翁将瓶口打开，那股青烟又从瓶中冒了出来，飘飘荡荡地升到空中，逐渐汇集起来，变成那个狰狞的魔鬼。魔鬼一脱离胆瓶，立刻一脚把胆瓶踢到了海中。

渔翁见魔鬼把胆瓶踢到海中，大惊失色，暗自叹道：这可不是个好兆头！他鼓起勇气说："魔神大人，安拉说过'你应践约，因为约言将是要受审查的。'你同我有约在先，发誓不欺骗我。你不违约，安拉就不会惩罚你。因为安拉尽管宽容，却从不疏忽大意。"

魔鬼盯着渔翁，继而哈哈大笑起来。笑毕，他拔脚向前走，边走边说道："渔翁，你跟我来吧，我带你去个地方。"

—— 第 四 章 ——
朱特和摩洛哥人的故事

"什么……你说，要读一个故事给我听？"陆华仰躺在按摩床上，侧目望向旁边那位男士，诧异地问道。

"是的，先生，这是我们这里的特别服务，有助于您彻底放松身心。"男士礼貌地回答。

陆华不习惯这种贵族式的服务，他不自在地说道："可是，我更习惯自己看书。让别人给我读，还真没试过。"

"我就请您试一下吧。配合着我们的按摩，感觉肯定会比自己看书舒服一百倍。"

"是吗……那好吧。"

"这杯西番莲汁，您还要喝点儿吗？"

"不了，一会儿再喝吧。"陆华摆手道。

"好的。那么，我开讲了。"男士将书翻开，"我给您读一个奇妙的故事，名字叫'朱特和摩洛哥人的故事'。"

按摩师的手伸向陆华的头部。

"朱特和摩洛哥人的故事"

从前，在希腊有一个商人叫哈迈。他有三个儿子，老大叫萨勒，老二叫莫约，最小的叫朱特。哈迈和妻子辛辛苦苦把三个儿子拉扯大，但他对小儿子朱特特别疼爱，结果使朱特遭到两个哥哥的嫉妒。

哈迈老了，看到两个大儿子老是歧视小儿子，生怕自己死后，小儿子会受欺负。为此，他邀请族人、法官和一些德高望重的人，拿出自己的钱、物，摆在他们面前，说道："请各位按照法律规定，将这些财物分为四份吧。"

大家遵照他的嘱咐，把财物分了出来。

哈迈把其中的三份分给三个儿子，自己留下一份，以资养老。然后，他说道"我把我的全部财产都分给你们了，从此我不欠你们什么，你们兄弟之间也不存在什么厚此薄彼了。我活着的时候把财产分给你们，是为了免得我死后，你们为遗产而吵闹。我自己的这份养老金，将来用以维持你们母亲的生活。"

朱特真诚地向父亲道谢，但他的两个哥哥却认为父亲肯定还将什么宝贝藏了起来，以便日后悄悄拿给朱特。老大说道："父亲，你是否真的将所有东西都拿出来了呢？"

哈迈摇着头叹息道："我向真主发誓，我已将我所有的财、物都拿出来了。要说还剩下什么的话——"他指着墙边挂着的一张又小又脏的渔网说，"就只有这张我年轻时用过的破渔网了，你们谁想要的话，就尽管拿去吧。"

两个哥哥对破旧的渔网嗤之以鼻。朱特说："父亲，就请你把这张渔网给我吧，它虽然不值钱，却是很好的谋生工具，也许以后能派上用场呢。"

哈迈微笑着点头，亲自走过去将渔网从墙上取下来，将它交给小儿子，并轻声道："朱特，这正是我所期望的。你将这张渔网收好，日后自然会明白它的价值。"

朱特愣了愣，不明白父亲的话是什么意思。但哈迈没有再作解释，朱特也就没有再问。

不久，哈迈死了。

由于对财产的分配不满，老大、老二一同去找朱特的麻烦，要他再交出一些财物。他们对他说："父亲肯定瞒着我们把更多的财产都给了你。"

朱特立刻否认，但两个哥哥却不相信。于是兄弟之间争吵不休，以至上了法庭。当日分家在场的人都到庭作证，法官根据事实，制止了朱特两个哥哥的勒索。官司打下来，朱特和他的两个哥哥都花了钱，谁也没占到便宜。

不久，朱特的两个哥哥又去告发他。为了打官司，双方又花了不少冤枉钱。官司没赢，朱特的两个哥哥始终不甘心，老想夺走他的财产。他们开始走歪门路，出钱贿赂贪官污吏。朱特也疲于应付，老是陪着花冤枉钱。兄弟三人的钱财一天天地落到贪官污吏手中，终于都变成了穷光蛋。

老大和老二穷得没有办法，这才去找老母亲，用尽各种手段哄骗她、欺负她，最后撵她走。他们霸占了母亲的财产，母亲哭哭啼啼地找到朱特，说："你的两个哥哥打我，赶我走，还抢了我的财产。"边说边咒骂起来。

朱特安慰她道："妈妈，别骂了。他们这样忤逆不孝，会受到安拉惩罚的。妈妈，现在我一贫如洗，两个哥哥也穷得要命。弟兄不和睦，打了几场官司，半点儿好处没有得到，反而把父亲留下的财产都花光了，叫别人讥笑我们。现在，总不能为了他们不孝，我又去跟他们争吵，再去打官司吧？算了，您暂且在我这儿住下，我俭省些供养您。只希望您能替我祈祷。至于两个哥哥，安拉会惩罚他们的。"

母亲担忧地说："可是，儿子呀，你的钱也全花光了，我们以后怎么生活呢？"

"托父亲的福，他在分配财产的时候将用以谋生的渔网留给了我。我往后可以打鱼为生。"

就这样，朱特拿着渔网去海里打鱼。但当他来到海滨，才发现自己这张渔网实在是太小了，根本无法在宽广的大海中撒网捕鱼。无奈之下，朱特想起城外有一片山岭，那山谷之间有一个湖名叫哥伦小湖，看来，只能去那里碰碰运气了。

朱特翻山越岭，来到这个被群山围绕的哥伦小湖，里面的鱼显然无法和大海相比，周围的渔民没有一个人上这儿来。但朱特的小网只能在湖里打鱼，便一个人来到这里，撒开渔网。第一网是空的，第二网也是空的，一条鱼也没有打到。他苦闷地念叨道："难道这儿没有鱼吗？"然后走到湖的另一端，仍然没打到鱼。他接连换了好些地方，从早到晚忙了一整天，却没有一点儿收获。

朱特发愁地背着渔网悻悻而归,想着没有东西带回家去,母亲该怎么办呢。他拖着沉重的脚步，经过面包铺门前，看见不少人手中拿着钱买面包，面包铺生意兴隆，他颓丧地站在一边。卖面包的人对他说："喂，朱特！买块面包吧！"他不吭声。

卖面包的又对他说："如果手头没钱，你先拿去吃，以后给钱好了。"

"好吧，请赊五毛钱的面包给我吧。"

朱特拿了面包，感激地说："我明天打了鱼之后，一定把钱给你！"

卖面包的人摆手道："别放在心上。"

朱特匆匆赶回家中，将面包交给母亲。母亲以为朱特打到了鱼，并卖了钱换成面包，心中十分高兴。朱特在心中暗暗祈祷：明天安拉一定会保佑我的。

第二天一早，朱特便带着渔网又去湖中打鱼。但和昨天一样，忙活了一整天，一条鱼都没打上来。无奈，他只好背上空渔网，踏上归途。为了不让母亲失望，他只有再次来到面包铺。卖面包的看见他的窘况，没等他开口便把面包给他，对他说："没关系，朱特，以后还我钱好了。"

朱特本想道歉，卖面包的却一个劲儿地说："去吧，没关系。用不着客气，我见你一连两天拿着渔网空手而归，就知道你肯定没有收获，便什么都明白了。要是明天，或者是以后打不着鱼，你也只管来拿面包去吃。"

朱特心中十分感激，但同时也感到诧异，他问道："好心的老板，你和我非亲非故，为什么愿意如此慷慨而大方地帮助我呢？"

卖面包的人说："因为……我见你天天空手而归，料想你生活窘迫。我看你有些可怜，便想尽力帮助你。"

朱特望了一下街边，那里蜷缩着两个乞丐，他指着他们问道："可是，要说可怜的话，那两个乞丐或者是城中的一些又老又穷的人岂不是比我更加可怜吗？您又为什么偏偏对我一个人如此大方呢？老板，请您告诉我实话好吗？"

面包铺老板迟疑片刻，说道："好吧，朱特，我就告诉你实话。其实，是你的父亲哈迈，他在过世之前曾来找过我，对我说：'如果有一天，我的小儿子朱特拿着渔网空手而归，路过你的面包铺，你只管将面包赊给他，不久之后，你便会收到一笔意料之外的财富。'昨天，我见你果然拿着渔网空手路过我的面包铺，便照你父亲吩咐的那样去做了。"

朱特听后心中十分惊讶，他没想到父亲在过世之前竟然就预料到了自己会有今天这样的境况。同时，他也想起父亲曾说过，那张渔网日后定有价值，可见自己在山谷的小湖中打鱼并非错误的选择，只是需要坚持而已。朱特再次拜谢面包铺老板，拿着面包回家了。

就这样，朱特一连在那个湖中打了七天的鱼，但每天都一无所获。最后只得硬着头皮去面包铺赊面包。面包铺老板倒也十分爽快，对此毫无怨言，并且每天都对朱特热情相待。

第八天的时候，朱特仍旧怀着希望来到湖畔。正要下网，突然一个摩洛哥人出现在他面前。朱特仔细端详，见那人骑着一匹骡子、衣着考究，骡背上搭着绣花鞍袋。

那人从骡子上下来，亲切地问候："你好，朱特。"

"先生，你好。"朱特回答他，心中十分纳闷——这人怎么会知道自己的名字？

"朱特，有一件事我要请你帮忙，你要是听我的，对你只会有好处，而且你会成为我的朋友呢。"

"先生，你有什么事尽管吩咐。我一定听你的，你怎么说我就怎么做。"

"那好，你念念《古兰经》第一章吧。"

朱特于是念了《古兰经》的第一章。摩洛哥人取出一条丝带，对他说："你用这根带子紧紧地绑住我的腰，把我推到湖里，然后你等着看——假如我的手伸出水面，你就赶快撒网打捞我；要是看见我的脚伸出水面，那就说明我死了。你不用害怕，也不用管我，你要做的就是把骡子牵到集市上去，交给一个叫密尔的犹太商人，他会赏你一百个金币，你拿着花吧，唯一的条件就是，你要替我保守这个秘密。"

朱特听了他的话，心中甚感疑惑，但还是答应照办。

摩洛哥人对他说："绑紧点儿！"之后又说，"快把我推下湖去吧。"朱特用力一推，他掉到了湖里。几分钟后，只见水面上露出两只脚。朱特明白这位先生已经淹死了，便照他的话，牵了骡子来到集市上，远远地看见一个犹太人坐在那里。那人一见骡子，叹道："人死了！"接着又说，"是贪心毁了他呀！"于是从朱特手中收下骡子，给了他一百块金币，并叮嘱他好好保密。

朱特用这钱买了吃的，又到面包铺里还了面包钱。他给了面包铺老板十个金币，说道："请您收下它吧，这是我对您的感谢。"

"感谢真主！你父亲真是料事如神，我果然得到意外的财富了！"面包铺老板欢天喜地地接过钱，对朱特说，"这些钱够你买一年的面包了！"

朱特接着去市场买了一些肉和菜回家，把食物和剩下的钱交给母亲，说道"妈妈，替我把钱收好。这些钱够我们花一阵子的了。"

这天晚上，朱特美美地睡了一觉。

第二天一早，他又带着渔网来到了湖畔。他正准备张网打鱼，又见一个摩洛哥人骑着骡子，来到他的面前，骡背上搭着鼓鼓的鞍袋。这人对他说："你好，朱特。"

"先生，您好。"朱特惊奇地回答。

"朱特，昨天有没有一个骑着这种骡子的摩洛哥人到你这儿来过？"

朱特心里害怕极了，不敢承认，怕他追问昨天那人的死因，把自己当作凶手，只好一口否认："我可没看见谁。"

"唉！那个人是我的同胞兄弟，他竟死在我的前面了。"

"我……什么也不知道。"

摩洛哥人皱起眉头说："朱特，你应该跟我说实话。昨天，不是你绑住他的手臂，把他推下湖的吗？当时他还对你说'如果我的手露出水面，你就撒网打捞我；要是我的脚露出水面，那就证明我死了。你把骡子牵去交给犹太商人密尔，他会给你一百金币的。'后来他的双脚露出水面，你把骡子牵去给那个犹太人，不是还得到了一百块金币吗？"

"你既然什么都知道，为什么还要问我呢？"朱特说。

"我请你把昨天做过的那件事，同样做一次。这次是我要下水，好吗？"

说着他取出一条丝带，交给朱特，说："捆住我的腰，推我下水。假如我同我兄弟一样不幸的话，请你把骡子牵去交给犹太人，向他索要一百块金币。行了，动手吧。"

朱特心中十分疑惑，但还是照他的吩咐做了。

一会儿，朱特瞧见他的两只脚浮出水面，心想："又淹死了！真主呀，这些摩洛哥人是不是都疯了，一个个地跳到这湖中去送死！"之后，朱特牵着骡子回到城里。

犹太人看见他，叹口气说："又死了一个！"

"你多保重吧。"朱特安慰他。

"这是贪得无厌的下场。"犹太人说着，给朱特一百金币，收下了骡子。

朱特怀揣着金币，欢欢喜喜地回到家中，把钱交给母亲。母亲感到惊讶，问道："儿啊，你怎么可能每天都弄来这么多钱？打鱼可是不会赚这么多钱的啊！你该不会是做了什么犯法的事吧？"

朱特把事情原原本本地告诉母亲。母亲听完说道："儿啊，这件事听起来十分蹊跷，我怕你惹出什么祸事来。从明天起，你别上哥伦湖去捕鱼了。"

朱特说："妈，是他们自愿这么干的。况且做这种事，不费吹灰之力，每天就可挣一百个金币啊！既然有这种美事，我为什么不去呢？"

母亲无言以对，但心中却隐隐不安。

第 五 章
奇怪的巧合

"……王子把舞鞋拿给灰姑娘穿，鞋子穿在她脚上就像是专门为她做的一样。他走上前去仔细看清楚她的脸后，认出了她，马上兴奋地说道：'这才是我真正的新娘！'继母和她的两个姐姐大吃一惊。当王子把灰姑娘扶上马时，她们气得脸都发白了。眼睁睁地看着王子把她带走。他们来到榛树边时，小白鸽飞上前来，停在灰姑娘的肩上。他们一起向王宫走去。"

年轻、英俊的朗读者将书合拢，微笑道："故事讲完了。"

与此同时，按摩师的动作也停了下来，他对兰茜说道："小姐，今天的按摩结束了。"

"啊……结束了？"兰茜神情恍惚地说，仿佛刚从一个美梦中极不情愿地醒来。

"是的，到一个小时了——欢迎您明天再来。"按摩师礼貌地说。

另一边，柯顿的按摩在同一时间结束，他的按摩师也礼貌地告知他，今天的按摩结束了。柯顿眨了眨眼睛，像是不敢相信已经过了一个小时，在刚才那种无比享受的状态下，他感觉时间最多只过了二十分钟。直到他看了自己手表上的时间后，才极不情愿地从按摩床上坐了起来。随即，他向读故事的人问道："我还没把这个故事听完啊——我想知道魔鬼会把渔翁带到一个什么地方去。"

读故事的人带着歉意说："对不起，我们这儿的规矩是按摩一结束，故事也就不再接着讲了。不过，您明天继续来，我就会接着把这个故事讲下去。"

柯顿是个急脾气，最不能接受这种吊胃口的事。但无奈这里是营业性场所，何况又是肖恩请客来的，便不好做过分要求，只有悻悻然地下床来，走出自己的单间——陆华、肖恩和兰茜已经在门口了，每个人都是一副意犹未尽的模样。

四人走到柜台，服务台小姐冲他们点了点头，说道："一共是 840 元，请问四位是付现金还是刷卡？"

肖恩从口袋中摸出信用卡结账。之后，服务小姐弯腰致礼道："请四位慢走，欢迎下次光临。"

出门之后，兰茜吐了下舌头："840 元，这也太贵了吧。"

肖恩说："别管这个，你们就说感觉怎么样吧。"

"嗯……是挺不错的。"陆华一副心醉神驰的样子，"我总感觉，那个跟我讲故事的人把故事都读到我心里去了，让我感觉不像是在听，而是身临其境一样，极具真实感。"

"是啊。"兰茜连连点头道，"我闭着眼睛听故事，感觉自己就像是成了故事中的人一样。啊——"兰茜双手抱在胸前，满脸陶醉，"特别是那个跟我读故事的帅哥长得就像约翰尼·德普，而且声音温柔、动听——我整个人都快要融化了！"

柯顿不以为然地撇了下嘴："别犯花痴了好不好，兰茜。"兰茜瞪了他一眼。

肖恩望着他说："那你呢，柯顿，你是什么感觉——说实话哦。"

柯顿故作无所谓地说："当然，按摩的时候是挺舒服的，听故事也蛮享受。可是，有一个让我很不舒服的地方——我还没把那故事听完呢，时间就到了，读故事的人叫我下次继续，这不是摆明了吊人胃口吗？"

陆华说："我也是这样，没把那故事听完，真可惜。"

肖恩笑道："这正是这家按摩馆的魅力所在，这样才能吸引你下次又来啊——现在你们明白了吧，我为什么会连着来这么多天。"

"这不是变着法子让人掏钱高消费吗？"兰茜说，随后又低下头沉思道，"不过好在也算是物有所值啦……"

陆华回过头望了一眼"夜谭休闲会所"这个招牌，若有所思地说："这家店该不会是真想让我们体会一把'天方夜谭'的真实感受吧？一千零一夜中的国王就是每天晚上听一个故事，但每次讲述者都把故事的结局留到第二天再讲……我猜想，这家店的老板肯定是从中获得灵感才想到开设这种'特殊服务'的。"

"很有可能。"柯顿说，"就连读给我听的故事也是一千零一夜当中的'渔翁和魔鬼的故事'。"

"啊——我也是。"陆华睁大眼睛说，"我听的那个'朱特和摩洛哥人的故事'也是出自'一千零一夜'，只不过，好像和我原先看过的版本不大一样……"

柯顿说："我听的'渔翁和魔鬼的故事'也和我小时候听过的不一样——那讲故事的人说，这是因为他手里那本书是独一无二的，一本早已绝版的书。"

陆华微微皱了下眉头："独一无二？但似乎给我讲故事的那个人手里也有一本啊。"

柯顿转向兰茜："你听的是什么故事？"

兰茜说："我和你们不一样，我听的是格林童话中的'灰姑娘'。起初我告诉那帅哥这故事我熟悉得都能演给他看了。可他也说讲给我听的将会是一个我从未看过的版本。嗯……怎么说呢，确实和我以前看过的有些不一样，情节更曲折离奇了，但和你们不同的是，他把这个故事给我讲完了，并没有留下什么结局下次讲啊。"

"看来约翰尼·德普很照顾你嘛！"柯顿带着挖苦的口吻说。

"听故事的时候我就当即决定要嫁给他了。"兰茜故意挑衅地望着柯顿说。

"那就请便吧。"柯顿翻了个白眼，不再理她，脸转向另一边，"你呢，肖恩。你听的是什么故事？"

肖恩挠着头说："我是从几天前开始听的，好像不是什么有名的故事，但是蛮好听的。"

陆华叹息道："唉，真可惜，我那个故事的结局没法听完了——真是让人心里痒痒的。"

肖恩哈哈大笑："这有何难？明天下午我再请你们来这里不就行了？那

按摩师不是说了一个疗程最少也得四天吗？我就将这个客请到底吧！"

兰茜高兴地跳起来，差点儿就去搂住肖恩的脖子，她拍着手叫道："太棒了！明天又能来享受了！"

陆华有些过意不去地说："这样……合适吗？这里的消费这么高，让你花这么多的钱，太不好意思了……"

"嗨，你跟我还客气什么？"肖恩爽快地说，"反正这张信用卡是我爸的，他叫我随便用，不用白不用啦！"

陆华的脸上立刻流露出幸福和感激的表情。

肖恩转过头去问柯顿："你呢，柯顿，明天也一起来吧？"

柯顿想起自己一开始说按摩没劲那些话，不得不为了脸面故作矜持："明天再说吧，看到时候想不想来。"

"行，我也不勉强，明天下午你要想来的话跟我打电话就行。"肖恩拍着柯顿的肩膀，一副胜券在握的得意模样。

几个人闲聊着又走了一段路，随后各自坐不同方向的车回家了。

柯顿坐公交车在自己家小区门口下车。他一边走一边回味那个'新版'的"渔翁和魔鬼的故事"。走到小区里的人工小溪旁时，看到一男一女两个七八岁左右的小孩儿着急地望着那只及成年人大腿深的溪水不住地发愁，像是掉了什么东西下去。柯顿一时好奇，走过去问道："小朋友，你们是不是什么东西掉水里了？"

小男孩像看到了救星似的抬起头来说："哥哥，我的遥控小汽车开到水里去了。我们俩手短，够不着，你能帮我们捞起来吗？"

"没问题呀。"柯顿卷起袖子，跪到小溪边，手臂伸进水里去。但他捞了大半天也没捞到什么小汽车。无奈之下，他站起来，摇着头说："没摸到呀，也许是被水冲到别的地方去了。"

小男孩急得都快哭出来了："那可怎么办呀，这是我爸爸今天才给我买的……还没玩儿半个小时就弄丢了……"

柯顿见小男孩的眼泪都要掉下来了，忙安慰道："别急，找个大点儿的网，沿着这条小溪捞一圈，肯定能找到。"

旁边的小女孩说："对了，用这个吧！"她从身后不远处捡起一个捕蝴蝶用的网子，把它递给柯顿，"哥哥，你用这个捞吧！"

"太好了！有这东西就方便了。"柯顿将网伸到水底，另一只手握着木棍在水里探索着，然后用力往上一舀。两个孩子期待地看过去，却被吓得"啊"一声尖叫出来，原来柯顿网到的是一只老鼠的尸体。

柯顿晦气地将死耗子丢掉，然后换了一处地方。这次，他小心翼翼地把网伸进水里，在水底谨慎地探寻着。两个孩子睁大眼睛望着水里。

柯顿的手感告诉他，又捞到了什么东西，他慢慢将网提起来，却失望地发现捞上来的只不过是一块小石头和几片碎玻璃。

"嘿——我还不相信了。"柯顿又换了个地方仔细摸索，过了一会儿，捞起来一个装满水的易拉罐。

柯顿犯起犟来，有些不捞上来不罢休的意思。他再往下走些，放下网去。这一次换着不同的方向来回捞了好几分钟，终于触碰到一个手感、大小和遥控小汽车差不多的东西，他小心地将那东西兜进网里，然后慢慢提了上来。

柯顿急切地朝网中望去，一下愣住了——

网中，是一个胆形的米黄色瓶子。

忽然之间，一种诡异的感觉遍布全身。他猛然想起之前听的"渔翁和魔鬼的故事"——自己现在的经历竟然与那故事的情节如此相似！柯顿瞠目结舌地想——是巧合吗？竟然有这么巧的事？

他将网拿到面前，取出其中的黄色胆瓶——他把那瓶子凑到眼前仔细观看的时候，更是惊诧得差点儿失声叫了出来。这个胆瓶的瓶口塞着一个锡做的软塞，塞子周围一圈印着一行看不懂的外国文字，看样子像是某个阿拉伯国家的语言。

等等，这是怎么回事？

柯顿呆若木鸡地站在原地，整整五分钟没有动一下。他无法用正常的逻辑来理解眼前所发生的事——更重要的是，他想象着接下来有可能会发生什么事——将胆瓶打开后，里面钻出一个青面獠牙的魔鬼，然后带给他一个好消息，说要将他杀死并由他自己选择死法？

不，这太荒谬了，柯顿使劲甩了甩脑袋，将这可笑的想法从头脑中驱赶出去。他捏住瓶塞，缓缓地转动着它，试图将胆瓶打开。

瓶塞渐渐变松了，在将它拔出来之前，柯顿竟有些紧张和犹豫。他不自觉地屏住呼吸，手心里也渗出了汗。

"砰"的一声，瓶子打开了，柯顿心中紧了一下，他凝神注视着那胆瓶，像是等待着发生什么事情一般。可是，十几秒钟过去，一切风平浪静。

柯顿松了一口气，低下头自嘲道："神经病。"然后将那空瓶子随手扔在草坪上。

呆了几秒，柯顿陡然抬起头来，他猛然想起，自己光顾着在水里捞东西去了，怎么许久都没听到那两个小孩儿的声音了呢？

他回过身，然后左右四顾，这才惊愕地发现，那两个小孩儿已经不见了踪影！他们什么时候离开的柯顿浑然不知。

柯顿感觉自己完全傻了——刚才那两个小孩儿不是还在自己身后盼望着我从水中捞出遥控小汽车吗，现在就不想要了？也许是见自己捞了好几次都没成功，便失望地离开了？可是总该打个招呼吧……难道……

柯顿心中突然产生一种怪异的想法——难道那两个孩子的目的，从一开始就是引诱自己在水中捞出那个瓶子？可是，除非他们是神仙，否则怎么能计算出自己刚好会在第四网的时候打捞起那个胆瓶来？

这一切，到底是怎么回事？柯顿感觉自己如坠入迷雾之中。

第 六 章

渔翁和魔鬼的故事（二）

次日中午，刚吃过午饭，柯顿就承认自己彻底认输了。事实上，自从昨天下午回家后，他就感觉强烈的探知欲望就像蚂蚁一样，在自己的身体内四处爬行，弄得他心痒难耐。他命令自己不准再去想了，却反而更加控制不住地想知道昨天那个故事的后续情节，简直就像是得了强迫症一样。看来肖恩说得一点儿都没错，那家按摩馆所带来的奇妙感受确实是会让人上瘾的。

犹豫之后，柯顿顾不上脸面了。他拿起电话，拨通了肖恩的号码。电话接通后，他还没来得及说话，就听到电话那一头肖恩的笑声："哈哈，柯顿，怎么样？忍不住了吧？我就知道，以你那么旺盛的好奇心，怎么可能捱得住不把那故事听完 —— 快来吧，陆华和兰茜现在都已经过来了。"

既然心态被肖恩全部说准，柯顿也懒得去逞强了，他直接问道："你叫我来哪儿？你家还是那家休闲会所？"

"直接来夜谭休闲会所吧。"肖恩说，"我跟陆华和兰茜都约在那门口等呢。"

"好的，马上就来。"柯顿挂了电话，立刻出门。

乘坐出租车在目的地下车后，已经过半个小时了。柯顿发现肖恩三人早等在了按摩馆门口。他走过去之后，兰茜不满地说道："你怎么这么慢呀，我们十多分钟前就到了，等着你一起进去呢。"

柯顿汗颜道："我都打车来了你们还嫌我慢啊？真没想到你们比我还着急。"

肖恩笑着感叹道：“昨天还劝着你们来都不愿来呢，今天就一个个瘾比我还大了。”

“你少得意啊。”柯顿说，“我就想把昨天那故事听完而已。结局听完后，我就不会再来了——没什么瘾不瘾的。”

“请你来享受还说得像是在做我的人情一样。”肖恩摇头道，“算了，别说废话了，进去吧。”

还是昨天那个房间，同样的床位，四个人又分别躺了下去——令他们意外的是，就连对应的按摩师和读书人和昨天也是一样的。简直就像专门等候着为他们四个人服务一样。

柯顿来不及去细想这些，他躺上按摩床后，喝了几口按摩师递来的柳橙汁，就催促旁边那位读故事的先生：“您接着昨天的往下讲吧。”

“好的。”阅读者微微一笑，同时暗示按摩师可以开始了。

渔翁战战兢兢地跟在魔鬼后面，不相信自己能够脱险。他们径直向前走，经过一片片郊区，越过一座座山岭，来到一处宽阔的山谷，谷底有一个清澈的湖泊。

魔鬼涉水入湖，对渔翁说：“随我来吧。”于是渔翁跟着魔鬼下湖，他低头一看，不觉异常惊讶——刚才这湖中还一条鱼都没有，但在魔鬼经过后，湖面便游上来白、红、蓝、黄四色鱼儿。他以前可从来没见过这种颜色的鱼。魔鬼潜入水中，在湖底的深处转了一圈，然后浮出水面，对渔翁说：“张网打鱼吧，但是记住，只能网水面上的鱼，别去网水底下的，而且四种颜色的鱼各打一尾就行了。”

渔翁依言，取下网，撒在湖面上，一网下来，打了四尾鱼，正好每种颜色的鱼各一尾。

渔翁看着网中的鱼，问道：“我接下来该怎么办呢？把这些鱼拿去卖掉吗？”

魔鬼对他说：“你回去的时候，把鱼送到宫中，献给国王。如果他之后又问你要这种鱼，你便到这湖中再打给他便是。但你要谨记两点，第一，每天只能来这湖中打一网鱼，而且只能是水面上的，每种颜色的鱼各一尾；

第二，这些鱼你只能当宝贝献给国王，不能将它们卖到集市上去，更不可拿回家中吃掉。这点十分重要，你千万要记住！"

渔翁问："这样做对我有什么好处吗？"

魔鬼笑道："你只管照我的话去做，以后自然会发财致富的。以安拉的名义起誓，我既然是个魔鬼，就只能用魔鬼的方法来报答你。但你不用怀疑，只要按我刚才跟你说的那两点去做，好运便一定会降临到你的头上。现在，安拉会保佑你的。"

魔鬼说罢，一头钻到湖里去不见了。

渔翁带着四尾鱼回城，一路上想着跟魔鬼打交道的经过，感到十分离奇。

他回到家中，取了个钵盂，装满一钵水，把鱼放入钵中。鱼儿得水，活跃起来，在钵中游来游去。渔翁按照魔鬼的吩咐，用头顶着钵盂，送鱼进宫。国王看了渔翁进贡的四色鱼，非常惊奇，他生平头一次看见这种鱼。他吩咐宰相："把这几尾鱼交给女厨子，让她认真煎吧。"

原来宫中有个善于烹调的女厨师，是三天前希腊国王当礼物送来的，国王还不知道她的本领。他让女厨子煎鱼，以便测试她的手艺。

渔翁记起魔鬼跟自己说的，不能把这些鱼吃掉，本想告诉国王，但转念一想，魔鬼只是叮嘱自己不能吃这些鱼，并没有说国王也不能吃，便没有开口。

宰相把鱼带到厨房，交给女厨子，说道："今天有人送来四尾鱼，献给国王。主上希望你展露你的技艺，认真烹饪出来，让国王愉快地享受吧。"

宰相吩咐完后，回到国王面前。国王命令他赏渔翁四十个金币，宰相遵命赏赐渔翁。渔翁领到赏钱，高兴万分，跟跄着跑回家中，快乐得一会儿坐下，一会儿站起，还以为自己是在梦中。他用赏钱买了食物和生活必需品，当天夜里，和全家欢天喜地地过了一夜。

宫中的那个女厨子按国王的旨意，打算在晚餐前做出一顿美味佳肴来。她将一切准备就绪，拿着刀正要动手剖鱼，那四条鱼突然一齐抬起头来，清楚响亮地说道："别杀我们，否则，我们死后的模样会把你给吓死！"

女厨子被这种情景吓得昏了过去，不省人事。过了一段时间，她慢慢苏醒过来，睁眼一看，钵盂中的四尾鱼全都不见了，她吃惊之余，叹道："糟糕！第一次出征，枪杆却先折断了！"她又急又气，再次昏了过去。

这时候，宰相来到厨房，见女厨子昏迷在地，便用脚踢了她一下。女厨子醒过来，哭泣着把事情的原委详细地告诉宰相。宰相听了，感到惊奇，说道："这真是一桩奇怪的事情呢。"

第二天，宰相立刻派人把渔翁叫来，大声喝道："渔翁！把你上次送来的那种鱼儿给我再拿四尾来。"

渔翁不知道发生了什么事，但也不敢多问，只有来到湖中，下了网，在水面上又打了同样的四尾鱼，诚惶诚恐地送进宫来。宰相又一次把鱼送到厨房里，仍然给女厨子，说道："当着我的面煎吧，让我亲眼看看这种怪事。"

女厨子有了上次的经历，害怕得全身发抖，但又不敢抗命，只有战战兢兢地拿着刀走到装着鱼的水盆面前。那四条鱼又像上次一样抬起头来，说着人话："别杀我们，否则，我们死后的模样会把你给吓死！"

女厨子恐惧地将刀丢掉，但这次有了心理准备，便不至于又被吓昏。这时，她和宰相瞪大眼睛看到，地上突然裂开一条口子，四条鱼自动地从盆子中跳出来，跃入地缝，随后地面合拢，迅速地恢复了原状。

宰相十分惊讶，道："这桩事情难以隐瞒，必须报告国王。"于是宰相立刻去见国王，把这件奇怪的事情报告了他。国王听了，说道："我非亲眼看一看不可。"随即派人去唤渔翁，限他三天之内，把那种奇怪的四色鱼儿再送四尾进宫。

渔翁次日赶紧往湖中去，打了四尾鱼，及时送到宫中。国王赏了渔翁四百金币，叫他回去，然后对宰相说："来，你亲自在我面前煎这些鱼吧。"

"是，遵命。"宰相回答道，即刻从女厨子那里拿来剖鱼的刀子，走到装鱼的水盆面前，正要将其中一条捞起来，四条鱼一齐抬起头来说道："别杀我们，否则，我们死后的模样会把你给吓死！"

国王大为震惊，随即从腰间抽出佩剑，说道："我倒要看看这些怪鱼死后的模样究竟有多可怕！"说着挥剑朝盆中的鱼砍了过去。此时，旁边的墙壁突然裂开一条口子，里面走出来一位美丽动人的妙龄女郎，她身披一条蓝色绢织的围巾，戴着漂亮的耳环，臂上套着手镯，指上戴着珍稀的宝石戒指，手中握着一根藤杖。

女郎把藤杖的一头指向装鱼的水盆，念了一句咒语，那水盆立即掀翻，随后只是一眨眼的工夫，四条鱼儿便和女郎一齐消失在了墙缝之中，接着墙壁合拢，恢复了原状。

在场的人都被此种情景吓得呆若木鸡，国王尤为震惊，说道："不能对这样的事沉默不问，这些鱼必然有奇特的来历。"于是他下令传渔翁进宫，问道："渔翁，你从哪里打来这些奇怪的鱼？"

渔翁惶恐地答道："从城外山谷中的一个湖里打来的。"

"由这里去有多远？"

"启禀陛下，大约半小时的路程。"

听了渔翁的话，国王急于想弄清楚其中的隐情，便传令部下，立刻整装出发。于是，国王的人马浩浩荡荡、旗帜鲜明地开出城去。渔翁在前面领路。他们经过郊区，爬过山岭，一直来到广阔的山谷中。在群山围绕的谷底，见到了那个湖泊。只见湖泊水质清澈，却深不见底。里面红、白、黄、蓝四色鱼在游弋。人人都感到惊奇，因为他们从未见过这样的景象，所有人也都不曾见过这个湖泊。

国王问那些年纪大些的人，他们也都说："我们平生从未见过这个湖泊呢。"

国王思索片刻，吩咐手下的几个侍卫拿出之前准备好的大渔网，命令道："你们把这湖里的鱼给我捞几十尾上来，我要仔细研究这些鱼究竟有何古怪。"

侍卫们立刻撒网捕鱼，为了能捞起来更多的鱼，他们将网伸到湖水深处去打捞。渔翁想起魔鬼告诫过自己不要去网水底的鱼，但是，他又怎么敢阻止国王的命令呢？只有站在一旁忐忑不安地观察着。

收网的时候，侍卫们感到渔网十分沉重，像是网到了不少的鱼。他们费力地将渔网拖上来，所有人一看立刻大惊失色，吓得魂不附体——在渔网之中，除了那四种颜色的鱼之外，竟然还有几十具人的尸体！他们全都赤裸着身子，有的像是才淹死不久，但有的已经完全腐烂了，不知在这湖中浸泡了多久。

在场的很多人都立刻呕吐起来，渔翁也被吓得几乎昏厥过去。这恐怖而惊人的场面是他们从未见过的。国王骇然道："以安拉的名义起誓，我一定要弄清楚这些人是怎么淹死在这湖中的，并把湖和鱼的来历弄清楚，才肯回王宫去。"于是，他吩咐部下，依山扎营，并对那位精明强干、博学多智、经验丰富的宰相说："今天夜里我想一个人静静地躲在帐中，无论公侯将相、侍从仆役，一律挡驾。告诉他们，说我身体不安，不能接见，不许把我的真实意图透露给任何人。"

宰相遵照命令，小心翼翼地守在帐外。

晚上，国王换上便装，佩上宝剑，悄悄离开营帐，趁着夜色爬上高山。他一直跋涉到天明，并继续顶着炎热，不顾疲劳，连续走了一昼夜。到天亮时，发现远方有一线黑影，他十分高兴，说道："也许我能遇到一个可以把湖和鱼的来历告诉我的人吧。"

走近一看，那线黑影原来是一座黑石建筑的宫殿，两扇大门，一开一闭。

国王来到门前，轻轻地敲门，却不见回音。他第二次第三次再敲，仍然没有人答应。他又猛烈地敲了一会儿，还是没有人回答，他想："毫无疑问，这一定是一所空房。"

于是他鼓起勇气，闯进宫殿，来到廊下，高声喊道："住在屋里的人啊！我是一个异乡人。我路过这里，可以给我充饥吗？"他连喊了三四遍，仍然没有人答应。

国王鼓足勇气，抖擞精神，走入堂屋。屋里空空荡荡，却布置得井然有序，一切陈设都是丝绸的，非常富丽。地下铺着金光闪闪的地毯，窗前挂着绣花的帷帘，四间拱形大厅环抱着一个宽敞的院落，院中有石凳和喷水池，池边蹲着四个金色的狮子，口里喷出珍珠般的清水，院中养着鸟禽，空中张着金网网住群鸟。此地景象令人纳闷——如此豪华的一座宫殿，竟然会一个人都没有。

奇怪的山岳、湖泊、四色鱼和宫殿、国王心中的惊异更甚了。

没奈何，他颓然坐在门前，低头沉思。这时候，他突然听到一声忧郁的叹息，那声音低吟道："我藏起你那里的一切，你却暴露自己。瞌睡从我眼里逝去，换来了失眠……"

国王应声站了起来，朝里望去，见大厅门上挂着帘幕。他伸手掀开帘幕，一个青年坐在幕后的一张床上，床有一尺多高。这是一个眉清目秀、光彩夺目，而且身段标致的青年。

国王见到青年后，欣喜地向他问好。

那个青年身体端坐着，穿一件埃及式的金线绣花袍，戴珍珠王冠，然而眉目间却锁满忧愁。他彬彬有礼地向国王还礼，接着说道："我因为残疾，不能起身迎接你，请原谅我吧。"

"青年人，用不着客气，现在我是你的客人。我是为了一桩重要的事情到你这儿来的。"国王说道，"你能把这里的湖泊、四色鱼和这座宫殿的来历告诉我吗？另外，我也想知道，你为什么一个人住在这里？为什么这样悲哀痛苦？"

青年人听了国王的话，眼泪扑簌簌地流了下来。国王感到奇怪，问道："青年人，你为什么伤心哭泣？"

"我的遭遇怎能使我不伤心呢？"他撩开袍服，让国王看他的下半身。原来这青年人从腰到脚，半截身体全都化为石头了，只是上半身还有知觉。

国王看到这种情况，不禁悲从中来，说道："青年人，你把新愁加在我的旧伤上了。我原来是为了打听四色鱼才到这儿来的，可是现在除了鱼的情况外，又要了解你了。毫无办法，只盼万能之神安拉援助。青年人，请把你的遭遇告诉我吧。"

青年人长长叹出一口气来："我自己和四色鱼有着一段离奇古怪的经历，如果把它记录下来，对于后人倒是很好的训诫呢。"

第七章
朱特和摩洛哥人的故事（二）

次日，朱特照常又来到哥伦湖。刚要张网打鱼，又有一个摩洛哥人骑着骡子来到他面前，骡背上的鞍袋里鼓鼓的，装的东西很多。

摩洛哥人对他说："朱特，你好啊！"

朱特一惊，心中诧异地想——为什么他们一个个都知道我的名字？

骡子上的人问道："有一个摩洛哥人来过这儿吗？"

"是的，有两个。"

"他们上哪儿去了？"

"他们让我捆住他们的腰，推下水去，但这两个人都淹死了。"朱特如实地答道，又问，"你是不是随他们之后来的另一个？"

摩洛哥人微笑一下，叹道："可怜的人啊！难逃命运之困厄。"然后他跳下骡子，也取出一条丝带，交给朱特，说道，"朱特，把你做过的事儿替我再做一回吧。"

朱特说道："先生，我当然可以帮你，但你能不能告诉我，你们一个个为什么都要这样做？"

摩洛哥人答道："这样吧，如果一会儿我能活着上来，我就把事情的原委告诉你。如果我也像他们两人那样死了，你也就没必要知道我们这样做的原因了，因为我是最后一个来拜托你帮这个忙的人，以后都不会再有人来了。"

朱特点头表示同意，然后接过摩洛哥人递过来的绳子，紧紧地绑住他的腰，一推，他就跌落到了水里。

朱特紧张地盯着湖面，发现过了一会儿，那人的手伸出水面，并听他喊道："善良的人哟，快撒网吧！"

朱特马上撒下网，将这人打捞起来。只见他怀中抱着红、白、黄、蓝四种颜色的鱼各一条，急着对朱特说："快从鞍袋里取出盒子，打开递给我！"

朱特立刻取出盒子，替他打开。摩洛哥人将四条鱼装进盒子里，盖上盖，然后一个劲儿拥抱亲吻朱特，说道："安拉赐福你。若是你不撒网救我，我非但捉不住这四条鱼，还会淹死在湖里呢。"

"先生，安拉保佑你！请你将以前淹死在湖里的那两人的来历，以及这些鱼和那个犹太人的情况告诉我好吗？"

"告诉你吧，朱特，以前淹死的那两个人是我的同胞兄弟，名叫阿卜杜拉·勒木和阿卜杜拉·阿德。我的名字则是阿卜杜拉·迈德。那个犹太人是伪装的，名叫阿卜杜拉·候木。我们是弟兄四人。我父亲名叫阿卜杜拉·宛土，他是一个杰出的魔法师和预言师。他教会我们识别符咒、魔法，并教我们开启宝藏的本领。我们认真学习，潜心钻研，造诣颇深，甚至鬼神都得供我们役使。

"先父去世后，留给我们丰富的遗产。一切财富、典籍都由我们弟兄四人分享。但我们四人明白，别的财产都不重要，唯独一部叫作《诸世纪》的著作，是价值连城的宝物。这本书是我父亲的杰作，里面详细记载了未来几个世纪将会发生的大事、各种宝藏的所在地以及破解各种符咒、灾难的方法和奥秘——可以说，得到这本书的人便等于将世界的命运掌握在了自己手中。

"可是，这本书的重大意义和作用，引来了许多人的觊觎。他们都企图能拥有它，不择手段地想占有它。所以，我父亲为了我们四兄弟的安全着想，决定不把这本书留给我们，而将它交给了远在别国的，他的朋友——神秘的'魔都'国王。期望能借力量强大的魔都国王来保护此书，以免它落入歹人之手。

"我们兄弟四人自然明白父亲的良苦用心，但因为我们小时候都看过一点儿此书，记得它丰富内容中的一小部分，以至于对这部著作念念不忘，谁都希望能拥有这部完整的书，以便埋头钻研，弄懂这方面的知识。因此，我们四弟兄便想找到魔都国王，请求他将此书交还给我们。可先父大概早料到有这一天，对神秘的'魔都'所在地绝口不提，致使我们连寻求的方向都找不到，就更别说是得到书了。

"无奈之下，我们在半年前来到希腊，拜访先父生前的好友，另一个预言师哈迈，向他探听'魔都'的所在地。那位老先生没有直接告诉我们怎么去魔都，只对我们说：'想要开启魔都之门，必须借助埃及一个叫朱特的小伙子之手。他在城外山谷的湖中打鱼，你们找到他后，必须由朱特捆住腰，推到湖里，寻找四种不同颜色的鱼。那不是普通的鱼，而是有着神奇来历的，会巫术的鱼。你们在湖中用法术和它们搏斗，如若胜利，则带着四色鱼游上来，手露出水面，这时候需要朱特撒网打捞；如果败了，就会淹死在湖中，两脚露出水面。'"

"听了大预言师哈迈的一番话，我们都很兴奋，勒木、阿德和我异口同声地说：'我们要去，即便牺牲性命也在所不惜。'只有候木跟我们意见相反，他说：'我可不愿意冒这个险，赔上自己的性命。'因此我们说好让他扮成犹太商人，等在集市。如果我们中谁不幸死去，他就接收遗下的骡子、鞍袋，并交付一百金币。"

"勒木第一个找到你，结果他败下阵来，死在湖里；第二天阿德也被杀害；第三天我跟这些鱼较量，它们斗不过我，让我捉住了——整件事情就是这样。"

朱特听到后面，不觉皱起眉头："你说你父亲的好友，那个大预言师叫什么名字？"

"他叫哈迈，我们半年前来拜访过他。他叫我们在这里等待一个叫'朱特'的捕鱼人——但是，我听说他在不久前已经过世了。"

"天哪！"朱特惊呼道，"那不是我的父亲吗？！"

"什么？哈迈是你的父亲？"阿卜杜拉·迈德也倍感惊讶。

"是的，我父亲就叫哈迈，他在不久前刚刚过世。可是……"朱特犹豫道，"我父亲是个商人呀，我可从来不知道他是个预言师！"

摩洛哥人微微一笑："没错——我们去拜访他的时候，他告诉我们，为了能过上平静、安宁的生活，他隐瞒了自己具有预知未来的能力这件事，而以一个普通商人的身份隐居，就连他的家人也不知道这一点——看来，你真的是哈迈的儿子。"

朱特听得目瞪口呆。这时，他突然想起父亲在过世前，分配财产的时候，对自己说的那句"朱特，这正是我所期望的，你将这张渔网收好，日后自然会明白它的价值"，还有父亲对面包铺老板说过的那些话——朱特在一瞬间什么都明白了，他喃喃自语道："我的父亲真的是个大预言师……他有如此神奇的本领，为什么不传授给我呢？"

摩洛哥人哈哈大笑道："朱特，你可知道，预知未来是上天禀赋的异能，这是没法传授给他人的。就像我们兄弟四人，也无法从父亲那里学到一星半点的预言能力，因为这根本就是无法学习的呀。"

阿卜杜拉·迈德收住笑容，神情严肃地说："听我父亲说，这个世界上从始至终就只会有两个大预言师。他和哈迈是我们这个时代的大预言师，但他们死后，会在几百年内转世成另外两个人。这两个人必定生活在同一时代，而且同样拥有不可思议的预知能力。并且，他们会接着把未来发生的事全都预测出来，包括人类最终的命运。"

朱特完全听蒙了，他呆呆地问道："那么，先生，我们接下来该怎么做呢？"

阿卜杜拉·迈德望向他："朱特，你的父亲哈迈已经把接下来该做的事都告诉我了。你要知道，开启魔都的大门，寻找那本神奇的预言书以及魔都中数不清的宝藏——朱特，这还得靠你帮忙。你助我拿到宝物的话，你要什么就有什么。我把你当亲兄弟看待，准保你满载而归。"

朱特迟疑着说："可我家里还有老母亲呀，她全靠我供养。我要是跟你走了，谁来管她呢？"

摩洛哥人眨眨眼睛，神秘地说："我并没有说要带你离开此地啊——照你父亲所言，魔都的大门就在这湖水之中——只不过，现在还没到开启的时间罢了。"

—— 第八章 ——
故事中的怪异情节

"啊，又到时间了？"柯顿从梦幻般的世界中醒来，不满地说道，"故事还没讲完呢！"

读书的先生微笑道："对不起——请您明天接着来吧，我会继续讲下去的。"

"这个'渔翁和魔鬼的故事'究竟要几天才能讲完？"柯顿问。

"四天——其实，故事的长度本来就是配合着一个疗程的时间而定的。"

"这么说，我必须要做完一个疗程才能听完这个故事？"

"很抱歉，就是这样。"

柯顿犹豫了片刻，说："要不这样吧，我再按摩两个小时，你今天就一起把故事讲完得了。"

读书的先生带着歉意说："这恐怕不行。要知道，按摩也要适度才行。就像吃饭不得吃得太饱、吃药不能过量一样。一天按摩一个小时是最合适的，超过太久就不好了。"

柯顿有些急了："那照你们这样，每次讲到最吸引人的时候就戛然而止，这不是摆明了折磨人吗？"

"那还不是你自己急性子，怪得了别人吗？"兰茜忽然出现在柯顿的按摩床前，"快起来吧，你还想赖着不走啊？"

柯顿悻悻然地爬起来，走到门口，陆华和肖恩也刚好走了过来。几位按摩师和读书人向他们礼貌地道别。

肖恩去柜台付过钱之后，四个人走出"夜谭休闲会所"。和昨天一样，柯顿立刻抱怨故事没有听完。肖恩说："其实我觉得挺好的呀，每天这么一段儿，第二天又接着听，就像看电视剧一样，每天都留个念想嘛，完了还能仔细回味一下。"

　　"唉——"柯顿长吁短叹道，"所以我从来不看电视连续剧，就是不愿意被吊胃口。我一般都看电影，一次性就完了。没想到，这次一不小心掉这坑里了！"

　　"他跟你讲的什么呀？有这么吸引人吗？"肖恩好奇地问。

　　柯顿思索道："按说，他给我讲的就是一千零一夜里面'渔翁和魔鬼的故事'，我自己都可以去找书来看的。但他讲的版本又跟一般书上的不一样。而且，不知为什么，我总觉得，这故事就像有种神奇的魔力，牵引着我走入那个奇幻的世界，仿佛变成故事中的角色一样，想去探索那未知的秘密——唉，我以前从来没有对任何故事这样投入过。"

　　"啊，我的感觉和你描述的完全一样。"兰茜露出迷幻的表情，"那按摩师的手指轻轻挤压、揉捏着我的头部，令我的全身彻底放松，我舒服得简直像是飘了起来。接着灵魂便渗透到故事中了。"兰茜闭着眼睛努力回味那美妙的滋味，"我感觉我其实是睡着了的，但那帅哥所讲的故事却像是能直接闯入我的心扉，他温柔的声音带领着我在童话世界中遨游……"

　　"我看闯入你心扉的是那帅哥本人吧？"柯顿揶揄道。兰茜却似乎还沉醉在故事之中，没对柯顿的话做出回应。

　　"兰茜，我猜你今天听的是《白雪公主》吧？"肖恩问道。

　　"不，是《小红帽》。情节和以往看的不同，更精彩了。明天我要听的才是《白雪公主》。"兰茜说。

　　"他还要把明天跟你讲什么提前告诉你呀？"柯顿惊叹于兰茜与约翰尼·德普的熟稔程度。

　　"是啊，我问他，他就告诉我了。"兰茜有几分得意地说。

　　柯顿怅然道："要是跟我讲故事那个人也能把第二天要讲的内容提前告诉我一些就好了。"

　　"大概因为你不是美女吧，所以没有这种优待。"肖恩耸耸肩膀，赫然发现身边的陆华一直默不作声地走着路，眉头紧锁，神情凝重，像是在思索什么一样。他问道："想什么呢，陆华？"

陆华没有理他，仍旧埋头走路。肖恩拍了一下他的肩膀："你怎么了？"

陆华身体颤动了一下，转过头来茫然地望着肖恩。柯顿和兰茜也注意到了他的怪异神色，一齐看向他。

"你在想什么呀？"肖恩再次问。

陆华皱着眉头，神情迷茫地说："我今天……听的这个故事，好像有点儿……怪怪的感觉。"

"你听的什么故事？"柯顿问。

"还是上次那个'朱特和摩洛哥人的故事'，接着听的。"

"有什么不对劲儿？"

陆华咽了下嘴，表情复杂地说："那故事中出现了这样的情节——一个古代阿拉伯国家的大预言师写了一本叫《诸世纪》的书。而且，故事暗示出，这个世界上始终会有两个大预言师——阿拉伯的这个大预言师和古希腊的一个大预言师是同一时代的人，他们死后，会在几百年的时间内转世为另外两个人。这两个人同样拥有不可思议的预知能力。并且，他们会接着把未来发生的事全都预测出来，包括人类最终的命运。"

陆华顿了一下，脸色发白地说："你们不觉得……这段情节，和我们之前遇到的'那件事'有联系吗？"

兰茜感到后背一寒："听你这意思，好像那两个大预言师后来就转世成了法国中世纪的那两个大预言师——诺查丹玛斯和马尔斯·巴特？"

陆华的脸更加苍白了："而且，其中一个人将那本《诸世纪》'接着写了下去'，他们还……预测了人类最终的命运。"

"好了，别再说下去了。"肖恩说，"那件事不是已经过去了吗，而且我们也知道一切究竟是怎么回事，对不对？所以别再胡思乱想了！"

"可我听到的这个故事，或者说这一段情节，该怎么解释？"

"'天方夜谭'只是一本以神话和幻想为主的故事集罢了。你难道认为上面所说的那些会是真实存在的事？我看，你听的这个故事只是和我们前段时间遇到的那件事碰巧有些重合的部分罢了。但这只是巧合，没有联系的。"

肖恩说。

"是吗？"柯顿在一旁思索着说，"真有这么巧的事？"

陆华皱着眉头缄口不语，看起来也是拿不准。

柯顿抬起头说："反正我们明天还要来的，听他继续讲下去再做判断吧。"

第九章

四色鱼

柯顿回到家后，家中那只上星期才买回来的京巴狗便摇晃着尾巴欢快地奔了过来，在柯顿的脚下来回打着转，弄得他腿上痒酥酥的。这条京巴狗是柯顿的爸爸在宠物市场精挑细选出来的，当时看中的就是它这股机灵劲儿。现在看来果然没选错，才一个星期就跟家里的每个主人都混熟了。平时不乱吠，又爱粘着人撒欢，特别招人喜欢。柯顿根据它的品种给它取了"京巴"这个名字。

柯顿换好鞋后，拍了拍小狗的脑袋，朝厨房走去，发现妈妈下班了，正在厨房做着饭。柯顿叫了声："妈，我回来了。"

妈妈应了一声，说："冰箱里有西瓜，去拿来吃吧。"

柯顿正好渴了，打开冰箱门，拿出里面切好的几块西瓜，坐到客厅的沙发上吃起来。西瓜又凉又甜，水分充足，既解渴又消暑，柯顿吃得甚是过瘾。

妈妈一边择着菜一边从厨房走出来，说："柯顿，今天晚上，我和你爸都不在家，你就好好地待在家里，晚上别出去玩儿啊。"

柯顿嚼着西瓜，含混不清地问："你们俩要出去干吗呀？"

"你爸是要在医院值夜班。我呢，有几个同事约我打会儿牌……"

柯顿爽快地挥了挥手："行，我一个人看家。"

妈妈笑了一下，转身到厨房继续做菜去了。柯顿抓起茶几上的遥控器，打开电视。

吃完晚饭后，妈妈还没把碗收完，就接到一个催她快点儿的电话，柯顿知道妈妈就只有打牌这个爱好，便主动说："妈，你去吧，碗我来洗。"

"呀，是吗？"妈妈一阵欣喜，觉得儿子真是长大懂事了。她解下腰间的围裙，高兴地说，"那我去了啊，儿子，改天妈请你去吃西餐。"

柯顿笑了笑，觉得偶尔体贴一下父母感觉也不错。

妈妈临走前又叮嘱了一句："记着就在家里玩儿啊，一会儿别再跑出去了。"

"知道了。"

妈妈匆匆赶去赴牌局。柯顿一个人在家刷完碗，坐下来看了会儿电视，觉得电视节目也挺无聊的，便关了电视。小京巴狗不停在柯顿脚边打转，期盼地望着主人，不时叫上几声，那模样分明就是想让主人带自己出去溜达。其实柯顿也想去篮球馆打会儿球，这两天都按摩去了，筋骨没怎么活动，他早想运动一下，出一阵大汗了，但无奈刚才答应了妈妈，又不好立刻反悔，只有叹一口气，摸着小狗的身体说："算了，京巴，今天晚上就在家里玩儿吧。"

狗儿像是听懂了话，失望地"嗷"了一声。

柯顿走到自己的房间，打开电脑，玩起网络游戏。但是不到半个小时，他就感觉自己精神不济、心不在焉，完全没有以前玩游戏那种投入、亢奋的感觉，一点儿都不在状态。柯顿关闭游戏，坐在电脑桌前发呆，好一阵儿之后才意识到一个问题，令他微微地张开了嘴。

他注意到，从昨天按摩之后就是这样了，只要一坐下来，或者是静下来，他的脑子中就会不由自主地浮现出"渔翁和魔鬼的故事"当中的情节，这几乎令他无法集中精神来想或者是做任何事。而且很明显的是，今天这种感觉比较起昨天来又强烈了不少。

柯顿的眉毛慢慢拧在了一起 —— 他开始觉得这有些不正常了。

没错，那故事确实很吸引人，但也不至于让人沉迷成这样啊。说到底，也只不过是个虚构的神话故事而已，怎么会让人如此念念不忘？现在，柯顿竟觉得有些无法控制自己的思维了，不管他愿不愿意，那故事所描述出来的情景都会像电影画面一样在自己的大脑中自动播放。

柯顿细细琢磨，愈发感到不可思议了，他发现自己之所以如此关注，甚至是痴迷于这个故事，是因为自己似乎就是故事中的某一个人 —— 这是他亲身经历的一件事，所以，他才会如此急切地想要探索出事情的结果，解开所有的谜团。可是，这种真实感究竟从何而来？他以前听别的故事，或者是看任何书籍、电影，也从来没产生过如此真实的感觉呀。

想到这里，柯顿的思绪又进入那离奇的世界之中——奇怪的山岳、湖泊、四色鱼和宫殿，这里面，到底隐藏着什么秘密……

几分钟后，他从梦幻的世界中回过神来，用力甩了甩脑袋，想将那些令他沉溺的遐想和神思驱赶殆尽。柯顿从椅子上站起来，打算去卫生间冲个澡，清醒一下脑子。

他走出自己的房间，来到客厅，本要去卫生间，眼睛却瞥到客厅的一角——小京巴狗直立着身子趴在电视柜旁边的鱼缸边，伸出一只爪子去抓水里的鱼。柯顿不禁哑然失笑，走过去将小狗抱开，说道："京巴，你可是条狗啊，又不是猫，去抓鱼干什么。再说那是养来看的，也不能吃呀！"

京巴狗被抱开后，仍然对着透明鱼缸中的观赏鱼吠个不停。柯顿觉得奇怪，顺着它叫的方向望过去。当他的眼睛接触到鱼缸中那几尾鱼时，霎时震惊得呆若木鸡。

玻璃鱼缸中，游弋着白、红、蓝、黄四色鱼儿，刚好一种颜色一尾！

柯顿感到后脊梁一阵发冷，眼珠子瞪得几乎要从眼眶中迸出来了。他呆呆地站立了十几秒钟，判断自己是不是眼睛花了。他用力揉搓着双眼，再定睛望去——没有错！鱼缸中确实游着四条颜色各异的鱼，而且，那四种颜色与故事中的一模一样！

柯顿向后退了两步，一种惊骇的感觉遍布全身。猛然间，他回想起昨天下午那两个小孩叫他帮着捞水中的东西——柯顿惊愕地张大了嘴巴——第一天听的故事内容，是渔夫从海里捞到一个胆瓶；第二天听的，是围绕着那神秘的四色鱼……

连续两天，故事中的情节都在他回家之后以一种类似的形式重现了！

突然间，柯顿想起今天听的故事中，国王令侍卫们在湖中撒网，结果捞起来几十具尸体……

他突然冒出一种毛骨悚然的可怕想法——

难道，这个情节也会在现实中上演吗？

—— 第十章 ——
恐怖事件

　　柯顿难以抑制心中的惊骇，一时之间，竟然不知如何是好。片刻之后，他迫使自己冷静下来，想到应该询问清楚这些鱼的来历，便赶紧坐到沙发边抓起电话，拨通了爸爸的电话——柯顿知道，家里的观赏鱼一向都是爸爸买的。

　　电话响了几声，对方接了起来："喂？"

　　"爸！"柯顿语气焦急地问道，"我问你件事！鱼缸中那几条鱼是什么时候有的？"

　　"柯顿吗——你说什么？什么四色鱼？"

　　"家里客厅里的玻璃鱼缸！里面有白、红、蓝、黄四种颜色的鱼各一条！这些鱼是什么时候买回来放进鱼缸的？"

　　电话那边想了一会儿，说："哦，你是说那几条彩色的观赏鱼啊！不是早就在鱼缸里了吗？又不是今天才养的。"

　　柯顿感到难以置信："什么？早就在里面了？那我以前怎么没注意到？"

　　"这我怎么知道？你以前没认真看吧？怎么了，柯顿，那几条鱼出什么问题了吗？"

　　"不是……"柯顿不知该怎么表达，"爸，那你能确定鱼缸中一直就是白、红、蓝、黄这几种颜色的鱼，一样一条吗？"

　　"柯顿，我现在在给病人看病呢。等我回家再来研究观赏鱼好吗？我现在没空聊天了——明天再说吧。"爸爸挂了电话。

"喂，喂？"柯顿听到电话里传出忙音，沮丧而气恼地放下电话。

思考了几分钟后，他又抓起电话，打算跟陆华倾诉一下这件怪事。

电话接通后，接电话的却不是陆华，而是他的妈妈。柯顿尽量装出没事一样，用轻松的口吻问道："阿姨，我是柯顿，陆华在吗？"

"噢，柯顿——陆华在，但他睡了。"

柯顿看了下表，诧异地问道："才九点一刻，他就睡了？"

"是啊，陆华说他今天有些疲倦，想早点儿睡——柯顿，你找他有什么要紧事吗？"

"啊……不，没有，没什么要紧事，我明天再找他吧。打扰您了，阿姨，再见。"

"好的，再见。"

挂了电话，柯顿失落地叹一口气，身子仰到沙发靠背上。过了半晌，他直起身子，想打肖恩的手机，跟他说这件事，但他犹豫了一下，觉得还是算了。他能猜到，肖恩听了之后一定会以为这只是巧合而已。毕竟家里鱼缸中的观赏鱼与故事中一样，也算不上是什么奇怪的事。只不过，联系起昨天遇到的事，就有些让人匪夷所思了……

柯顿思忖了一阵，决定不再纠缠此事。还是等到明天大家聚在一起的时候再说吧。他从沙发上站起来，朝卫生间走去。

路过鱼缸的时候，柯顿不由自主地又望了过去。这一次，他发现那四条鱼竟然都朝着他这个方向看，四条鱼的眼睛似乎都直愣愣地盯着自己——看上去，就像是四双人的眼睛。

柯顿盯着几条鱼看了一阵儿，竟感觉后背生寒。他打了个冷噤，不敢再看下去，转身走过饭厅，拐进卫生间。

洗完澡之后，柯顿穿着条短裤走出来，他关掉客厅的灯，径直进了自己的房间。他怕小京巴狗来打扰自己，便关了房门，让狗儿自己在客厅和厨房里玩儿。

柯顿随手在床头柜上抓了本杂志，半躺在床上看书。不一会儿，困倦向他袭来。他一连打了几个哈欠，揉了揉眼睛，将书合上，身子躺下去，闭上眼睛睡着了。

不知过了多久，迷迷糊糊中，柯顿听到身边仿佛有说话的声音。那声音低沉而沙哑，听起来含混不清，像耳语般在他耳边轻轻萦绕：

"跟我来吧……跟我来……"

柯顿此时的意识处于一种半清醒状态。很自然地，他以为自己正在梦境之中，因为他不光听到说话的声音，还看到了站在前面的"人"。只不过，那个人长着一对铜铃般大的眼睛，喇叭似的鼻孔，身形如山那样高大，既凶恶又丑陋，活像一个魔鬼。此刻，他向自己轻轻招着手，呼唤自己跟着他前行。柯顿在梦境中顺从地站起来，像着了魔似的跟着他走向一片未知之地。可他还没走出几步，忽然看到前方的墙壁裂开一条口子，里面走出来一位美丽动人的妙龄女郎，她手中握着一根藤杖，向自己缓缓走来……

柯顿漫游于迷梦之中。突然，他听到一种极不协调的声音——一阵凄厉的犬吠。这尖锐的噪声将他从梦境拖回到现实中来。高大的魔鬼和妙龄女郎都在一瞬间消失了，他也随之睁开眼睛。柯顿恍恍惚惚地望向四周，确信自己是从梦中醒来了，周围的环境是他再熟悉不过的。但是呆了几秒，柯顿猛然惊觉——自己竟然不是睡在床上，而是站在房间的门口！并且，刚才被他关拢的房门此刻已经打开了！

天哪，这是怎么回事？我在梦游吗？柯顿惶惑地想着——或者是，刚才跟随着那个"人"往前行走，并不是发生在梦境之中的事？

疑惑之际，柯顿想起之前听到的那阵犬吠，毫无疑问是小京巴狗发出来的叫声。刚才正是这阵犬吠将他从梦境中唤醒过来，否则的话——柯顿错愕地想道——自己要梦游到什么地方去？

"京巴！"柯顿朝客厅呼唤了一声，"你在哪里？快过来！"

没有回应——柯顿更加困惑了。他刚才就听出小京巴狗的叫声有些异样，不是平常那种撒欢的叫声，而像是一种夹杂着惊惧和恐慌的嚎叫。柯顿心中一紧——该不会是京巴发现了什么吧？

这个念头令他感到毛骨悚然——家里只有自己一个人，京巴会发现什么呢？

柯顿咽了口唾沫，走到墙边抓起自己收集的一根棒球棍，壮起胆子走进客厅，按开墙上的顶灯开关——客厅里并没有京巴的身影。

"京巴，快出来……你躲在什么地方？"柯顿再次呼喊，声音竟有些发抖。

狗儿还是没跑出来。柯顿只得小心翼翼地试探着朝卫生间的方向走去——父母那间屋和书房的门都关着，京巴只可能是在厨房或是卫生间里了。

走到厨房门口，柯顿借着客厅的光线朝地上望去，隐约看见京巴好像趴在地上。他叫了一声："京巴？"狗儿一动不动。柯顿将墙边的电灯开关按亮，再定睛望去——

这一望，令柯顿全身的汗毛都竖立起来，血液也直往头上涌——小京巴狗侧身躺在一片血泊之中，已经断了气！而更让柯顿惊骇的是，京巴狗整个身体被开膛破肚，肠肠肚肚都被掏了出来，死状奇惨无比，让人目不忍睹。

柯顿的脑子里像是发生了某种爆炸，乱嗡嗡地响成一片，全身一阵阵发冷。他惊惧地瞪大眼睛呆了几秒，立刻反应过来一个恐怖的事实——

有人进家里来了！

他惊恐地回过头，脸色煞白，然后快速冲出厨房，没命地朝自己房间狂奔而去，进屋之后立刻将屋门锁住，然后掏出手机，迅速拨通报警电话。

"喂，公安局吗？我家里有歹徒……他杀了我家的狗，也许现在还在！你们快过来！"柯顿心脏怦怦乱跳，紧张而慌乱地喊道，"地址是……"

挂了电话，柯顿仍然焦急得在屋内来回打转，同时警觉地注意着门口，手上紧紧握着棒球棍，丝毫不敢大意。这时，他想起应该跟父母打个电话，便立即又拿出手机，跟妈妈打了过去。

对方刚接起电话，柯顿便声嘶力竭地狂喊道："妈……家里出事了！"

第十一章

扑朔迷离

十多分钟后，警察和柯顿的父母先后赶到了家里。柯顿打开房间门，从里面走出来。满头大汗的妈妈一把上前将柯顿抱住："儿子！你没事吧？"

"没事。"柯顿摇摇头，然后望向屋内的三个警察。

其中一个身穿便服的警察大约三四十岁，腰杆笔直，神情严峻，给人一种不怒自威的压迫感，一看就是三个警察中的头儿。他扫视了柯顿一眼，问道："你说有歹徒闯进了你家里来，杀死了狗？在哪里？"

柯顿指了一下厨房："在那里面。"

便服警察带着另两个穿制服的警察走进厨房。柯顿的父母紧跟其后，当他们看见被开膛破肚死状惨烈的京巴狗时，妈妈失声尖叫了出来，爸爸也被震惊得目瞪口呆。

一个警察用相机拍了几张照片，便服警察戴上手套，蹲上前去检查京巴狗的尸体，随后站起来，将刀架上插着的刀具抽出来检查了一番，又仔细勘查现场的一些细节。接着走出厨房，挨着把客厅和几间屋都搜查了一遍。最后，他特别检查了一下房屋大门的门锁，然后在客厅的沙发上坐了下来，思索着什么。

柯顿的爸爸也挨着将每间屋看了一遍，然后坐过来焦急地问道："警官，你们看这是怎么回事？"

便服警察没有回答这个问题，他眉头紧蹙地思索着，手指轻轻击打在跷起的那条腿上，半晌之后，他望着柯顿问道："你是什么时候发现狗被杀死的？"

"就是给你们打电话的前一分钟。"柯顿答道。

"你有没有注意那个时候房子的防盗门是否关好？"

柯顿一怔："这个……我当时十分惊慌，怕凶手还躲在家里的某个地方，便赶紧跑回自己的房间锁上了门，没注意防盗门有没有关好。"

"那我告诉你吧。"便服警察说，"你家的大门是虚掩着的，根本没有关紧或锁好，否则我们三个警察怎么可能一来就进得了你的家门？你当时把自己锁在房间里，可没有出来跟我们开门呀。"

柯顿张了张嘴："这么说……是那个凶手溜出去的时候，没有将门带拢？"

"是他没有带拢，还是你一开始就没把门锁好，所以才让歹徒乘虚而入？"

柯顿想起是妈妈最后出去时关的门，他问道："妈，你走的时候没把门锁好吗？"

"不可能。我肯定是锁好了门的，因为我把门带拢的时候清楚地听到了'啪'一声响，那表示门被锁好了。我每次出门都十分注意。"妈妈焦急不安地望着儿子，"除非是……柯顿，你之后打开门出去过，回来时没有锁好。你没有听我的话，是吗？"

"不！"柯顿笃定地说，"我没有出去过！我甚至连门都没有打开过一次。"

"那门怎么会没锁好呢？"妈妈问。

"也许不是没锁好，是歹徒将门撬开的呢？"爸爸说。

便服警察说："但我刚才仔细检查了你们家的门锁，没有被撬过的痕迹。"

爸爸和妈妈一齐望向柯顿，柯顿说："我发誓，我绝对没打开过门！"

"算了，先别纠结这个门的问题了。"便服警察问道，"事发之前，你一个人在家里做什么？"

"我洗了澡，就躺在自己房间的床上看书……"

警察打断柯顿的话："那个时候狗在什么地方？"

"我……不知道。我当时怕狗儿来打扰我，就关上了房间门，让它自己在客厅和厨房之间玩儿。我没有出去看，不知道外面发生了什么事。"

"那你是怎么发现狗被杀死的？"

柯顿回忆着："我躺在床上看书，过了一会儿感觉疲倦，就放下书睡觉了。大概过了几十分钟，也或者是……十多分钟后，我听到狗发出一阵惨叫声，就……"

说到这里，柯顿骤然停了下来，面色苍白、张口结舌。他想起一个重要的细节，因此引发出心中的一个可怕想法，致使他不敢接着说下去。

便服警察注意到了柯顿神色的变化，他逼视着柯顿，问道："接着怎么了？说下去。"

"我……"柯顿感受到了警察凌厉的目光，只得强迫自己将恐惧吞咽下去，如实地说道："我听到狗儿的惨叫声后，醒了过来。但是……我却发现自己没在床上，而是站在房间门口，像是……在梦游。"

"啊——"妈妈惊惧地捂住嘴，"柯顿……你说，你当时在……梦游？"

爸爸也感到后背泛起一股凉意，额头上迅速沁出一层冷汗。他瞥了一眼三个警察，发现他们此刻也紧紧地盯视着自己的儿子——显然，每个人的神情都印证出一个可怕的念头。

柯顿左右四顾，发现所有人都盯着自己，他打了个冷噤，不自然地扭动了一下身体，说道："你们……全盯着我看干什么？难道怀疑……是我在梦游中杀了京巴？"

"我们并没有这样说呀。"便服警察道，"但你自己都这样觉得了，不是吗？"

"不！这绝对不可能！"柯顿大声咆哮道，"我是在听到狗叫后醒来的，那时我站在自家房间的门口！如果是我梦游杀了京巴，那我醒来的时候应该站在厨房里才对呀！"

"据我所知，梦游中的人未必能清楚地记得自己做过些什么，醒来后也可能在短时间内处于迷糊状态——所以说，别太相信自己当时的判断。"便服警察说。

"警官，别再说下去了！"妈妈激动地说，"不可能的，我儿子他……不可能做出这样可怕的事！"

"冷静些，女士。"便服警察说，"我并没有认定这件事就是你儿子做的，实际上这只是一种可能性而已——我们一会儿还会接着在小区内进行调查，会搞清楚到底是不是有歹徒曾进过你们家。不过——"

他的话说到一半，从沙发上站起来，在屋内来回踱了几步。房间里的人都望着他。

"这件案子有些奇怪。"他定住脚，望向众人，"如果说凶手是从外面进来的，准备入室盗窃的歹徒的话，那他的行为和目的也太让人摸不着头脑了。从现在房子里的迹象来看，没有发现被盗的痕迹，你们也好像并没有丢失什么贵重的东西；还有非常关键的一点：狗是在厨房里被杀死的。这说明歹徒在进屋之后，直接就走进厨房里去，然后将狗杀死。这样的话，便引出了两个问题——第一，这个凶手好像根本就不是来偷盗的，他从一开始就是冲着要杀死这条狗而来；第二，如果是怕狗碍事而将它杀死的话，只需用刀把它捅死就行了，但这个凶手却是将狗开膛破肚，还残忍地掏出了它的内脏——这又说明了什么呢？依我看，凶手的目的，只存在三种可能性。"

便服警察停顿片刻，接着说："一种可能性是，凶手是个精神异常，心理变态的人；第二种可能是，这是一种有意恐吓你们的行为。你们仔细想想，最近有没有得罪什么人，或者是冒犯到某人的利益。"

柯顿一家人大眼对小眼，然后一齐摇了摇头。爸爸说："我们每天都过着平凡的生活，不可能和什么人结怨啊。"

妈妈问儿子："柯顿，你没在外面惹什么人吧？"

柯顿肯定地晃着脑袋。

爸爸问道："警官，你刚才不是说有三种可能性吗？还有一种是什么？"

"起先不就说了吗。"便服警察瞥了柯顿一眼。爸爸愣了一下，难以接受地皱起眉头。

沉默了几秒钟，便服警察说："这样吧，虽然这起案件并没有人员伤亡，也没有财产损失，但毕竟是起恶性事件，我们会立案调查的。你们这几天也要注意，锁好门窗，而且家里面最好多留几个人。"

"好的，谢谢你，警官。"柯顿的父母从沙发上站起来。

"另外，我想跟你们俩单独谈谈。借一步说话吧。"

柯顿的父母怔了怔，爸爸说："到我们这间屋来谈吧。"

"你们等我一下。"便服警察对那两个穿着制服的警察说，然后跟着柯顿的父母走进房间里，把门关上。

"警官，你要跟我们说什么？"妈妈问。

警察问道："你们的儿子以前有没有梦游过？"

"没有。"两人异口同声地说。

"是没有还是你们没发现？我的意思是，也许他是最近才开始梦游的呢？"

"这……"爸爸迟疑道，"这我们就不知道了。不过……应该不会吧……"

"我理解你们不愿意相信自己儿子会做这种事。但是，讳疾忌医更不是办法。起码，你们应该带他去看一下心理医生或者是精神科的医生，也好确定他是不是患有梦游症。"

"警官，你真的……认为是我儿子在梦游的时候做了这么恐怖的事？"妈妈担忧地问。

"我刚才说了，不能确定，但可能性很大。事实上，这种事情并不是没发生过。以前我曾听说过这样的案例，一个迷恋网络暴力游戏的高中生，同时也患有梦游症，结果一天晚上在梦游之中抄起菜刀砍死了自己的父母。所以说，你们必须引起重视，不能大意！"

"啊……太可怕了。"一番话说得柯顿的父母不寒而栗，全身冷汗直冒。但妈妈仍不愿相信，捂住嘴说道："可是，我是了解我自己的儿子的。就算他有梦游症，也绝不该在睡梦中表现出这种暴力倾向啊！"

便服警察叹了口气："如今有几个家长是真正了解自己孩子的？实话跟你们说吧，凭我的经验判断，这件事十有八九是你们的儿子自己做的。想想看，如果是个精神异常的凶手闯进你们家，怎么可能一点儿犯案的痕迹都不留下？如果有人只是想要恐吓你们的话，那他的这个行为也未免太大胆、太冒险了。所以说，我刚才所说的这两种可能性都非常低。而你们的儿子自己说，案发的时候他正好在梦游。你们自己冷静地想想看，如果不是他做的，会有这么凑巧的事吗？"

柯顿的爸爸紧皱着眉头，想到一个问题："可是，如果是我儿子梦游杀死了狗，那么，工具呢？我们在现场没看到沾血的刀啊。"

"这正是我马上要说的。"警察说，"我刚才认真检查了你们的厨房，发现刀架上的几把刀都被清洗得十分干净，而且刀上的水珠都还没干，看起来就像是才冲洗不久的。这说明，有可能是你儿子将狗杀死之后，又在梦游中将沾满鲜血的刀清洗干净了。否则的话，想想看，如果是外面来的凶手，在作案之后会有时间去慢慢将凶器清洗干净吗？况且他也不会用你们的刀，对不对？凶手肯定会自己准备凶器而来的。"

"啊——"爸爸低呼一声，神情骇然地望着妻子，"如果是这样的话，那说明……真有可能是柯顿干的！因为我知道你的习惯，每次清洗完刀具后肯定会用干布将刀身擦干，不会将滴着水的刀插进刀架里！"

"但是……今天晚上恰好是柯顿洗的碗，厨具也是他收拾的。"妈妈迷茫地说，"他是肯定不会将刀具擦干的。这样一来……"她叹息道，"岂不是又无法判断了。"

便服警察盯视了柯顿的父母一阵，说："总之，你们尽快带他去医院检查一下吧，晚上顺便多留意一下他睡觉之后的情况。"说完，他转过身，打开房门走了出去。

"走吧。"便服警察对等候在客厅中的两个部下挥了挥手，眼睛斜睨了坐在沙发上的柯顿一眼，然后对柯顿的父母点了点头，"告辞了。"

三个警察走后，爸爸将京巴狗的尸体装进纸箱，出去寻了个偏僻的地方深埋了。妈妈把厨房里的血迹擦洗干净。之后，他们反复地检查大门门锁，确定将门锁好后，才走过来坐到柯顿旁边。

柯顿神情惘然地坐在客厅沙发上，竭力思索着今天晚上发生的事情。

爸爸试探着问道："柯顿，你以前发现过自己梦游吗？"

柯顿神色低迷地摇头。

"儿子，明天……我们带你去医生那里检查一下吧。"妈妈说。

柯顿将头转过来望着妈妈："什么医生？精神科医生？是那警察建议的吧？"

妈妈张了张嘴，没有说话，脸上写满忧虑和不安。

柯顿垂头叹一口气，说："妈、爸，我很清楚自己做过些什么事。我承认今天晚上梦游的事，但我也能确信，京巴肯定不会是我杀的！因为让我从梦游状态中醒过来的，正是京巴的叫声，当时我站在自己房间的门口，过了几十秒后才到厨房去发现京巴被杀的。况且，如果是我杀的京巴，手上总该残留血迹吧？但我醒过来的时候，浑身上下没有丝毫血迹呀！"

"柯顿，人在梦游的时候是不会知道自己做了些什么的。你怎么能保证自己不是在把京巴杀死之后，又洗掉了手上的血迹呢？而你说将你惊醒的狗叫声，那根本就可能是梦境中的幻听啊。"爸爸忧心忡忡地说。

柯顿缓缓地深呼吸一口气，无言以对。他靠在沙发上回想着起先做的那个怪梦。那梦境分明就和自己听的故事有关。那么，梦游也是因为这个原因吗……

想到这里，柯顿陡然记起鱼缸中的四色鱼，他从沙发上站起来，朝电视柜旁边的鱼缸走去，问道："爸，这几条鱼……"

他停下脚步，眼睛直愣愣地盯着鱼缸，整个人完全呆住了。

鱼缸中的四条鱼不见了！

呆了几秒，柯顿迅速地冲到鱼缸面前，脸几乎贴到了玻璃上——鱼缸中只有一缸水，四色鱼不翼而飞了。

柯顿的父母也走上前去，爸爸问道："柯顿，你怎么了？咦——鱼缸里的鱼呢？"

"四色鱼……不见了。"柯顿惊惶地自语道，"它们……肯定是被人偷走了！"

妈妈这时也发现了异常，说道："怪了，这几条鱼呢？下午还在水缸里呢，怎么不见了！"

柯顿慢慢站起来，眼珠在眼眶中打着转："难道……那个杀死京巴的凶手，是冲着四色鱼来的？"

"柯顿，你到底在说什么？什么四色鱼？"爸爸有几分战栗地问，他开始怀疑儿子的精神是不是出了问题。

"爸！"柯顿转过头来，急切地问道，"你还记得吗？鱼缸中那四条鱼是不是白、红、蓝、黄四种颜色？"

"这个……我记不清了。"爸爸转向问妈妈，"你记得吗？鱼缸中的鱼是些什么颜色？"

"我也没去刻意注意呀。"妈妈说，"反正是几条五颜六色的鱼——柯顿，你问这个干什么？这些鱼到哪里去了？"

"你们还不明白吗？"柯顿大声嚷道，"有个歹徒闯进了我们家来，为的是偷走这几条鱼，他被京巴发现了，于是杀了它！"

事到如今，父母两人已经无法判断和理解目前发生的事了，他们现在最在乎的一个问题是，儿子是不是受了什么刺激，导致出现精神问题。爸爸小心地问道："柯顿，你说……那个杀死京巴的凶手就是为了偷几条鱼？可是，这只是几条普通的观赏鱼呀，在市面上大概只值十多元，这有什么值得偷的？"

"我不知道……"柯顿喃喃自语道，"但是，肯定有什么原因！"

"我觉得，会不会是……"

柯顿望向妈妈，看到她盯着自己，欲言又止的模样，气愤得双手一摊："噢，老天！你们该不会以为又是我干的吧？我梦游中既杀死了狗，又把鱼捞出来丢掉——我疯了吗？我为什么要跟这些小动物过不去？"

这正是我们所担心的问题——父母的脸上分明就写着这句话，但却表现出另一种态度。爸爸拍了拍儿子的肩膀，说道："算了，柯顿，别再去管这些事了。今天发生了这种……诡异的事，大家都身心疲惫，你也早点儿休息吧。"

柯顿叹了口气，他确实相当疲倦了，而且他也需要躺下来，冷静地将今晚发生的所有事情梳理一遍，看能不能分析出可以解释这一切的原因来。他低声叹道："好吧。"然后走进了自己的房间，关上门。

爸爸和妈妈久久地站在儿子房门前，面部表情和内心的感受一样，复杂得难以形容。

—— 第十二章 ——
柯顿的猜测

早上起床后，柯顿发现自己竟然被反锁在自己的房间内。他用力捶着门，大喊道："妈，爸！把门打开！"

几秒钟后，房间门从外面被打开了。妈妈尴尬地站在门前，解释道："早上起来时忘记把门给你打开了……"

"什么意思？"柯顿一脸怒容，"你们怕我又梦游，所以把我给反锁起来？"

"这也是为你好啊……万一你梦游走出屋去，遇到什么危险怎么办？"妈妈说。顿了一下，她问道："那你昨晚又梦游了吗？"

"我怎么知道？"柯顿没好气地说，从房间里走了出来，随即转过身来问道，"该不会，以后每天晚上你们都要把我反锁在房内吧？"

"那倒不会。你爸爸今天早上已经跟他们医院的精神科医生联系过了，跟他预约在明天中午——柯顿，别不高兴，爸妈也是为你好。去医院检查一下你无端梦游的原因是什么，找出根源就好治疗了。"

柯顿烦躁地摆了摆手："随便吧。"然后去卫生间洗脸漱口。

吃完早饭之后，柯顿回到自己的房间，总感觉有些坐立不安——昨天晚上发生的事使他心中产生出一些怪异的猜测，他现在想找到几个朋友倾诉和证实这个想法，踌躇一番之后，他拿起电话，打给肖恩。

"啊？你要我现在叫陆华和兰茜到我家集合？"电话一头的肖恩感到费解，"现在才早上九点钟啊，出什么事了？"

"是的，有重要的事。"

"什么重要的事？"

"别问了，电话里说不清楚。"柯顿急切地说，"等我到了后再告诉你们吧。就这样啊，你快点儿通知他们。"

"好吧。"肖恩答应道，挂了电话。

柯顿将手机揣进裤兜，走出自己的房间，对客厅里打扫卫生的妈妈说："妈，我到肖恩家去一趟，中午大概不回来吃饭了。"

妈妈转过身，望着儿子，有几分担心地说："小心点儿啊，柯顿，早点儿回家。"

"嗯，知道了。"柯顿换好鞋子，打开家门走了出去。

到肖恩的家本来走路也只要十多分钟，但心急火燎的柯顿打了个车，五分钟之后便来到了肖恩那幢二层楼洋房的门口。他按响门铃，很快，肖恩亲自打开了门，看来他是早就守候在门口了。

"我就知道你肯定会急匆匆地赶过来。"肖恩移到一侧，说，"快进来吧。"

"陆华和兰茜来了吗？"柯顿进屋后，迫切地问。

"哪有这么快啊——陆华倒是说马上过来，但我打电话跟兰茜，她才刚刚起床呢，我看她最少也得半个小时后才来得了。"肖恩说，"到我房间里去等吧。"

柯顿叹了口气："好吧。"

肖恩对守候在旁边的菲佣莉安说："莉安，一会儿我还有两个朋友会来，你叫他们直接到我的房间来找我就行了。另外，请你端点儿饮料和水果上来。"

"好的，肖恩少爷。"莉安点头道。

肖恩和柯顿在房间里一边剥着荔枝一边聊着些闲事。柯顿的心思显然没放在闲聊上面，和肖恩有一搭没一搭地说着话，同时不断地看着手表，肖恩也懒得问柯顿有什么重要事情。他知道，柯顿肯定会等到人来齐了再说的。

十多分钟后，陆华来了，带着一脸迷惑的表情，看见柯顿后，问道："什么事这么急着把我们叫过来呀？"

柯顿一脸严峻地说："等兰茜来了一起说吧。"

陆华无奈，走过去坐到肖恩旁边。肖恩把脑袋靠过去小声说道："上次是你，这次又是柯顿。总之，我们几个人中只要有人急着把大家召集在一起，我看就准没好事。"

陆华瞥了一眼神情严肃的柯顿，皱了下眉："真的，我也有这种预感。"

十点钟，兰茜才来到肖恩家，脸上还带着几分倦容。她打着哈欠说："什么事这么急啊？我还没睡醒呢。"

"快坐下吧，兰茜。我们都等你好久了。"肖恩说。

陆华望着柯顿："现在可以说了吧，到底出什么事了？"

柯顿挨着看了三个朋友一眼，神色凝重地说："昨天晚上，我家里发生了不可思议的怪事。"

肖恩三人没有打岔，等待着他继续往下说。柯顿从昨晚看到鱼缸中的四色鱼讲起到京巴狗被残忍杀死、警察到自己家来、四色鱼被盗，以及自己莫名其妙的梦游。这一连串怪事全都详详细细地讲了出来。在他讲的过程中，三个朋友脸上的表情在不断发生着变化，仿佛是在听一个离奇故事。最后，他们三人惊骇之情溢于言表。

愣了半晌之后，兰茜带着怀疑的神情问道："柯顿，你讲的这些……是真的吗？我怎么觉得像是在听一个带着恐怖色彩的幻想故事？"

柯顿凝视着她："你觉得我会这么无聊吗？一大早把你们叫到这儿来讲故事给你们听？"

"可是，你说的那些什么……看见故事中的四色鱼，还有狗被离奇杀死以及你梦游……这些事确实和我们这两天所听的故事差不多呀。"陆华难以置信地说，"你叫我怎么相信现实生活中会发生这种事情呢？柯顿，你会不会有点儿……"

"走火入魔，对吗？"柯顿眯着眼睛说，"我把你们叫过来集合，正是想证实这件事！"

"你想证实什么？"肖恩不解地问。

柯顿从沙发上站起来，凝视着三个朋友："我想知道，是不是只有我一个人出现了这种情况。从第一天去按摩回来之后，我就遇到了一种难以解释的巧合；第二天，也就是昨天按摩回家后，晚上又发生了这样的怪事。这些事情，似乎都跟我在白天听到的那个'渔翁和魔鬼的故事'存在着相似之处，或者有某种联系。所以，我想问问你们是否也出现了类似的状况？"

肖恩也从沙发上站起来："你觉得你遇到这些怪事是由于去按摩的关系？这怎么可能？"

柯顿正要说话，陆华突然开口道："柯顿，你说你遇到了一种'难以解释的巧合'。说具体点儿，你遇到了什么巧合？"

柯顿说："好吧。我就再讲清楚些。我第一天听的'渔翁和魔鬼的故事'中，渔翁在海里打鱼，前三网都一无所获，在第四网时捞起来一个胆形的黄铜瓶。结果，我在回家的时候，小区里有两个小孩儿叫我帮忙打捞掉落在水中的玩具。我用捕虫网在水中打捞，居然和故事中的渔翁一样，前三网没捞到什么，在第四网时捞上来一个黄色的胆瓶！"

"啊！"兰茜惊呼道，"你打开瓶子了吗？"

"里面没有魔鬼钻出来。"柯顿瞥了兰茜一眼，"但是，就这还不够奇怪吗？"

陆华的脸色变得有些急切，催促道："那么第二天呢？又有什么巧合？"

"第二天？我刚才不是说了吗。"柯顿说，忽然想起没把第二天听的故事内容讲出来，便补充道，"我第二天听的故事，主要是围绕着神秘的'四色鱼'。故事中，国王为解开四色鱼之谜而展开了调查。而我呢，在回家之后，便在家里的鱼缸中看到了和故事中一模一样的'四色鱼'！而且，晚上我做的梦也和故事中的情节差不多……"

"啊！"没等柯顿讲完，陆华已经忍不住惊呼了出来，满脸的诧异表情。

"你怎么了？"肖恩问道。

陆华望了望肖恩，又望向柯顿，神情惶惑地说："我也遇到了和你类似的情况……如果今天没有听你说这番话，我还以为只有我一个人出现了这种怪异的巧合呢！"

柯顿盯着陆华的脸问道："你遇到了什么样的'巧合'？"

陆华回忆着说："我听的'朱特和摩洛哥人的故事'第一天所讲的内容中，朱特路过面包铺，卖面包的人热情地招待他吃面包；而我在回家的途中，也路过一家面包店，那家店的老板和我素不相识，却和故事中的人一样，热情地招呼我，并送给我两个新鲜出炉的面包，说是面包店新开张，在搞活动，所以向过路人赠送面包。我当时以为纯粹是巧合，便没怎么在意，但刚才听说了你那类似的经历后，我才开始意识到……这件事，也许不是巧合那么简单。"

"这是第一天，那么第二天呢？"柯顿迫切地问道，"也就是昨天，你遇到这种'巧合'了吗？"

"昨天……我睡得有些早，倒是没遇到什么和故事情节相似的事。只是……"陆华忽然张开嘴巴，"我想起来了，有一点和你是一样的——我昨天晚上也做了和白天听到的故事情节差不多的梦！"

"啊……这么说来，我也是一样。"兰茜惊诧万分地捂住嘴说，"我昨天晚上做的梦，也和白天听到的童话故事类似，我感觉自己在梦中就像是成了故事中的主角一样。"

"果然是这样……"柯顿吸了口气，两条眉毛紧紧地拧在了一起，"我的猜测果然没错！我们几个人在接受按摩后都出现了这种怪异的状况！"

"你的猜测是什么，柯顿？"肖恩问。

看见肖恩一脸茫然的表情，柯顿问道："你呢，肖恩？你昨晚梦到和所听故事相似的情节了吗？"

"我……记不起来了。"肖恩说，"我昨天晚上好像没有做梦。"

柯顿眉头紧蹙地沉思着，肖恩忍不住再次问道："柯顿，你刚才说你的猜测是什么？"

柯顿抬起头来，望着三个朋友说："我觉得那家按摩中心有点儿不对劲——我们好像陷入什么圈套中去了。"

三个人都被柯顿的话吓了一跳。肖恩不解地说："可是，这怎么可能呢？我们只是花钱去享受服务的顾客而已，他们没理由在赚了我们的钱之后还要害我们吧？"

"可现在事实就摆在眼前。"柯顿严肃地说，"我们几个人在去接受按摩之后，都在身边遇到了不同程度的怪事。而且我感觉，这些怪异状况是随着我们按摩次数的增加而不断变强的——第一天，我们只是'巧合'地遇到了和故事情节差不多的事；而第二天，我们就在睡梦中变成了故事中的某个角色，而我更加严重，甚至出现了梦游——"

柯顿凝视着三个朋友说："你们有没有想过一个问题，那按摩中心的人说他们那里的一个疗程是四天。我们如果接着进行下去，到第三天、第四天的时候，我们又会发生什么样的状况？"

陆华、肖恩和兰茜互看了几眼，像照镜子一样，都在对方脸上看到了和自己一样的那种惊愕表情。过了好一阵儿之后，陆华茫然地问道："那么，柯顿，你觉得他们的目的是什么呢？或者说，你认为那家按摩中心最后到底想要达到一个什么样的效果？"

柯顿思忖着说："我现在还不知道。但我想，昨天晚上在我家里发生的事肯定是一个警示……我家的狗被杀、鱼缸中的四色鱼被人偷走 —— 这些怪事之间肯定是存在什么联系的，而且肯定具有某种意义！"柯顿捶了一下大腿，"要是我能弄清楚昨晚我家里到底发生了什么事，说不定就能解开这个谜团了！"

"说起'四色鱼'……"陆华皱着眉头，像是想起了什么，"嗯，对了，我听的那个故事中也出现了与'四色鱼'有关的情节。"

"什么！你怎么不早说？"柯顿叫道。

"我刚才没想起来。再说，在我听的那个故事中'四色鱼'只是一笔带过的内容而已，并不是什么重要剧情。"

"你把和'四色鱼'有关的那一段情节讲给我听一下。"柯顿要求道。

陆华想了半天，说："我有些记不起来了。"

"昨天才听的你今天就记不起来了？"柯顿瞪大眼睛问。

陆华挠着脑袋说："我也觉得有点儿奇怪……按理说，不应该这样啊，我的记性一向很好……但是对于听的这个故事，却只记得一些大致情节，细节的部分都没什么印象了。只有听到别人说起后，才能想起一些来。"

肖恩说："我也是这样，听故事的时候觉得思维十分清晰，听完之后，就总有种朦朦胧胧的感觉，对才听过的故事也没什么印象了。"

兰茜惊讶地瞪着眼说："我还以为只有我是这样呢，没想到你们也是！我这两天只有刚听完故事那会儿还能记得起内容，过一会儿之后就会忘得差不多了，但心里却不断想着明天会听到怎样的故事 —— 那感觉，就像是上了瘾一样！"

渔翁、魔鬼、国王、四色鱼……柯顿竭力回忆着，骤然发现自己也是如此，只记得那个故事的一些基本情节，但要让他将整个故事完整地回忆或是复述出来，竟然成了完全办不到的事！他低语道："我也是这样，记不完整了……"

"这到底是怎么回事？"陆华突然不安起来，"我们所听的故事在第二天就会忘得差不多，但只要再次到那家按摩中心去听故事，又会完全记起来。怎么会有这么怪的事？难道我们全都患了间歇性的失忆症？"

柯顿沉思片刻后说："看来，这家'夜谭休闲会所'确实有古怪。从我们遇到的种种怪异状况来看，这家店肯定是想借'按摩'之名达到一种什么特殊的目的。"

兰茜的后背泛起一阵凉意，战栗着问道："那它是……对所有人都这样，还是只针对我们四个人？"

听到兰茜这样问，柯顿猛地抬起头来，惊觉一个问题："对了！你们有没有注意到，我们去的这两次，都没看见过别的顾客！我们每次去或者是离开，都只有我们四个人，根本没看到别的人进去呀！"

肖恩说："那家店都是分成单间服务的，也许别的客人都在另外的房间里，没让我们看见吧。"

柯顿低头思索，没有说话。

片刻之后，陆华打破沉默，问道："那我们现在怎么办？今天下午还去吗？"

肖恩也没了主张，手肘碰了碰旁边的柯顿，问道："柯顿，你觉得呢？"

柯顿思考了好一阵之后，抬起头来说："我看我们还是得去，否则的话，不解开这起怪事的真相，我们几个人都不会心安的。而且我总有种感觉……"

说到这里，他停了下来，眉头紧蹙，肖恩问道："怎么了，说啊。"

柯顿迟疑着说："我感觉我们已经成为某种'目标'了，如果现在中途退出的话，不但没有好处，还会引来大祸，目前唯一的办法，就是将游戏接着玩下去，找出谜底，才能真正解决这件事！"

兰茜被柯顿的这番话吓出了一身冷汗，陆华和肖恩也神情惶恐。陆华皱着眉问道："柯顿，你的这种感觉……有什么依据吗？"

柯顿说："你们想，假如我家里昨晚发生的那起诡异事件真和按摩有关，那我们相当于已经'中招'了，如果不找出原因和解决的办法，谁知道今天晚上或者是以后的某一天，我们身边会发生什么？"

"我们明明都怀疑那家按摩中心有鬼了，还要再次送上门去？你就不怕这一次之后，情形会更加严重吗？"陆华担心地问。

"没有办法，只有冒一次险了，我有个计划——"柯顿将自己的想法说出来，"今天下午我们听完故事后，趁着刚出来时还没把故事忘记，立刻将我们这几天听的这几个故事都讲出来，然后分析一下，看能不能发现什么问题。"

"我不明白，这样做有什么意义吗？"兰茜困惑地问。

柯顿吐出一口气，凝视前方说："我的直觉告诉我——整件事的谜底就隐藏在这几个故事的结局之中！"

第十三章

第三天

　　也许是因为柯顿的分析和猜测很有道理，也许是因为想把故事听完，最后陆华、肖恩和兰茜一致赞同了柯顿的主意，决定下午再次前往神秘的按摩中心，将他们的故事接着听下去。

　　肖恩看了下手机上的时间："不知不觉都快十二点了。今天上午，你们就别回去了，在我家吃饭吧。正好我爸妈中午不回来，你们也不用觉得拘束。"

　　柯顿三人互看一眼，说道："好吧。"

　　"你们要吃什么？告诉我，我好叫莉安通知厨房做。"

　　柯顿的心思没在吃上面，他只想随意吃顿便饭而已，便摆了摆手说："随便吧，做什么我就吃什么。"

　　肖恩说："我们家是分餐制，你必须点几样东西出来，要不然莉安会很难办的。"

　　"唉，怎么吃个饭也这么麻烦。"柯顿叹道，"你要不要拿份菜单来让我照着点？"

　　"没有那种东西。你爱吃什么尽管说吧，只要不是太离谱的，应该都能做出来。"

　　"噢——"兰茜快晕过去了，"真的点什么都行吗？我真是爱死你们家了，肖恩。豪门的生活真让人憧憬。"

　　"那你嫁到这里来吧。"柯顿翻着白眼说。兰茜在他肩膀上狠狠捶了一下。

　　"你想吃点儿什么，兰茜？"肖恩问。

"嗯……一份T骨牛扒，七成熟。鱼子酱，再来一份奶油布丁。我的要求会不会太过分了？"

"不，这很容易办到。"肖恩微笑着说，又问陆华和柯顿，"你们想好了吗？"

柯顿和陆华分别报出自己想吃的食物。肖恩吩咐家里的佣人们去做。

中午，几个人在肖恩家中吃了一顿丰盛而惬意的午餐。柯顿三人除了享用美味的食物之外，还享受了肖恩家的佣工无微不至的服务。但是，连倒杯饮料、盛碗汤这样的小事都让人伺候着，反倒让他们感觉不适。

吃完饭后，佣人们收拾餐具去了，柯顿倒在沙发上，吐了口气道："肖恩，你们家每顿饭都这样吃吗？说实在的，被人服侍得太周到反而让我不自在了。"

"是啊，只是顿普通的中午饭而已，他们几个——"陆华指着厨房中的佣人们说，"没必要守在我们旁边专门为我们服务吧？怪别扭的。"

"也许他们家的人早就适应这种服务了吧。"兰茜说。

肖恩笑道："我们家的佣工都是经过专业培训。有客人来吃饭的时候他们才会服务如此周到，是将你们视为上宾。如果是我们一家人吃饭，就没这么麻烦了。"

几个人坐在沙发上休憩了一阵，柯顿看了下时间，站起来说："一点过了，我们现在就去吧。"

四人走出肖恩的家，在路边拦了辆出租车。二十多分钟后，他们再次来到"夜谭休闲会所"的门口。

进门之前，柯顿对三个朋友说："今天我们别太投入了，提防着点儿。"

"怎么提防呀？"兰茜面带忧色，"你别说这些话来吓我好不好？弄得我都不敢进去了。"

"没这么可怕，在心里提防着点儿就行了。"柯顿想了想，"另外，今天别喝他们端来的柳橙汁。"

"柳橙汁？什么柳橙汁？"陆华纳闷地问。

"按摩之前不是都让你先喝点儿饮料吗？不会只有我才有吧？"

"哦，你说那饮料呀！他们端给我的不是柳橙汁，是西番莲汁。"陆华说，"怎么，你怀疑那饮料有问题？"

"不是，我只是觉得谨慎点儿好。"柯顿说，随即皱了皱眉，问道，"兰茜，你喝的是什么饮料？"

"葡萄果汁。"兰茜说。

柯顿微微张了下嘴，又问肖恩："你呢，肖恩？"

"我喝的是巧克力奶茶，怎么了，柯顿？你问这些干什么？"

柯顿用手捏着下巴想了一会儿，露出费解的神情，他问三个朋友："他们端饮料来之前，有没有问你们喜欢什么口味的饮料？"

"没有问过，都是他们自己端来的。"陆华问，"到底怎么了，柯顿？"

柯顿晃了下脑袋，愈发感到不解了："如果我没记错的话，我们四个人每次在外面点饮料的时候，陆华都会叫西番莲汁，兰茜则是葡萄汁，而我向来就最喜欢柳橙汁，肖恩最喜欢喝巧克力奶茶，对吗？"

"啊……确实是这样。这么说来……"肖恩惊诧地张开了嘴。

"你们发现了吧？这太奇怪了！他们又没有问过我们，怎么会端出来的饮料恰好就是我们最喜欢的口味？简直就像是事先调查过我们一样！"柯顿说。

几个人互看了几眼，脸上的表情复杂得难以形容。

"算了，别再想了，进去吧。"柯顿说，"也许我们听了今天的故事之后，会有些新的发现。"

走进休闲会所后，前台的服务小姐仍然热情洋溢地带领他们走进那间大按摩室。一样的床位和按摩师，但不一样的是，这次躺上按摩床后，四个人的心中都增添了一种异样的感受。

"您今天怎么了，放松些啊。"跟柯顿按摩的大姐姐明显地感觉到客人和往日相比有几分不一样，她甜甜地微笑着说，"按摩需要身心放松、效果才会好呢。"

"嗯……是啊。"柯顿不知自己是怎么了，之前对这家店的提防和敌意，竟然在听到这位女按摩师的一句话后，便像是被一阵清风吹过般烟消云散了。随之而来的，是前两日那种熟悉的，温柔和酥软的奇妙快感。

读故事的先生又捧着书，端着柳橙汁走过来坐在床前："喝点儿饮料吗，先生。"他礼貌地问。

柯顿还没有彻底陷入温软的感受中，他在心中不断提醒着自己要小心、谨慎些，别被表象麻痹……他对那读故事的先生说："谢谢，我现在不喝。"

"那好吧。"读书人将杯子放到一旁的小桌子上，打开书，"我们可以开始了吗——当然，也可以说是继续。"

柯顿对着他微笑了一下，同时点了点头，示意按摩和讲述都可以开始了。

故事接着往下讲。

第十四章
渔翁和魔鬼的故事（三）

国王坐在青年人的床边，听他讲述着自己悲惨的遭遇——

先生，你可知道，这个群山环绕之地可不是一个普通的地方，而是被外界称为"魔都"的神秘之国。相传在很多年前，这个地方曾是魔鬼的领地，但不知什么原因，魔鬼在几百年前神秘地消失了，才来了一些人在这里居住、生活，并建设出一个国家。可胆小的人至今都不敢靠近这里，怕魔鬼某一天卷土重来，加害于人。

先父曾是这个魔都的国王，叫哈穆德，执政了七十年。他死后，由我继承了王位，并娶了一个从外地来的、美丽而温柔的妻子。我们情投意合、相亲相爱，她敬爱我，以至看不见我就不思饮食。我妻子最大的爱好，便是要我讲各种稀奇古怪的故事给她听。我一开始还能讲几个，但到了后来，哪有这么多离奇故事来讲给她听呢？于是，我去翻看先父留给我的书，然后把上面的故事讲给她听。我妻子每次听到这些故事，都显得十分欣喜，这自然也令我感到满足和快乐。这样的生活，持续了整整一年。

一天，她去澡堂沐浴，我吩咐厨师赶快准备晚餐，以便她回来时一同享用。当时我在这座宫殿里休息，侧身而睡，两个宫女分别坐在床头、床尾伺候。由于妻子不在身边，我感到心绪不宁、辗转难眠。两个宫女以为我睡熟了，便小声地闲谈起来。我听见坐在床头的那个宫女说："买斯，我们的主人可怜极了。他跟我们这个魔法师太太一起生活，真是糟蹋青春呀。"

听了她这句话，我心中一惊。为了继续听下去，我没有露出声色。

"是啊，愿安拉惩罚这个邪恶的女人！"坐在床尾的宫女愤愤然地说，"我们主人这样青春年少，怎么会娶这样一个女人为妻呢？"

"主人昏庸极了，根本就不管束她。"

"你在胡说什么呀！主人如果知道她的情况的话，还能不过问吗？她是背着主人在胡闹呀。"

"这么说，主人直到现在还不知道她的秘密？"

"怎么会知道呢？主人每天睡前喝酒，她把麻醉剂放在酒里，主人喝了就会昏迷过去，当然不知道她到哪里去了、做了些什么事，也不知道她从哪里回来。她衣冠楚楚地溜出去，直到清晨才回来，然后焚香，在主人鼻前一熏，主人才会清醒过来呢。"

听到宫女的谈话，我惊诧万分，气得脸都黑了。

傍晚，我妻子从澡堂沐浴回来，我们摆出饭菜，一块儿吃喝。饭后，她又缠着要我讲故事给她听。为了不引起她的怀疑，我将今天在书中看到的内容讲给她听，她又像往日那样欣喜和兴奋。

天晚了，我照往日的习惯准备睡觉。我妻子一如既往，吩咐仆人给我端来酒，亲手递给我。我接过酒后，趁她不注意暗暗地倒掉，然后装作昏睡过去的样子，倒在床上，拉过被子盖上，仿佛已经入眠。这时，我听见我妻子自言自语地说道："睡你的觉吧，该死的人。我早已厌倦你了，真不知道还要我忍耐多久！"

她说完，从容地换上华装丽服，涂脂抹粉，打扮起来。然后，她拿了我的宝剑，开门出去了。

我立即跳下床，跟踪我妻子出门去。只见她出了宫门，穿过一条条街巷，到了城门下，口中念念有词，铁锁立刻自动掉了下来，城门打开了。她溜出城去，我悄悄地跟着她，一路追去，竟走到一片土丘中。土丘中矗立着一座堡垒，堡垒中有一间砖砌的圆顶屋子。我跟进去，爬上圆屋顶，从窗子中窥视着屋内的一切。

这间屋中住着一个健壮的黑奴，这个黑奴穿着污秽的衣服，斜躺在一堆甘蔗叶上。我妻子走上前去，跪在黑奴面前亲吻了地面，黑奴这才抬起头来，骂道："你这个该死的家伙，为什么耽搁这么久？"

我听到我妻子居然这样说道："亲爱的丈夫呀，请你体会我的为难吧！当初我隐瞒身份嫁给魔都的新国王，还不是为了从他嘴里套出那本预言诗集的内容。如今我已经快成功了。只消再过几日，我就能完整、准确地知道'那件事'的最终结果！"

那黑奴恼怒地说："是吗？你怎么才能让我相信你不是在花言巧语呢？该死的，你不会是真的爱上那个小白脸国王了吧？要不然的话，你为什么不将那本书骗过来自己看，而是非要他讲给你听？再说，为什么要每天只讲那么一点儿，不能让他一次性多讲些出来吗？"

我妻子在黑奴面前卑躬屈膝地说道："我的主人哟！你怎么能怀疑我对你的一片忠心呢？你该知道，那本书是被魔都的老国王施过魔咒的，只有他的后代子孙和书的作者的子孙才能翻阅呀，我是没有办法打开来看的，所以只能骗着我现在那个丈夫以讲故事的方式讲给我听；而我又怎么敢过分心急地叫他一次性讲太多呢？我怕这样会引起他的怀疑呀。"

黑奴鼻腔里闷哼了一声，似乎对她的话不甚相信，但我却明白她说的是实话，我的身体从头到脚发着冷。

我妻子还是苦苦哀求着，以博得黑奴的信任："我亲爱的丈夫啊，我唯一的爱人，我可以以主神大人之名发誓，只要再过最多两天，我就能从他嘴里套出最后的答案。到时候，我一定会在日出之前毁灭他的城市，让猫头鹰和乌鸦四处叫嚣，让狐狼成群结队，以迎接我们伟大主神的重返，也以此来证明我对你的忠心。"

"好了，别说这些了。告诉我吧，你今天又从他嘴里听到了些什么？"

我妻子突然变得神采飞扬："这正是我立刻要告诉你的，最振奋人心的消息——今天晚上，他终于讲到那本预言诗中最关键、最重要的部分了！那愚蠢的人把这当成一个有趣的故事讲给我听，殊不知这是关系着我们主神大人命运的重要内容。照他所讲的那个'故事'来看，那本书上预言了，不久之后，在这附近的一个国家中，会有一个老渔翁出海打鱼，他会在海中捞出一个胆形的黄铜瓶，并将它打开。届时，我们的主神大人将从那被封印的魔瓶中出来，重临人间！毫无疑问，它之后一定会回到自己的领地，到这个'魔都'来。我们只需在此耐心恭候就行了，相信法力无边的魔神大人会赐予他最忠实的信徒一切想要的东西！"

"你是说，魔神大人被封印在一个胆瓶之中，并被投入海里？这便是它在人间消失了五百年的原因吗？"黑奴脸上露出惊愕的神情，"后来呢？魔神大人从瓶中出来之后又发生了什么事？"

"我不知道，他今天讲到这里就没有再讲下去了。不过别担心，我明天会继续缠着他往下讲的。"

黑奴闷哼了一声，对我妻子的回答十分不满，而我，却出了一身冷汗，同时心中庆幸，还好在故事讲完之前让我发现了事情的真相，要不然那邪恶、卑鄙的女人将书中的内容全探听清楚了，不知会对我做出什么恶毒的行为。想到这么久以来，我竟然一直是她利用的工具，我顿时气得天昏地暗，仿佛整个宇宙漆黑一片。

这时，我看见我妻子绕到黑奴身边，说道："亲爱的丈夫哟，你这里有什么可以赏赐给我吃的吗？"

"你去后面的房间自己找吧，那里面有个铜盆，装着煮熟了的老鼠骨头，你拿来啃吧，罐子里有剩汤，去拿来喝吧！"黑奴说道，我妻子果然按他的吩咐，到后面那间屋找吃的去了。

我看到这里，终于认定这是两个邪恶的人，他们都是魔鬼的使徒。我蹑手蹑脚地从屋顶溜下来，闯进屋去拿起我妻子带来的那把宝剑，抽了出来，一剑砍在黑奴的脖子上，当时我怒火中烧，以为已经结果了他的性命。

我持剑的时候，本打算砍断那黑奴脖子上的静脉和动脉血管，但却只砍伤了他的皮肉和喉管。当时他一个劲地喘着粗气，不能开口说话。我以为他活不了了，心中燃起报复的快感，觉得这是惩罚我妻子的最佳方法。于是，我把宝剑插回鞘，放回原处，急忙回城，来到宫中，然后斜身躺在床上睡下。

清晨，我妻子把我叫醒。只见她剪掉了头发，穿着一身丧服。她对我说的话表明她不知道昨晚那件事是我做的："陛下啊！我这样做，请别责备我。因为刚才我收到消息，说我远在他乡的母亲病逝了，我无法回去守孝，只有以这种方式哀悼她。"

"这是应该的。"我假装什么也不知道，平心静气地对她说，"你愿意怎样就怎样吧。"

从那天开始，她终日悲哀，向隅而泣，埋头守孝。不久之后，她还在宫中建起一座圆顶的哀悼室，里面砌着坟墓，看上去就像一座寝陵。其实我知道，她修建这座哀悼室的目的是把那个黑奴搬到其中去养病。那黑奴虽然还活着，但已成为一个不中用的残废。他自从那日中剑受伤之后，只能靠汤水度日，病弱得不能开口说话，眼看就要咽气了。我妻子几乎从早到晚守在那里，不辞辛苦地服侍他。我默默忍受着这一切，装作一无所知，对她的行为也没有追究，但心中却无时无刻不燃烧着熊熊怒火。

一天，我妻子从哀悼室回来。我已经睡下了，她却将我摇醒，说道："陛下，您上次跟我讲的那个故事还没讲完，可否接着往下讲呢？"

我强忍着怒气说："你每日如此悲伤，现在怎么会有心情听故事呢？"

她花言巧语地说道："我怕母亲在地下寂寞，所以将陛下讲给我听的故事在哀悼室中讲给九泉下的母亲听，以寄托哀思。"

我终于忍无可忍了，从床上翻身跳下来，指着她的鼻子骂道："是吗？恐怕你是要将故事讲给那哀悼室中半死不活的黑奴听吧？我真后悔当时没有补上一剑，直接结果他的性命！"

听了我的话，我妻子一骨碌站立起来，叫道："该死的！原来是你干的好事！砍伤了我的丈夫，摧毁了他的青春，叫他在不死不活的境况中受苦受难！"

"不错，是我做的！"我说着拔出宝剑，握在手里，走过去准备杀她。

我妻子看见我的举动，大笑起来，说道："就凭你也想杀了我？事到如今，我也用不着再伪装普通人了，反正那本预言书上的内容我也知道了大半，你便没有了利用的价值。不如让我彻底发泄一番，以此来作为迎接魔神大人重返人间的礼物和问候吧！"

于是，她念念有词地吟了几句咒语，说道："我不会杀死你，我要让你也活着受罪。凭我的法术，把你的下半截身体变成石头吧！"

从那以后，我站不起来，睡不下去，下半身是没有生命的石头，上半身却是行动自由的活人。与此同时，整个魔都，包括街道、庭园，也都被她的魔法控制了。城中原来住着伊斯兰、基督、犹太和祆教四种宗教的信徒。在着魔之后，他们全变成了会巫术的鱼，用以守护魔都大门。伊斯兰教徒变成白鱼，袄教徒变成红鱼，基督教徒变成蓝鱼，犹太教徒变成黄鱼。这些鱼只有在死了之后才能解除魔咒，又恢复成人的躯体。而魔都的城镇在邪恶的魔法之下变成了湖泊，原来的四个岛屿变成四座山岭，围绕着湖泊。只有眼前这座宫殿还维持着原样，因为那邪恶的女人和黑奴还要住在其中的哀悼室里。并且从此以后，她每天日出时都到这儿来，脱掉我的衣服，打我一百棍，将我打得皮开肉绽，然后在我身上披一块毛巾，再把这件华丽的衣服穿在外面，之后又到哀悼室侍奉那黑奴去了。

着魔的青年说完了他的经历和遭遇，忍不住伤心哭泣。国王望着他，说道："青年人，不要悲伤，也许我能帮你的忙，解救你呢。"

第十五章
朱特和摩洛哥人的故事（三）

朱特答应了摩洛哥人的请求，表示愿意帮助他到魔都寻找那本神奇的预言书。阿卜杜拉·迈德十分欣喜，从鞍袋中取出一千金币，交给朱特，并和他约好三个星期之后仍然在这湖边见面。

朱特带着钱，高兴地回到家中，对母亲说了他和摩洛哥人的奇遇，并把一千金币交给她，说道："妈妈，我们以后再也不会为钱发愁了，你用这些金币来安排生活吧。"

母亲就像是做了美梦般呵呵笑个不停。为了不让母亲担心，朱特没有告诉她自己答应摩洛哥人要去魔都冒险这件事。

到了第二十一天，朱特一早就出了门，来到以往打鱼的湖边。阿卜杜拉·迈德已经等在那里了，他微笑着对朱特说："今天就是你父亲预言的，可以开启魔都大门的日子。你做好准备了吗，朱特？"

"是的，先生。"

"很好。"摩洛哥人从鞍袋里取出盒子，将盖子打开，开始施法念咒语，一直念到里面四条不同颜色的鱼在盒中呼救，说道："世间的预言者啊！我们应命来了，请怜悯我们吧！"

阿卜杜拉·迈德赶紧问道："如果不想再受折磨，就老实告诉我——你们这些怪鱼究竟有何来历？和魔都有什么关系？"

四条鱼一起说道："我们本是魔都中的居民，因为被邪恶的女巫施了魔咒，所以才变成鱼的模样！"

"那你们告诉我，怎样开启魔都的大门，并打开魔都的藏宝库？"

鱼儿们说道："魔都的大门就在这湖水的底部，一年当中只有今天这个日子可以开启魔都大门。当正午的太阳光照到湖中心时，湖水会在瞬间干涸，这时只要跳到湖底的深洞，就能进入魔都的深处。但是记住，一个小时之内必须回来，否则湖水会复原，魔都大门也会关闭。至于魔都的藏宝库，由于被魔都老国王施了魔咒，所有想要进入其中的人都会死于非命。据说只有老国王的后世子孙和大预言师哈迈的儿子才可以进去。"

"大预言师哈迈的儿子朱特正在这里，听你们说话呢。"阿卜杜拉·迈德说，"既然你们实言相告，那我就放了你们吧。"

迈德将四色鱼放入湖水之中，转过身对朱特说："你刚才都听到了，我为什么必须要请你帮忙。只有你才能进入魔都的藏宝库，找到预言书。但是你要谨记，不可贪心，除了那本预言书之外的任何宝物你碰都别碰，否则有可能招致杀身之祸。"

"可是，先生，我怀疑他们搞错了。"朱特此时担忧起来，"我虽然是哈迈的儿子，但我不会任何魔法或特殊的本领。像您这样的魔法师都无法进入魔都的藏宝库，我这个普通人去不是送死吗？"

迈德拍着他的肩膀说："朱特，你要对自己有信心。我想你父亲也早就预料到会有这一天的，所以才安排你我相遇，我相信你到了那里，定然会找出方法破除魔咒——这是你命中注定的，所以用不着担心。"

"好吧，先生，我会尽力试试看的。"朱特点头道。

他们在湖边等到了中午，当正午的太阳光照到湖中心时，果然，湖水在一瞬间干涸。湖底竟堆积着无数的四色鱼和人类的尸体。朱特大惊失色，心中十分恐惧，但迈德在一旁催促道："快，朱特，跳下去！记住，你只有一个小时的时间，拿到预言书之后赶紧回来！"

朱特咬咬牙，纵身一跃，刚好跳进湖底的深洞之中。等他从地上站起来，发现眼前是一个从没见过的世界，周围的景致都怪异而陌生。朱特无暇仔细观看，心中只想着在一个小时之内必须返回，便撒开双脚朝前奔去。

这个地方死气沉沉、毫无生气，一路上没有看见任何人或动物，连花草树木也是早就枯死的。朱特不知跑了多久，望见前方出现一座巨大的金门，像城门那样高大，上面挂着两个金属大门环。朱特猜想这座金门的里面便是魔都的藏宝库了，他鼓足勇气走上前去。

朱特走到门前，突然觉得这个情景有几分熟悉，仿佛曾在哪里见过或听说过，但一时又想不起来。他抓着门环轻轻叩了叩门，没有回应；等了一会儿之后，朱特又敲第二次，比头次稍微重些；又等了一会儿，再敲第三次。这一回，里面传出一句粗犷的询问：“是谁在敲宝库之门？”

听到这句话，朱特猛地想了起来——在自己小时候，父亲曾反复讲述一个盗宝的故事跟自己听，那个故事的场景和内容，和自己现在所经历的事情一模一样！

朱特心中有些明白了，父亲一定是早就预知到会有这一天，所以才以讲故事的方式告诉自己破解魔咒的方法。想到这里，他壮起胆子回答道：“我是打鱼人朱特。”

宝库的门缓缓打开了，里面站着一个独眼的巨人，手持一柄巨斧。那巨人说道：“你要真是朱特，就伸直脖子，让我砍下你的头吧。”

朱特心中怦怦直跳。眼前的情况和父亲所讲的故事完全一样，他也清楚地记得故事中的人是怎样应对并破除魔咒的。但他不确定是不是真的该这样做。可目前的情况容不得他仔细思考了，巨人已经举起了那把锋利的斧头，朱特只有壮起胆子，像故事中那个人一样，将脖子伸了过去，说道：“好吧，就让你砍吧。”

巨斧猛地砍了下来，朱特紧张地闭上眼睛。几秒钟后，他睁开眼，发现自己毫发未损，巨人反而倒在面前死去了。朱特欣喜不已，知道自己成功地破除了魔咒。他不敢耽搁，朝前走去。

经过一小段路，朱特来到第二道门前，他敲了敲门，这一次门打开，里面出来一个骑着战马，手执长矛的骑士，说道：“这是人、神不能来的禁地，是谁把你引来的？”说着举矛刺向朱特。朱特有了前一回的经验，知道该如何应对了，他毫不畏惧地挺起胸膛，让他刺过来。在那柄长矛刚刚接触到他身体的时候，骑士骤然倒下，变成一具尸体。

朱特继续向前，到第三道门前一敲，里面出来一个手持弓箭的人。朱特已经掌握了规律，知道决不能退缩，否则只有死路一条。他挺胸迎接，让弓箭射过来，和前两次一样，弓箭手倒在地上，变成尸体。

走到第四道门前，从门里出来一个黑奴，问道："你是谁？"朱特告诉他："我是打鱼人朱特。"

黑奴说："如果你真是朱特，就应该知道打开第五道门的暗语，你去试试吧。"

朱特走到第五道门前，回想父亲的故事中所讲的内容，然后将那句暗语原封不动地说了出来："耶稣啊，请告诉摩西快拉开门吧！"

第五道大门应声而开，门的左右各有一条大蟒蛇，张着血盆大口扑过来。朱特走上前去，伸出双手，让两条大蟒蛇各衔住一只手，两条蛇立刻同时死去了。

朱特又朝前走了一阵，来到第六道门前，这时却有些迟疑了。他想起父亲在故事中说过，这第六道门是最后一道门了，所以里面的魔咒是最变幻莫测的，也是最厉害。每次都能以不同的形式来迷惑和诱骗试图通过的人，所以没有固定的破解方法，只要稍有不慎，就会命丧于此。对应的方法只有一个，无论遇到何种情况，只可反其道而行之，而且要随机应变，处处小心。

想到这里，朱特心中有了数。他沉下气来，推开第六道门。没想到的是，里面没有他想象中的凶恶猛兽，反而是自己的家！而且，母亲站在门前，亲切地对他说："欢迎你回来，我的儿子。"

朱特站在门前，一时不知该如何是好。母亲向他走了过来，手中拿着一件温暖的毛织大衣，说道："儿啊，外面一定很冷吧，你穿这么单薄会冻坏的，快穿上妈妈亲手为你做的衣服吧。"

朱特并没有被温馨的场景迷惑，他提醒自己这些全是魔咒所产生的幻觉，一旦相信，不知道会发生什么可怕的事。同时，他的脑子迅速转动着——妈妈要'我''穿上'衣服，反过来的话……

"母亲"走到自己跟前，正要替他披上衣服，朱特猛地喝道："站开！脱掉你的衣服！"

母亲惊讶地望着他："儿啊，我是你的亲生母亲，你怎么能说出这种大逆不道的话！"

朱特继续喊道："快脱吧！赶快把衣服脱下来！"

母亲哭道："我是生你养你的母亲啊，我十月怀胎，痛苦分娩，好不容易才生下你，你怎么能让我赤裸身体呢？"

朱特心中颤了一下，但他知道，只要出一丝差错，就会立刻丧命。因此不敢心软。他取下右面墙上挂着的宝剑，逼着她说："你不脱，我就杀死你！"

他们彼此纠缠、争执。朱特的母亲在他的胁迫下，终于脱下一件衣服。朱特喝道："快脱下剩余的。"经过多次纠缠，她又脱下一件。当她脱下所有衣服时，立刻变成一具干尸，僵直地倒了下去。朱特知道自己成功了，他已经破除了整个魔法符咒。

朱特赶紧穿过第六道门，这一次，他终于直入魔都的宝库了。巨大的宝库内，各种金银和宝物成堆，但他记住迈德跟自己说过的话，不可贪心，便对各种宝藏不理不睬，径直走到宝库正前方的一间密室内，那里面有一张桌子，桌子上面摆着的，正是迈德要自己寻找的那本预言书！上面写着《诸世纪》三个字。

朱特拿起桌上的书，沿着原路奔跑而回。他不知道现在过了多长时间，但估计离一个小时已经不久了。当他从湖底深洞中爬上来时，湖水正好从底部涌了上来，朱特奋力往上游，终于浮出水面。迈德正在湖边焦急地等待，看到朱特浮上来后，大喜过望，伸出手来抓住朱特，将他拉了上来。

朱特把紧紧抓在手中的预言书交给迈德，迈德一看到书的封面，便立刻知道这就是父亲所写的那本《诸世纪》。他高兴得简直难以自持，跳起来拥抱、亲吻朱特，并对他说："朱特啊，从此以后，我便能知道这个世界未来发生的所有事情了！你帮了我的大忙，我也一定要回报你。不如这样吧，这本书我愿意和你一起观看，我们现在就来看看吧，这个世界接下来会发生什么样的事呢？"

—— 第十六章 ——

迷　途

　　读书人"啪"的一声合拢书，柯顿也随之睁开眼睛，仿佛从故事中走出来。女按摩师的手离开他的头部，说道："今天的按摩结束了，先生。"

　　柯顿已经适应这种形式了，他没有多说什么，从按摩床上下来，穿上鞋。走出单间之前，他回过头问道："明天……就是一个疗程的最后一天了，我会听到这个故事的结局，对吧？"

　　"是的，先生，欢迎你明天再来。"读书人微笑着说。

　　柯顿走出自己的单间，几乎是在同时，陆华、肖恩和兰茜也从各自的单间走了出来。整个大房间里的按摩师和读书人都站起来，将他们礼貌地送到门外。

　　走出按摩室，柯顿看到刚才为他们服务的那八个人都进入了最右侧的一间员工休息室，并关上了门。他脑子一转，突然冒出一个想法，他拉了一下正要去服务台付钱的肖恩，说："我去上个厕所，你们在门口等我吧。"

　　肖恩点了下头："快点儿啊。"然后和陆华、兰茜一起走向服务台。

　　柯顿一边朝里面走，一边侧着脑袋，用眼角的余光瞥着正在付钱的肖恩三人，他们的身体刚好挡住了服务小姐的目光。柯顿抓住机会，走到一间关着的按摩室前，手伸到门把手上，轻轻一转。太好了，门没有锁。

　　柯顿正要推开那间按摩室的门，突然感觉有人重重地抓住了自己的肩膀，他心中一惊，回过头来一看，竟然是刚才给自己读故事的那位男士。此刻，他一反平常的温和神情，用一种冷峻甚至是略带敌意的目光注视着自己，和几分钟前的样子判若两人，他问道："先生，你要干什么？"

柯顿张口结舌地望着他，心中迅速产生两个疑问：他不是进了右侧的休息室吗，怎么可能在短短几秒钟之间神不知鬼不觉地绕到自己身后？另外，他这种带着紧张和敌意的态度意味着什么？难道这间按摩室里有什么不可告人的秘密？

那位读书人把手伸到门把手上，不由分说地将门拉拢，并对柯顿说："先生，这里面有别的客人在按摩，请您不要打扰到他们，好吗？"

柯顿张了张嘴，本想说些什么，但他从这位男士的语气中感受到一种强硬的态度，似乎没有丝毫商量的余地和解释的必要，这使他识趣地闭上了嘴。这时，肖恩三人走了过来，问道："怎么了，柯顿？"

柯顿望了一眼肖恩，又望向那位男士，惊讶地发现他脸上又恢复成那种亲切温和、充满笑意的神情了，仿佛刚才什么事都没有发生，他只是跟自己打了个招呼一样。柯顿皱了下眉头，拉着肖恩说："走吧，没什么。"

四个人走出夜谭休闲会所，肖恩像是感觉刚才确实发生了什么事，他继续追问道："柯顿，刚才到底怎么了？我转过头来看见那个男人在跟你说什么。"

"我本想推开另一间按摩室的门，看看里面的情况，没想到他突然出现在我身后，十分严厉地制止了我。"柯顿眉头紧蹙，"那神情十分古怪，像是怕我看到里面的情景一样。"

"难道每间按摩室的服务形式还不一样？"兰茜说，"或者是那里面在做着什么见不得人的事？要不他那么紧张干什么？"

"不知道。"柯顿说，"但我现在更加肯定，这家休闲会所肯定有问题！"

柯顿侧过身子，面向三个朋友："算了，现在先别忙管这个。我们按原计划行事。在我们还没忘记刚才所听的故事之前，把自己所听到的故事都讲出来。"

"谁先讲？"兰茜问。

柯顿想了一下，对陆华说："你先讲吧，陆华，把你今天听到的内容复述出来，连细节都不要漏掉！"

"我们到那片树荫下去讲吧。"陆华指着马路斜对面的一排大树说。

四个人站在一棵茂盛的树下，陆华开始讲自己今天听到的第三段"朱特和摩洛哥人的故事"。由于刚刚才听过，所以陆华轻松地将自己听到的内容原封不动地复述了出来。讲完之后，他注意到柯顿瞪圆了眼睛。

　　柯顿伸出手来，在陆华的面前比了一下，说："魔都、预言书……而且那本书叫《诸世纪》的预言书被那个叫朱特的人盗走了，对吗？这些是你今天下午听到的内容！"

　　"是的。"陆华扶了下眼镜，"怎么了？"

　　柯顿张着嘴巴，久久没能说出一句话。兰茜焦急地催问道："到底怎么了？陆华讲的这个故事有什么问题吗？"

　　柯顿望着三个朋友，难以置信地说："我听的那个故事中，也出现了这些内容。但是，却是从另一个角度来讲的……如果将两个故事合在一起的话，就等于是互相解释了故事中的某些疑问……"

　　"什么意思啊？"肖恩完全听糊涂了，"你说明白点儿啊。"

　　柯顿想了想，换了一种更为直接明了的表述："我的意思是，我和陆华虽然听的是两个完全不同的故事，但故事中的某些重要内容，却是相互交织在一起的。"

　　"这意味着什么吗？"肖恩问。

　　"我不知道，但我敢肯定，这是一种刻意、精心的安排，绝非巧合。"柯顿神情严肃地说。之后，他望向兰茜，"你今天听的是什么故事，兰茜？把它讲出来。"

　　"我今天听的仍然是《格林童话》中的故事——白雪公主，可是……这是个奇怪的版本，和我小时候在书上看过的有很大不同。小矮人不是七个，而是三个。"

　　"别管是什么版本了，你把它讲出来吧。"

　　兰茜为难地说："我刚才听陆华那个故事听得太入神了，再加上又过了好几十分钟……所以，具体内容我有些记不起来了……"

　　"什么？这么快你就忘了！"柯顿惊呼。

　　"没有完全忘，还记得一些，只不过有些细节记不清了。你让我想想……"兰茜挠着头说。

"哎，算了吧。"柯顿无奈地说，随即又问道："你知道明天会听什么故事吗？"

"这我倒记得。那人跟我说了，明天会讲格林童话中的《蓝胡子》给我听。"兰茜说。

"你呢，肖恩？"柯顿又问。

"我也得仔细想想。"这时，太阳钻进云层里，天阴了下来。肖恩说，"我们一边走一边想吧，别在这树下了，找个冷饮店坐着聊吧。"

柯顿无奈地点了点头。

四个人沿着道路，朝市中心区的方向走去，一路上，兰茜和肖恩低头不语，想着各自的故事。走了一阵，陆华用手肘碰了碰柯顿："喂，柯顿，你还没把你听的故事讲出来呢。"

这一提醒，柯顿才发现自己居然也无法把几十分钟前听的故事完全记起来了。现在他脑子里只残留着故事的大体轮廓。他摇了摇头，对陆华说："我那个故事其实没什么特别之处，唯一一点古怪的，刚才已经说过了——其中某些内容和你那个故事有着密切的关系。"

停了一下，他接着说："当然，最古怪的就是，和我昨天晚上遇到的怪事有很大的关联。"

陆华说："你该不会也想不起刚才听的内容了吧？"

柯顿没有正面回答这个问题："现在重要的不是我那个故事了，你不觉得吗——重要的是等兰茜和肖恩想起他们的故事之后，看能不能从他们的故事中发现什么问题……"

说到这里，柯顿骤然停下脚步，目瞪口呆地望着四周。

"怎么了？"陆华发现柯顿的神色不对，顺着他的目光望去，大惊失色，叫道："天哪，我们走到什么地方来了？"

肖恩和兰茜本来埋头走路，听到陆华的喊声，同时抬起头来，这才注意到周围的景象，震惊得呆若木鸡。

不知从何时起，他们四个人在不知不觉中，竟然走到一片开阔、长满叶片的森林之中。现在呈现在他们眼前的，是一条暗淡、沉寂、怪异神秘的林间小路，不知会通向什么未知之地。四个人不敢相信这是真的，他们惊恐地左右四顾，回过头去，发现走过来的路也变成森林小径了。兰茜惊惧地大叫道："这是什么鬼地方！"

柯顿此刻同样感到汗毛直立，他不停地转动着身体说："我们是怎么走到这里来的？"

肖恩也慌了："我刚才只顾着想故事去了，没注意四周，只是跟着你们走，怎么被你们带到这种地方来了？"

陆华大声说道："我还想不通这是怎么回事呢！我们明明是沿着马路走过来的，就算是走了神，或者是没注意，也不会走到山上来了呀！"

柯顿竭力回想着："我觉得在一分钟之前，我看到的还是普通的街景，只不过一瞬间，周围的场景就全变了，我们莫名其妙地就置身于这片森林之中！"

"我们该不会是……遇到什么妖怪，对我们施了妖法吧？"兰茜望着阴森的树林，身体发起抖来。

"的确……太怪了。"肖恩的话语中也透露出难以掩饰的惊惧，"这一带我来过很多次了，根本就不知道还有一条路会通往森林。而且……"他像是在自言自语，"城市中会有这样大一片我们不知道的原始森林吗？"

柯顿此时的思绪无比混乱，他迟疑片刻之后，喊道："我们赶快原路返回，别在这里逗留了，快走！"

陆华从柯顿焦急的语气中领略到一种强烈的不安和紧张感，他惶恐地问道："怎么了柯顿？你感觉到什么不好的东西了吗？"

"我不知道……"柯顿望着森林深处，不自觉地朝后退着，"总之，我现在心慌意乱，有种很不好的感觉，只想赶快离开这里！"

几个人对视了一眼，一齐沿着来时的路狂奔而去。

事情的变化就跟起先一样突然，在他们奔跑了大概半分钟后，眼前的道路豁然开朗，几个人同时看到了熟悉的街道和城市，他们心中一阵惊喜，冲到城区的道路上才停下来喘了口气。

"太好了……我还以为……我们真的中妖术了，会困在那山上……谢天谢地！"陆华上气不接下气地说。

肖恩喘息几口，回过头去，"啊"地叫了一声："你们快看，我们刚才跑过来的那条林间小路不见了！整片森林也没了踪影！"

　　三个人回头一看，果然，他们刚才跑过来的那条路现在只是一条非常普通的街道，而它的尽头，根本就没有什么原始森林。刚才的一切，就像是误入了虚幻的梦境。

　　"真是见鬼了。"肖恩咂着嘴说，"刚才究竟是怎么回事？如果说是幻觉的话，不可能我们四个人同时出现幻觉吧？"

　　柯顿沉思了好一阵儿，说："我们现在身边发生的事越来越诡异了。虽然我们目前还不清楚这一切到底是怎么回事。但有一点几乎是可以肯定的——所有的一切肯定都和那家按摩中心有关！"

　　"那我们现在该怎么办？"陆华问。

　　"也许要解开最终的谜底，就只能明天再去那'最后的一次'了。明天是一个疗程的结束，也是故事的结尾。"柯顿凝神望着前方，"我想，明天的按摩结束后，一切都会真相大白的。"

---第十七章---
再入幻境

一模一样。

柯顿倚在自己床上焦躁地想着——从回家吃完晚饭后，直到现在，他的脑子里始终都在想着自己所听的那个故事，仿佛那已经成为一个挥之不去的阴影。柯顿甚至体会到毒品上瘾的感觉，在惧怕和渴求之间，是一种无法自控的强烈依赖感。他现在什么事都干不了，要不是外面客厅里电视机的声音太大，让他受到了一些干扰的话，恐怕柯顿早就沉浸在故事之中无法自拔了。

柯顿决定在自己还没完全陷进那故事之前，去卫生间洗把冷水脸清醒一下，他站起来，打开房间门，走到客厅，无意间瞥了妈妈一眼，发现她眼睛盯着电视，竟然在流泪。

柯顿走到母亲跟前，问道："妈，你怎么了？"

妈妈用手拭干泪水，指了一下电视："这个连续剧的大结局……也太悲惨了，看得我心里难受。"

柯顿望了一眼电视，不以为然地撇了撇嘴，他对这些煽情的言情剧可不感兴趣。这时，沙发上看着报纸的爸爸也说："别理你妈，看个电视剧都这么投入——哎，我说，你难道不知道电视剧的情节都是假的？"

"我当然知道电视剧是假的，可是……你说这个编剧干吗把结局写得这么悲惨？男女主角都死了，而且还是殉情。哎，这不是摆明了——"

"摆明了赚你们这些女人的眼泪。知道你还看？说实话，现在电视剧的结尾十有八九都会安排男女主角中死一个，或者是两个都死。以打悲情牌来感动观众，这种编剧我也能当。"爸爸嗤之以鼻地说。

柯顿听着父母的对话，苦笑了一声，准备进卫生间去洗脸。刚走了两步，一个念头突然像闪电划过他的脑海，令他心中一惊，身子也跟着晃动了一下。

柯顿缓缓地回过头，望着电视机屏幕上男女主角双双殉情的悲惨画面，想起了几天前在肖恩家看的那则新闻报道。与此同时，父母刚才对话中的一些句子以支离破碎的形式浮现出来——

"结局这么悲惨……""男女主角都死了。""现在的结尾十有八九主角都会死……"

结尾！

这个词骤然跳到柯顿眼前，令他产生一种可怕的猜测。他神情恍惚地呆站了几秒后，快步走进自己的房间，打开书桌上的电脑。

柯顿在搜索栏中快速地输入"渔翁和魔鬼的故事"几个字，网页中立即弹出若干条相关的内容。柯顿点开其中一个"天方夜谭故事网"，电脑屏幕上马上显示出这个故事的全部文字叙述。

柯顿无暇顾及前面的故事内容，他滑动鼠标，直接拖到故事的结尾部分。

十分钟之后，柯顿看完了这个经典故事的结尾，不由自主地张开了嘴。迟疑片刻，他又在搜索栏输入"朱特和摩洛哥人的故事"，同样看完了结尾之后，他眉头越拧越紧，神情也更加惶恐不安。他心脏怦怦乱跳着，想道——再证实一次……兰茜下午说过的，她明天会听哪个故事呢……

蓝胡子。

柯顿猛地想了起来，他赶紧在网上找到格林童话中这个著名的故事，并从头到尾看了下去。看到后面，他滑动鼠标的手开始微微发抖。最后，整个人竟忍不住从椅子上弹了起来，惊骇地捂住了嘴。

天哪，这是怎么回事？难道……难道……

此刻，柯顿想起了昨天晚上家中发生的怪事，他心中那恐惧的猜想越来越清晰地浮现出来。他感觉自己终于开始接触到了这起谜一般的事件的本质。只是事实是否真像他想的那样，他还不能十分肯定，而且还有一些疑团没有解开。但是，毫无疑问地，他已经明白其中的某些玄机了！

陡然间，柯顿心中一惊——他进一步想到，如果自己的这个猜测没有错的话，那么现在自己和三个朋友都处在危险之中！

这个想法令柯顿感到不寒而栗。没有时间犹豫了！得赶快通知三个朋友，把自己的猜测和想法告诉他们！

柯顿摸出电话，迅速拨通肖恩的手机，并在心中焦急地催促着，快接，快接！十几秒后，肖恩终于接起电话，柯顿急切地问道："肖恩，你在干什么！"

"我在和爸妈聊天呢，怎么了，柯顿？"肖恩不解地问。

"听着，肖恩，我大概了解我们遇到的这起怪事的真相了！我有些明白这是怎么回事了！现在，听我说，如果我的猜测没错的话，我们几个人此刻都处在危险之中！"

"什么！"肖恩大吃一惊，"到底是怎么回事，柯顿？"

"电话里说不清楚，而且我还要马上通知陆华和兰茜——这样吧，你现在马上打车到我家楼下来，我叫他们俩也一起过来，几分钟之后我们就能集合，然后我再详细地告诉你们。"

"好，就这么办。"肖恩果断地挂了电话。

紧接着，柯顿又打电话给陆华，把刚才的内容重复了一遍。本来和妈妈在外面吃饭的陆华答应立刻赶过来。

联系兰茜的时候，终于出现柯顿最不希望发生的情况了——兰茜的手机关了机，可能是因为没电了。而柯顿又不知道她家的座机号码。一时间，他急得像热锅上的蚂蚁，在房间里团团转，不知该怎么办好。

几分钟后，无计可施的柯顿决定只能先下去，他估计肖恩和陆华大概都到了。柯顿跟父母谎称出去买点儿零食，便急匆匆地跑下楼去。

果然，在柯顿的紧急召集下，陆华和肖恩只用了短短几分钟就赶了过来。他们俩见到柯顿后，几乎是异口同声地问道："柯顿，到底怎么回事？"

"先别忙说这个。"柯顿焦急地说，"兰茜的手机关了机，我没能联系到她。我们得赶快找到她才行，否则她可能会有危险！"

"我们到底会有什么危险啊？"肖恩不解地问，"你是说有人会来加害我们？"

"一会儿我再跟你们详细解释。现在先找到兰茜！"

"到哪里去找她？"陆华问。

"去她家吧。"柯顿说，"她家离我家很近，走路也只要几分钟。我们快走吧！"

"可她如果没在家呢，那怎么办？"

"别管这么多了，先去她家找了再说！"柯顿急躁地催促着，同时已经朝前迈开了脚步。肖恩和陆华紧跟其后。

兰茜家距离柯顿家只有两三个街区的距离，柯顿带着肖恩和陆华穿过小街小巷，从最熟悉的近路赶过去。拐过一个街口后，肖恩问："还要走多久，不如打车吧。"

柯顿晃着脑袋说："不用，打车还没有我们抄近路快呢。而且我们已经到她家楼下……"

话没有说完，他停下脚步。陆华和肖恩也随之却步。三个人望着四周，同时瞪大眼睛，张口结舌——他们没有想到，下午那种诡异的情况再次发生了！

现在他们周围，像变魔术似的又出现了那片阴暗的森林。准确地说，是他们三个人又一次莫名其妙置身于这片幽暗恐怖的森林之中。这一次，他们三人都记得非常清楚，几秒钟之前，他们看到的还是普通的街景，仅仅是一瞬间，就置身于森林小道之中，简直就像是误入了另一个世界。

陆华望着阴暗的森林小径，身子不自觉地发起抖来："柯顿、肖恩……又来了，这种怪事居然又发生了！这是怎么回事！我们几个人不会真的是着魔了吧？"

肖恩心里也在发慌，他望向柯顿，见柯顿眉头紧皱，一言不发，像是在思索什么。肖恩说："怎么办，柯顿？我们还是像下午一样，往回跑吗？"

柯顿沉思片刻，望着斜上方幽暗的林中小路，目光突然变得坚定起来。他说道："不！这次，我们就朝前面走，看看路的尽头会出现什么！"

"可是……我们要是回不来，或者是遇到什么无法预知的危险……该怎么办？"陆华担忧地说。

柯顿咽了口唾沫，强迫自己将心中的恐惧吞咽下去。他毅然道："我们不能再退缩了。如果我没猜错的话，这条森林小路的尽头就是整件事情的真相。而且，我的猜测也会在那里得到证实！"

　　说完这句话，柯顿望向陆华和肖恩。他们对视了一阵儿，没有说话，最后眼神达成一致，一起鼓起勇气，朝前方走去。

—— 第十八章 ——

解　谜

　　其实好几次，柯顿都偷偷掐自己的手臂，用疼痛感提醒自己这不是在做梦。可眼前的情景实在是太不真实了。在谜一般的黑暗森林中沿着盘旋的山路往上行走，犹如漫步在童话王国之中。三个人梦游般地在山林中走了只不过十几秒钟，赫然看到森林中出现一座大房子。

　　三个人走到这座木头房子跟前，觉得这个场景有几分熟悉。他们迟疑片刻，在最前面的柯顿轻轻敲了敲门。里面竟传出一个女人的声音："门没有锁，你们进来吧。"

　　柯顿回头看了一眼两个朋友，大家都觉得此种情景真是诡异到了极点。他们在这座迷幻森林里居然发现了木房子，里面还住着人。所幸那声音像是一个温柔贤淑的女孩的，而不是粗暴凶狠的恶徒的。这使他们稍稍放宽了心。肖恩下巴仰了一下，示意柯顿推门进去。

　　柯顿吸了口气，推开房门——木屋内的女孩转过身来，看着他们——三人看到那女孩，全都呆住了。

　　这是一个十分美丽动人的女孩。她的皮肤像雪一样白嫩，又透着血一样的红润，眼睛像一对宝石，头发像乌木般黑亮。她穿着一身雪白的裙子，像一个欧洲中世纪的公主。更让人感到不可思议的是，她看到柯顿三人后，竟没有表现出任何意外的神情，反而像见到熟人一样微笑着招呼他们："晚饭我已经准备好了。你们工作一整天应该很累了吧，快坐下休息一会儿。"

　　肖恩和陆华完全蒙了，这种莫名其妙的情形使他们不知该如何应对，甚至不知道该怎么理解。他们望向柯顿，但柯顿的脸上是他们看不懂的复杂神情。就在他们无所适从的时候，柯顿朝那女孩走了过去，问了一句话：

"你是谁？你认识我们吗？"

美丽的女孩愣了一下，像是对这个问题感到不解。接着，她说出一句令他们更为震惊的话："怎么了，亲爱的小矮人们，你们不认识我了吗？我是白雪公主啊。"

"白雪公主？！"肖恩和陆华一齐惊呼出来，眼珠瞪得都快掉下来了。同时感到可笑至极，"你叫我们……小矮人？"

"是啊，怎么……你们不都认识我了吗？"白雪公主费解地问。

这个时候，柯顿神情严峻地盯着面前的白雪公主，眼神变得犀利起来。他轻轻颔首，大声叫道："我明白了，我全都明白了！"

白雪公主向后退了两步，神情骇然地说："你们……不是住在这里的小矮人，你们是谁？"

柯顿一步跨上前去，两只手抓住白雪公主的肩膀，大声喊道："快醒醒吧，兰茜，这些都不是真的，是幻象啊！你看清楚，我不是什么小矮人，我是柯顿！"

白雪公主神色惶惑地盯着柯顿，那张雪白的脸上血色在瞬间褪了个一干二净。突然间，她抱住自己的头，痛苦地大叫一声，然后晕倒过去，柯顿赶紧将她扶住。与此同时，肖恩和陆华惊诧地发现，周围的场景像电影特技一样迅速发生着变化。木头房子、森林全都不见了。他们现在就处在一所最普通的房间客厅中，再转过头一看，柯顿怀中的"白雪公主"不是别人，正是兰茜！

柯顿将昏倒的兰茜抱到沙发上，对肖恩说："你去饮水机那里接一杯水过来。"

肖恩回过头，找到客厅中的饮水机，用纸杯接了一杯凉水端过来。柯顿将兰茜扶起来坐好，将水杯凑到她的嘴边，喂了一些凉水进去。过了一阵儿，兰茜慢慢睁开了眼睛，她看到扶着自己的柯顿和面前的肖恩和陆华，惊诧地叫了出来："啊！你们怎么在我家里？"

陆华苦笑道："我也正想问这个问题呢，我们怎么会在你的家里？"

"这一切，到底是怎么回事？"肖恩望着柯顿，"现在可以说了吧？"

柯顿从沙发上站起来，长叹一口气："经历了刚才的事，难道你们还没明白这是怎么回事吗？"

"刚才……发生了什么事？"兰茜疑惑地问。

柯顿做了个手势，示意兰茜先别说话，他凝视着三个朋友说："其实我起先在家中已经有了一些猜测和想法，只是还不敢十分肯定，所以想找你们谈谈，提醒你们注意。而刚才发生的事等于是证实了我心中的想法，更重要的是，我现在已经完全明白那家按摩中心处心积虑做这些事的邪恶目的了！"

三个朋友没有打岔，等待着柯顿继续往下说。

柯顿吸了口气，说"我现在十分肯定，那家按摩中心对我们进行了催眠！"

三个人惊诧地张开了嘴。肖恩问道："你是说，我们接受按摩的过程实际上是在被实施催眠术，所以我们后来才会看到种种幻象？"

"恐怕没这么简单。"柯顿说，"我们接受的可能不是普通的催眠，而是一种能激发出我们内在潜能的高级催眠术。我的意思是，这种催眠术唤醒了我们潜意识中的某种特殊能力，这种能力使我们不但能产生幻觉，还能制造出幻觉来！"

兰茜茫然地晃着脑袋："我还是没弄懂，你能再说清楚点儿吗，柯顿？"

柯顿望着她："就拿刚才的事来说吧。兰茜，在我们出现之前，你是不是一个人待在家中回味今天下午听到的故事？而你，感觉自己变成了故事中的主角'白雪公主'，对吗？"

兰茜瞠目结舌地望着柯顿，惊愕的神情表明柯顿的猜测完全正确。

"也许你以为你只是在幻想的国度漫步，但事实是，在你自己都不知道的情况下，你所想象的场景和内容产生出一种使人迷惑的幻境！刚才我们三个人在快到你家的时候，就进入到你所制造出来的幻境里——那是一个和童话故事'白雪公主'一模一样的世界。在这里，你成了'白雪公主'，而我们在你眼里则成了'小矮人'——如果刚才不是我将你及时唤醒，解除了幻觉，我们现在都还在幻想世界中扮演着童话人物呢！"

兰茜惊骇地捂住嘴："你说……我拥有了自己都不知道的潜能，能制造出迷惑人的幻觉？这么说……今天下午我们误入的那片森林，也是我制造出来的？"

"是的，同样的道理。"柯顿点着头说。

肖恩难以置信地晃动着脑袋说："柯顿……你说的这种解释……也未免太玄了。如果真是你说的这样，那我们四个人都接受了按摩，为什么只有兰茜才会出现这种情况？"

"真的只有兰茜才出现这种情况吗？"柯顿说，"陆华和我在听完故事的第一天，就在现实生活中遇到了和故事中差不多的情节，这其实也是我们产生出的幻觉而已，只不过那是第一天，程度还不够强，没有到产生出巨大幻觉场的地步，只是看到一些转瞬即逝的幻象而已。后来随着按摩次数的增加，我们潜意识中被催眠和暗示的程度日渐加深。到了现在，已经具备一种惊人的能力。就像兰茜刚才所制造出来的巨大幻觉场一样，这种能力发展到能影响别人的程度了！"

肖恩愕然地看了一眼陆华，发现他也同样听得目瞪口呆。半晌之后，肖恩说道："可是，我还是不懂，如果说兰茜能制造出一片幻觉场来，不可能只有我们三个人才能看得到吧？"

"我猜，由意念制造出来的'幻觉场'就像是一个磁场一样，踏入这个'领域'的人意志都会受到影响而产生幻觉。而这个幻觉场的可怕之处在于，它能使幻想出的东西产生实体化的感觉，就好像我刚才推开那扇木门，真的有一种'手摸到一扇木门'的触感。"柯顿停了一下，说："还好现在兰茜的能力还不算太强，她所产生的'幻觉场'只到自己的附近而已，再加上我们刚才解除得很快，大概别人还没发现罢了。"

"这么说，我们刚才爬行的那段盘旋的山路，只不过是到兰茜家的楼梯而已？"陆华啼笑皆非地说。

柯顿不置可否地耸了一下肩膀。

兰茜蜷缩着身子说："既然是这样，那你们三个人怎么没产生出和自己故事相关的幻觉场？为什么都是你们进入我所制造出的幻觉场里？"

柯顿低头思忖了片刻，说："要制造出幻觉场大概必须要一个能集中意识并且相对安静的环境才行。想想看，今天下午我们走在一起的时候，有一段路你恰好一个人在埋头思索自己今天听到的故事，所以在之后，我们周围就出现了那片森林幻觉；而今天晚上，我、肖恩和陆华都和家人在一起，思维受到干扰，所以不具备制造出幻觉的条件。而你，兰茜，恰好又是一个人在家里想这个故事。现在你明白了吧？"

几个人对视了一眼，肖恩仍感到匪夷所思："那家休闲会所在按摩时对我们做了手脚？可我仍然不敢相信，由我们潜意识所激发出来的力量真有这么强大吗？"

一直在旁边发蒙的陆华深吸了一口气，说："这点倒是毋庸置疑的。我以前在科普读物上看过，人类的潜意识有着巨大的能量，它是显意识力量的三万倍以上。换句话说，我们有95％以上的潜意识能力未被开发出来。（注释：参见西格蒙德·弗洛伊德的著作《精神分析学》）我想，那家按摩中心在对我们脑部进行按摩时，有意识地刺激了可能唤醒我们某些潜意识能力的穴位，再配合着语言的催眠和暗示，使我们犹如获得了某种特殊能力——啊，我想起来了，那本书上说过，人在催眠状态下特别容易被激发出潜能！"

"真是这样的话，那我就更不懂了。"肖恩茫然地说，"那家休闲中心这样做的目的是什么？他们为什么要用这种方式激发出我们的潜能？"

柯顿握紧拳头，愤然道："这正是那家按摩中心的阴险之处！不知情的人，在前三天说不定还会对身边发生的怪异现象感到有趣呢。殊不知，进行完一个所谓的'疗程'之后，等着自己的将会是十分可怕的结果！"

三个朋友都吃了一惊，陆华问道："怎么说？"

柯顿望向他："现在我对于昨天晚上在我家发生的怪事已经彻底清楚了——狗是被谁杀死的、鱼缸中的四色鱼又是被谁偷走的，我也完全明白了。"

三个人急切地望着柯顿，等着他往下说。

柯顿看了一眼兰茜，又望向陆华，说出了惊人的话："狗是被兰茜杀死的，而四色鱼，就是被你——陆华拿走的！"

—— 第十九章 ——
出乎意料的结局

听了柯顿的话，兰茜和陆华大吃一惊，他们俩几乎一齐叫道："什么！是我们做的？你是不是疯了，柯顿？"

"别激动，冷静下来听我说。"柯顿沉静地说，"我分别问你们一个问题，你们大概就懂了。"

"兰茜。"柯顿指着她说，"昨天晚上，你是不是也睡得很早？而且昨天下午你听的是'小红帽'的故事，对吧？晚上你是不是做了和故事情节差不多的梦？"

"……是的。"兰茜犹豫着说。

"你想想看，'小红帽'这个故事的结尾是怎样的？"

兰茜低头思忖，渐渐变了脸色——猎人为了救出被狼吞进肚子里的奶奶和小红帽，用剪刀将狼开膛破肚……

"天哪……"兰茜惊恐地捂住了嘴。

"想起来了吗？在'小红帽'的故事中，狼是被开膛破肚而死的。这种死法和我家的京巴狗一模一样。"柯顿说完，又盯着陆华，"而你呢，陆华，昨天下午你听到的故事中是不是也出现了'带走四色鱼'这样的情节？再提醒你一下吧，昨天晚上我梦游了，那你们呢？"

陆华面色苍白："你是说，我和兰茜梦游到你家……做了这些可怕的事？"

"你现在明白我们几个人的故事为什么会'凑巧'交织在一起了吧——就是为了让我们在潜意识中做的事情也交织在一起。再说明白点吧，我们几个人在幻觉中互相扮演了对方故事中的某个角色！"

兰茜恐惧地摇着头说："不……我不相信我会做这么可怕的事！如果是我杀了你家的狗，那我身上总该留下血迹或别的什么吧？"

"具体的我就不知道了。"柯顿说，"但我敢肯定，我们几个人身上现在都具备了一些连自己都不知道的潜在能力。我不知道你们是怎样用意念的力量来到我家的。而兰茜，可能你根本就没有亲自动手，只是为了在幻境中顺应故事情节，就用意念杀死了我家的狗。"

兰茜的身子开始瑟瑟发抖。在一旁听了许久的肖恩也感到不寒而栗，他问道："柯顿，你刚才说，如果我们将一个疗程做完，会出现什么样的后果？"

柯顿情绪激愤起来："这正是我今天晚上找你们出来，要跟你们说的最重要的事！我们明天千万不能去那家按摩中心，否则的话——我们全都会死！"

几个人大惊失色，一起问道："为什么？"

柯顿说："根据这几天我们所听的故事内容来看，这些故事虽然和原版的差别很大，但主线内容还是一样的。我起先在家中上网查看了我们所听的几个故事的结局。'渔翁和魔鬼的故事'在结局时国王会设计杀掉黑奴和女巫；而陆华听的'朱特和摩洛哥人的故事'，结局是朱特被他的两个哥哥陷害而死；兰茜呢，你明天听的'蓝胡子'这个故事，是格林童话中非常特殊的一个主角会被杀死的故事——你们明白了吗？我们每个人的故事结局都和戕杀有关！想想看，昨天晚上我们的故事交织在一起的时候，只是死了一条狗和少了几条鱼而已。如果明天的故事也将我们几个人交织在一起，会发生什么样的事？"

听完柯顿这一大段的分析，几个人都被震惊得目瞪口呆，同时被自己心中的恐怖想象吓得冷汗直冒。柯顿望了一眼肖恩，补充道："我虽然不知道你听的故事是什么，肖恩，但可以肯定你多半和我们是一样的结果。在我想起那则新闻报道之后，就全都明白了！"

"新闻报道……什么新闻报道？"肖恩微微晃动了一下，感觉自己的头脑变得麻木起来。

"就是几天前我们在你家里玩时，在电视上看到的那则法制新闻，还记得吗——一座私人公寓里的三位家庭成员毫无理由地互相残杀——我猜，这就是他们去那家按摩中心进行完一个疗程后的结果！"柯顿大声说道。

肖恩张大嘴巴，脸上面如土色，陆华、兰茜也和他一样。好一阵儿之后，陆华说："那我们现在该怎么办？报警抓他们吗？"

柯顿狠狠捶了一下大腿："可惜他们这种方法十分高明，之所以用这种大费周章的方式杀人，就是为了让被害人都互相残杀，不留下任何证据，我们就算报了警，也无法证明前面发生的事就和他们有关系。而我们所做的这些推测又太玄了，讲给警察听他们也不会相信的！"

"那怎么办？我们就眼睁睁地看着他们这家店害人吗？"肖恩说。

柯顿担忧地说："我们意外洞悉到了这家店所进行的罪恶勾当，但其他人未必就能知道。那家店多存在一天，就会有新的惨剧发生，说不定在我们说话这会儿，正有人在那里进行'疗程'的最后一次。明天我们又能在电视上看到和那天同样的报道了！"

听到柯顿这么说，陆华也焦虑起来："那我们该怎么办？总要想个办法吧！"

柯顿迟疑片刻后，望着三个朋友说："我倒有个主意，但不知道你们敢不敢。"

"什么办法？你说。"陆华催促道。

柯顿说："我们现在就到那家按摩中心去，到了之后直接闯进每间按摩室，提醒客人们这里是个危险场所。到时肯定一片大乱，我们趁着这个机会把他们的罪恶行径告诉在场的所有客人。我相信其他客人也有和我们类似的经历，他们会相信我们所说的话！只要相信的人多，就什么都好办了。"

三个朋友面面相觑，陆华说："你想直接把这事儿闹大，引起大家的关注？这主意固然不错，但会不会太冒险了？万一他们急了做出什么对我们不利的事呢？"

"我不相信他们敢当着这么多客人的面把我们怎么样。"柯顿说，"再说我们可以把电话拨好号，他们要敢轻举妄动我们就立刻报警！"

"好，就这么办，我们去大闹一场！"兰茜兴奋地从沙发上站起来。

柯顿看了看肖恩，肖恩说："我也同意。"陆华也跟着点了点头。主意已定，四个人立刻离开兰茜家，走到街道上挡住一辆出租车，直接朝按摩中心驰去。

半个小时后，汽车开到"夜谭休闲会所"门口停了下来。这家独矗在郊区的按摩中心此刻正霓虹高挂、灯火通明，显然正营业得不亦乐乎。柯顿四人下车后，想到接下来将要做的事，心中不免紧张。他们互看一眼，算是给彼此打气。肖恩将报警电话号码输好，做好随时报警的准备，柯顿沉下气说了声"走吧"，四个人一齐朝里面走去。

走到门口，柜台前的女服务员认出了他们，鞠了一躬后道："四位晚上好，你们今天的按摩已经结束了呀，请明天再来吧。"

柯顿没有理她，快步走到离他最近的一个房间门口，不由分说地推开了门。女服务员脸色大变，想阻止已经来不及了。柯顿推开房门，却愣在那里。

这个房间里一个人都没有，只有四张空空的按摩床。

该死！恰好选了一间空的！柯顿在心中骂道，同时向陆华使了个眼色。陆华心领神会，快速走到另一间门前，但这次却从旁边闪出来几个男服务员，挡在门口。其中一个脸色铁青地说："先生，你要干什么？"

"我来找一个人。"陆华说。

"对不起，本店的规矩是，别的客人在按摩的过程中，任何人不得入内打扰。"那男服务员面无表情地说。

我知道为什么不能打扰，因为你们在对客人进行催眠——陆华在心中想道，嘴上说："你们要是光明磊落的，干吗怕别人看到按摩的过程？"

这是个好问题，但那几个男服务员却不这么认为。他们恶狠狠地朝陆华一瞪，身体朝前一挺，几乎要向陆华推过来。他们脸上的神情表示，这家黑店的邪恶本质终于暴露出来了。

就在这个空当，柯顿飞奔到旁边的一间按摩室门前，但跟上回一样，一瞬间就被旁边冲出来两个服务员挡在门口。柯顿几乎看不清楚他们是从哪里钻出来的。那两个人像是知道柯顿的目的，不由分说地按住他的肩膀往外推。柯顿立刻从他们的紧张程度看出来，这个房间里肯定是有人的！

另外一边的几个服务员也把肖恩三人逼到了中间，和柯顿汇合在一起。眼看着就要被赶出去，柯顿心中怦怦乱跳，他现在一心想着那些房间中的客人极有可能就是今晚的受害者，想到这里，他脑中涌出一团怒火，用尽全身的力气大声喊道：

"这里的按摩服务是假的！别被骗了！"

吼出这句话，柯顿本以为那几个服务员会立刻将他们狠狠地推出门外，但是，奇怪的事情发生了——这家店里的所有服务员全都停止动作，像石雕一样固定下来。紧接着，店内的所有陈设、布置，以及里面的人全都变得模糊起来。它们就像是电影银幕上结束的影像一样逐渐淡化、消退，几秒钟后，竟然完全消失了！柯顿定睛一看，他们四人竟身处一片等待被拆除的废弃二层楼房之中。

柯顿、陆华和兰茜完全呆住了，但这并不是令他们震惊的唯一理由，真正使他们血液都凝固下来、呼吸也暂时停止的，是眼前的另一幕——

肖恩痛苦地抱着头，在惨叫声中跪了下来。他倒下去的那一瞬间，整家休闲会所也在同一时间消失了。

柯顿晃了下脑袋，似乎看不懂眼前这一幕。好一阵儿后，他麻木的大脑才重新开始转动起来。

我家的菲佣莉安会按摩，她帮我按摩了一个多星期，那感觉很棒，你们真该试试。

没错，肖恩早就说过这句话的。老天啊，我怎么一直没想到呢？

第二十章

尾 声

　　在一片废弃建筑物的阴影之下，一个女人带着焦躁和惶恐的神情拨通了一个电话，电话接通之后，她躲在黑暗之中用耳语般的声音说道："戴维斯主管，对不起……我极不情愿地向您报告一个坏消息。我的计划失败了，当然，我的身份肯定也暴露了……是的，我能确定，我刚才跟踪他们，亲眼看见他们在最后一刻解除了我所控制的那个男孩的催眠状态。虽然是无意的，但他们的确……成功地解除了暗示……"

　　不知道电话那头的人说了些什么，但阴影中的女人脸色在瞬间变得煞白，她慌忙地解释道："不，戴维斯，相信我，绝非是我的能力问题。为了慎重起见，我之前利用一个家庭做了试验，结果是完全成功的，那家人在四天后自相残杀了。但是……这次的四个人之中，有一个智商相当高的家伙。那家伙十分聪明，在几近被催眠的状态下都看破了我的计谋，救了他们四个人……啊，戴维斯，我不是在找借口。"

　　一番聆听之后，女人的身体颤抖了一下，手中的电话几乎掉了下来。她面无人色地垂下头，用啜泣似的口吻说："好的……我明白了。主管，我当然不敢要您亲自来解决这件事，我只是觉得，应该派一个S级成员过来了结此事……而我，会回到总部接受惩罚……"

　　说完这句话，她关闭电话，目光涣散地伫立了一阵，随后长叹一口气，走进身后的狭窄小巷，消失在黑暗之中。

肖恩醒来的时候，一束明亮的光线穿过窗玻璃照在他的脸颊上，使他感到微微有些刺眼，尽管如此，他还是眯着眼睛看清了守在自己旁边的每一个人：爸爸、妈妈、柯顿、陆华、兰茜。他们此刻都关切地望着自己——可是，这是在哪里？

"儿子，你终于醒了！"肖恩的妈妈欣喜地捧住儿子的脸，在他的额头上亲吻了一下。

"妈，这是在哪儿？"肖恩环顾四周，发现自己躺在一个陌生房间的床铺上。

"这是医院的病房，肖恩，你记不起来了吗？你昏倒了，是柯顿他们把你送到了医院来，并通知了我们。"肖恩的爸爸说。

"我……昏倒了？我为什么会昏倒？"

爸爸叹息道："你昏睡时医生给你做了头部检查，发现你的大脑曾处于被人控制的状态。准确地说，前面几天，你一直处于被高度催眠的状态。肖恩，这是怎么回事，你还记得吗？"

肖恩茫然地望向三个朋友，却无法在他们脸上找到任何答案。他努力回忆着，迷惘地说："我只记得，莉安在家中给我做头部按摩，并且一边跟我讲故事，那种感觉很舒服……之后的事情，我想不起来了。"

终于该弄懂这个问题了，柯顿想。他问道："肖恩，你记得她在按摩时跟你讲的那个故事叫什么名字吗？"

肖恩竭力回想了一阵，说："故事的名字好像叫'谜杀疑云'。对了，这是个奇怪的故事，里面有你，柯顿。还有兰茜、陆华……"

"不用说了，我们都知道是怎么回事了。"柯顿望了一眼旁边的两个朋友，叹了口气，"果然是这样——我们一直在问的，肖恩听的故事内容，其实就是我们经历的这件事情。这几天，我们和肖恩在一起的时候其实都是处在他的幻觉场中，并被那些幻象所催眠。"

"这是怎么回事？"肖恩望着三个朋友，"我能想起一些这几天所经历的事……难道，这些全是我在做梦吗？"

"对于你来说可能是一场梦。但我们，却是真真切切地经历了又一次历险。"兰茜摇着头说。

"好了，孩子们。现在告诉我，这一切究竟是怎么回事？"肖恩的妈妈问。

"阿姨，这件事情说来话长，以后我们再详细地讲给你听吧。"柯顿说，"目前最重要的事情是要抓到莉安，她是整件事情的罪魁祸首——你们报警抓她了吗？"

"昨天晚上肖恩出门之后，她也跟着出去，现在也没回来。我敢保证她跑了。当然，我们报了警。可我不明白，你们和莉安之间到底发生了什么事？她为什么要害你们？"肖恩的爸爸皱着眉说。

"是啊，我也想知道为什么。"兰茜阴郁地说，"我们这个暑假到底是怎么了？接二连三地遇到这种怪异、危险的事！"

柯顿看着她说："兰茜，直到现在你还看不出来吗？我们遇到的这两起事件显然是有联系的。"

"啊……你的意思是……"陆华张开嘴巴。

"对，辛馆长在密室中对我们说过的——他并不是一个人。在他的背后，还有着一个庞大的秘密组织。"

陆华难以置信地说："难道莉安也是那个组织的成员？由于我们洞悉了那个组织的邪恶计划，所以她打算用这种方式杀掉我们灭口？天哪，那个组织到底安插了多少人在我们身边？"

听到他们的对话，肖恩的妈妈惶恐不安地问道："你们的意思是，这件事情还没有结束？"

柯顿和三个朋友对视一眼，感觉无言以对——他心里十分清楚，这次的事件虽然解决了，但谁也不敢保证接下来他们会不会又遇到什么未知的险情。那个秘密组织会善罢甘休吗——想到这里，柯顿心中一阵战栗。

这时，陆华走到柯顿的身边，挽着他的肩膀说："别再多想了，柯顿，不管后面我们还会遇到什么事情，我相信只要我们四个人在一起，总会解决问题的。"他望向病床上的肖恩，"对吗，肖恩？"

"说的没错。"肖恩肯定地点了下头。

陆华扭头看向兰茜，兰茜朝他们调皮地挤了下眼睛，同时竖起大拇指。

柯顿凝望着三个好朋友，露出了微笑。